活水

葛水平 著

北京出版集团公司
北京十月文艺出版社

目　录

引　子

一

　　山神凹村没有瓦屋，清一色石砌窑洞。

　　在向阳的陡坡圪梁上，零零散散的窑洞错落有致铺排开，有住在山圪崂里的，有凸显在土堆堆上的，有些是独门独院，有些是几户一起。眼面处，码在崖畔上的柴火垛子搭晒着这家人的衣裳铺盖，便知道那里藏着人家。

　　之前没有人觉得山神凹好，多少年后山外人进凹时拍摄了一张照片，那张照片一出来，就有人惊讶地说："山神凹错落有致，完全就是一个缩小的布达拉宫嘛。"

　　山神凹人不知道布达拉宫是什么，也没有山神凹人觉得山神凹好。

　　山神凹的祖先最早是申姓人家落户，沿一条山路进入罗罗山，罗罗山山高林密，路越走越难，林子越来越深，树荫蔽日处的山顶有一座小庙，申姓祖先终于把脚踪停在了庙门口。庙叫山神庙，石砌的山神庙门上刻着一副联子：

3

三教九流无二理，

殊途同归总一心。

由庙豁口处往山下望，有一条大河，滔滔涌涌，河的源头叫石佛沟，流出沟时河叫了一个奇怪的名字：耐受河。

水让人生根，让人浑身热气腾腾，有了水，还有什么走不出来呢？有河水的地方适合人住，他们决定在此处凹下去的地方落户。

一时想不出好名字来，就叫了山神凹。

山神庙是山神凹人的太阳，山神凹的历史。不管谁来，来到山神凹居住必得拜山神庙。山神庙小，不能满足山神凹人的欲望，就有人提议建庙。

山神凹人的祖宗建庙是下了本钱的，清一色的砖木结构，庙里供奉了五谷神"炎帝"。老一些的人记得炎帝像，一人多高长身立在基座上，牛头人身，手捧谷穗，树叶围腰，赤足凝神。不过后来基座上的炎帝像毁于战争，看不见也许就是神的身价，空得如心，反倒能够照亮灵魂中的全部黑暗。

炎帝庙对山神凹人是一个大道理，你可以不予接纳，但必须予以尊重。山神凹人的大是大非，稍有轻慢，别怪年长的人与你来炎帝庙里对着炎帝针锋相对。两个或者几个活物，人性的假设，炎帝就在高处对所说事进行严厉评判。人人心里能能下的小九九，只要在炎帝面前均匀呼吸、脉搏平静跳动，使垂立的四肢找到体位，算是嘴说有理儿得到神的认可。

生死轮回的车轮常转不休，人世间的苦难水深火热，外面的世界看似离山神凹很远，不与山神凹发生直接关联，可山神凹人很愿意和外面的世界有所勾连。

山神凹人的内在气质和外在形象在向前走，这样，山神凹人就在炎帝庙正门口又建造了一座戏台，明里是为了炎帝，暗里是娱乐自己。也是清一色的砖木结构，山神凹人年年秋罢唱戏，尘土飘浮的阳光下，人间一台戏，戏台也是山神凹人灵魂的栖息地。

那年月，山神凹人不算计、不动脑筋、不思前想后，更不虚情假意，他们认为人活着的样子就该是这样。

柴青娥在世上活着的时候，没有人叫过她的名字。很长时间山神凹人就叫她"唾沫沫花"。

学名叫白头翁的唾沫沫花，春天万物即将破土时它先拱出泥土开花，小巧形似郁金香的花瓣，粉紫色，犹如一种梦境，在焦枯的干草地上挺立着争艳。唾沫沫花包着的花蕊极大，饱满柔软，犹如毛笔，把花瓣一片片摘掉，花蕊在嘴里来来去去嘟嘟，花蕊犹如蘸了墨的笔尖，可在石板上写字，也许是花蕊蘸了唾沫的缘故，山里人就叫它唾沫沫花。

唾沫沫花紫根草，
山神凹数谁好？
一数二数青娥好，
刮大风时水蛇腰，
下大雨时杨柳漂。

很长一段时间，在娃娃们的嘴里就喊着这首儿歌跳一种画在地上的方格子，柴青娥远远看着，从娃娃嘴里喊出来的声音清脆响亮，清脆是让人心痛不已的：有些什么永远失去了，像耐受河水一样流走了，比如红颜、恩爱，明知道它好，它有过，也明知道它不可挽留，娃娃们的声音让她无计可施，常常叫她心灰意懒陷入幻觉。

柴青娥对于山神凹人总是一个话题。

长了一副吃香喝辣样子的女人，一辈子，尝尽了一张人皮非常难披的味道。

在那冻馁的岁月里，如果没有一种精神支撑着，一个农妇，恐怕就会半途而废走人。柴青娥的精神寄托就是她的丈夫，南下干部申秋宏。

二十六岁上，柴青娥再次出嫁。第一次嫁的是县城里大户人家的儿子，那儿子往更大的城市去读书了，柴青娥被退回了娘家，等于是叫婆家休了。一件女人一生最愉快的事情被重复两次，结局呢？像无数夜深人静时分，更漏的空洞声，处处无家处处家的感慨，原是随水漂着的余生啊。

时辰近了，离娘的时候，柴青娥两只眼睛平静地望着窗外，娘叫了一声："娥。"叫"娥"的柴青娥一下子鼓出了两泡泪水。柴青娥怕把腮帮上的胭脂冲了，头仰得高高的，拿了一块麻纸折成双层吸干眼窝。

娘在身后说："比不得从前呀，嫁的是你心头想，老闺女不哭。"

一顶花轿渐渐掩埋在阳光下的麦田中，柴青娥多次回头，红盖头下看见细缝似的阳光下自己的男人申秋宏一闪儿一闪儿地晃，离娘时的眼泪被那一闪儿一闪儿酥软的光汲着、吞着、诓着，两只眼睛便霍灵儿了，把离娘前的辛酸忘了个干净。

好光景过了不到半年，深冬的夜里，申秋宏回到窑内，脸上的兴致被黑吞成一团墨，只是出气的声儿粗重，说："天明前走人，往南走，当兵打仗去，就是舍不下你。"

那一夜，柴青娥平躺在火炕上，申秋宏一夜里热汗不止，趴到天明前，申秋宏说："我的腿怕是软得要抽筋。"柴青娥把两条腿放到她肚子上揉，眼睛望着窗户，风抽得麻纸一惊一乍响，心悬着。到底在天亮前有人敲窗棂了，申秋宏灵醒地睁大眼睛，一骨碌起身抓了小包袱朝肩膀上一甩，俯身咬了一口柴青娥的嘴唇，人蹿进了天明前的暗夜中。

柴青娥起身迎风看着远山，想着一路上腿软脚酥的申秋宏，眼泪像羊屎一样，扑嗒嗒、扑嗒嗒往下坠。

申秋宏被扩军南下后，好歹给柴青娥肚子里落下了一粒种子，十月怀胎后儿子申广建出生了，柴青娥抱着儿子开始守了一眼石窑，眼睁睁等。

开头儿，夜静的时候睡不着坐起来想申秋宏的样子，自个儿傻笑。那是四十年光阴，苦守寒窑啊！到后来，夜静的时候俯身像咬豆腐似的，咬自个儿的肉，疼得窒息了，夜却不动声色。

再到后来，儿子成家分开单过，她也上了年纪，早早烧了炕团在被窝里，听梁上的动静，一只老鼠倒挂在梁上翻腾，听着响儿反倒能睡个好觉。

申秋宏一走再无音讯，天是到黑的时候黑了，到白的时候白了，曾经有人力劝柴青娥改嫁他乡，终是苦心枉费。因为，柴青娥心里有个活物。

仲夏傍晚，柴青娥穿了月白短袖布衫，双耳吊着滴水绿玉耳环，坐在自家内窑院的石板上走神。缕缕阳光透过枣树荫篷的隙缝漏射下来，远远看去，神情恍惚的柴青娥就像一个无法企及的诱惑，甜蜜而又伤痛。

男人的视觉在这时大体是相同的，二十岁与六十岁没有多大区别。申秋宏的本家哥哥申荫富暗恋上了兄弟媳妇，终于在一个黄昏时分走进了内窑院，没有过程地一下抱住了柴青娥往炕上撂。

柴青娥撕咬着，拒绝着，发狠地喊了一声："你坏良心呀，你欺负弱小，做这种下作事，一把秃锄头你锄地锄到自家人身上！"

申荫富照着柴青娥的脸打了一掌，喊了一句："你这块地旱结了，我这锄头在你身上就是重轧一遍钢。"

柴青娥的脑仁子像银针一样清醒地认为：这把锄头该归到放弃的锈铁之中。

申荫富喊："柴青娥，我不达目的不甘罢休！"

柴青娥面无表情地说："吐口唾沫也是钉，我不活就是你死。"

事情没有成事，记恨就种下了。

二

内窑院的枣树蓬勃着朝气和骚动，青石铺就的石板地却浑然冷冷。

这冷冷中就有了那么一丝微妙的季节性悸动。

此时，山外部分农村人民公社已然有了雏形。一些地方热情很高，甚至直接宣布人民公社为全民所有制，可以作为"向共产主义过渡"的试点，所有个人财产和个人债务都一股脑儿"共了产"，分配上完全实行供给制。这样的背景下，一件新生事物——公共食堂应运而生了。

山神凹人也不例外，在申荫富的带领下，窑洞里的吃饭家什：锅砸了，自留地收回了。山神凹的食堂就建在炎帝庙对面的戏台上，一开始大伙儿很新鲜，每个人心里都有一种燃烧得要起火的激情。日头下嬉笑着，山南海北闲聊，和娃娃不懂事前过家家似的，鸡猫狗全聚在庙门口憨等甩出来的那一筷子人不吃食。大家都一起捆着肚子饿，一起饱，也不容许谁私自弄到食物凑肚子，新鲜的劲头忙忙乱乱地过去了，好像戏班子搭台唱戏，卸了装才发现肚子饿得迈不开腿。

申荫富带领民兵三天两头有目标地进窑搜查，发现粮食之类的东西无条件没收。有的家庭还留有一口烧水锅，有的就只能用瓦罐之类。柴青娥偷着把十多斤谷子留下，缝成枕头装进去，白天压在裹起的被子下，夜晚用擀面杖把谷磨破，一粒一粒用手剥去谷壳，把米装进药罐里用火灰煮成饭，半夜喊申广建偷偷起来吃一口，儿子正长身体呢。

吃食堂期间申荫富威风得要命，柴青娥看着那张脸，像见了恶煞神似的，宁可远远等山神凹人打饭后自己再走近，也不想从他身边过。

山神凹食堂有一百零八人就餐，按六人一份，一锅菜平均分成十六碗半，排在前面的有机会挑到一碗多一点的。不符合六人的家庭还要与人认真拆分这碗菜。柴青娥和婆婆公公、儿子、两个小姑子共吃一锅饭，由婆婆平均分配，分到柴青娥半碗都不够，有时自己舍不得吃叫申广建吃，广建还是小孩，嚷嚷着要柴青娥煮好的小米焖饭，喊枕头里装着谷子呢。柴青娥害怕申荫富听见了捂着嘴叫他不要说，小孩子哪里知道怕，偏偏跑出窑洞喊。

　　柴青娥吓得脸蛋煞白追打着申广建，打急了捂住儿子的嘴，差点儿叫广建上不来气。搂着体质瘦弱，体温冰凉的儿子，一股悯儿之情涌上心头，于是不管不顾抱在怀里伤心大哭起来。

　　饥而求食是动物的本能，孩子饿到这个程度要吃饭天经地义啊，申荫富偏偏就听见了。

　　红颜薄命的柴青娥岂能绕过申荫富的手掌。申荫富叫人搜查柴青娥窑洞，从枕头里倒出半枕头谷子，人证物证俱在，柴青娥被历史执拗地切入了主题。

　　申荫富叫人把柴青娥带到炎帝庙的院子里摆理，柴青娥抬起头神经质地死盯着申荫富的脸，红烈的阳光把柴青娥晒得如妖儿一般，楚楚动人。她由申荫富的脸望向天空，有鸟儿在高处飞翔，鸟儿可以到它任何想到的地方，如果它们迷茫，面对日子无法果腹，它们会飞往远处，鸟的世界真大，那是整个天空。

　　自由是相对的，无边无际的自由也会成为无边无际的漂泊，就像申秋宏，柴青娥虽然黯然神伤但是她不怕，漆黑的眼仁子明亮，有儿子她什么都不怕，唯一怕的是申秋宏有一天不回山神凹。

柴青娥不卑不亢，冲着空着的神像的基座说："炎帝神啊，都说是人造善必定得福报；人造恶呢，一定得灾祸。祸福都是自己造，自己受，别人没能力把你的福加一点或减一点。我知道有很多东西是要自己来承受的，可有很多时候我就想指责想要质问炎帝神，却不知道要问你什么。你明明是看得见的，明明是知道一切人间事的，可你偏偏连影子都不现身，一个救不了自己的神怎么来救人呢？"

胆敢指责炎帝神的女人，申荫富决定劳动之余让柴青娥游街，这一决定让山神凹人很是兴奋。柴青娥勇敢地挂着申秋宏下地穿过的两只破鞋游凹，一双破鞋，一丝残存着申秋宏的气息。远去的日子在两只破鞋上挂着一片幽暗，支撑着柴青娥一天一天活下来，活得生硬而苦涩。

一开始游街人还多，慢慢就没有人跟着看稀罕了，只一个人跟着，儿子申广建。走过窑门口，婆婆递出来一顶草帽，她接过草帽戴上冲着婆婆笑一下，没什么，你儿子终究有一天要回来给我报仇。

随着走食堂解散，柴青娥被约定在炎帝庙前自己和自己摆理。

她愿意站在无人的空旷中摆理，一是不用游街了，二是想着总有一天要让申荫富亲自到这里来给她赔罪。

柴青娥的前半生可说是在不停的斗争中度过，不知过了多久，斗争就淡了，柴青娥似乎也在逐步淡忘，有些仇恨还装在心里，还想象能记住一切，一切就都不存在了。

内窑院的枣树高大而繁茂，盘曲错纠的枝节伸向青冥的天空。

柴青娥拉着长长的麻绳把千层底纳得细密、匀实。灰蓝色的外罩把一头白发衬得如一幅水墨写意，看上去有一种与世隔绝的韵致。

终于，申秋宏老大归乡领着后娶的云南夫人，走回了他离别了近半个世纪的山神凹。

在走进内窑院时，柴青娥正靠着炕沿捻羊毛，就只刹那，柴青娥抬起头时已是泪满双襟了。

申秋宏说："解放战争打完，我就在南方成家了。"

柴青娥含泪点头说："成家了好，一个男人不成家，道理就说不过去。"

申秋宏说："你一个人能把日子活过来，要我怎么说好。"

柴青娥说："没啥，眨眼的事，到底是我守在山神凹，你在外，出门在外你不是闲人，你当兵打仗啊。"

申秋宏一时无话，接着对那女人说："该叫姐。"

那女人说："姐，用揩脸帕把脸揩揩。"

申秋宏说："她要你用手巾擦擦眼泪。"柴青娥一脸悲啼。几十年了，擦不擦吧，擦来擦去都是泪。

申广建结婚了，两个儿子都快十岁了。看着儿子和孙子，申秋宏老泪纵横，领着两个孙子走在山神凹街道上，风夹着柴烟四处乱窜，饭食的香味顶在他的心口上，说不出是什么感觉。

原来山神凹耐受河上有吊桥，现在修成了石拱桥，走在上面回头看山神凹已经是物是人非了。

山神凹的人和他说，柴青娥这一辈子受下了，抓着娃，窑里没有人，受过的罪那不是一般的。这次回来不走了，有你这个人和没有你这个人是一样的，就是多了罪受，你得把剩下的日子给了她。

哪里能不走？山神凹对申秋宏已经是一个虚幻的地方，也正因为虚幻，他想过的那些无限空间和无限的可能性现在都成了泡影。

他想着回来把儿子带走，柴青娥咋办？见了孙子又想把孙子带走，儿子和儿媳咋办？山神凹的青草、夕阳、飘浮的落叶、深黄的泥土，还有晴朗的天空，都是柴青娥一夜夜生铁一般冰冷的记忆，再想想柴青娥受过的罪，怎么忍心带走窑里的一针一线呢？

油灯下一家人坐在炕上，炕背墙上的油灯闪烁，每个人都不说话，火炉上的土豆烤熟了，柴青娥拿过来轻巧地磕着烧黑的干皮，然后递给申秋宏。

申秋宏抓着土豆，粗糙的大手轻巧地掰开递给南方小媳妇一半，这个动作怎么能绕过柴青娥的眼神？

她背过脸去，尘世纷扰让她彻底死心了。现在，她还能操控自己，还有心力，就要大方地叫人家走，回来了，还知道回来就好，一道极大的暖流充满了她的胸腔。

柴青娥转回头看着这个妹妹说：

"越是干皮越好吃，黑皮还养胃呢。"

妹妹看着申秋宏娇笑了一下放在了火台上。细米细面的喉咙眼儿咽不下这硬东西呢。

柴青娥主动说："回来照见了就好，那边也有儿女，你们也该走了，山神凹迟早跑不掉永远是你们的家，啥时候回来都好，就等交通方便吧，怕是我等不到了，等以后我不在世上了记着把孙子带出去，山神凹总有一天会养不住人。"

申广建不说话，他其实是想走，走往南方对两个儿子有好处，因为母亲还活着这要求他不能提，既然母亲说了，他也跟着说："爸爸，记着我们有一天要去找你。"

申秋宏说："我期待着呢。我们走了把娃带好，把你妈养好，你妈这一辈子受大罪了。"

柴青娥的眼泪实在是控制不住了。

窑外突然就刮开了风，风带着雨来了，窑檐上的雨水哗哗哗流下来。

申广建单脚撑地，一边检查着窗户外有没有重要东西淋湿，一边咒骂着这无常的天气，语气中有山神凹不是人住的地方的埋怨。

院边上枣树的干枝被风刮下来，抛落在门口，开了一下门，墙上的灯就灭了。

申广建说："爸，你那里是不是不用点油灯了，都是电灯？"

申秋宏说："是，都是电灯。"

窗户上的纸被这场邪风大雨彻底吹浇湿了，山神凹的黑夜就一个颜色，黑。厚厚的黑色里能感觉有一个一个旋涡在流动。

这场突如其来的雨下了半个小时，一切就恢复了以前的样子。

人常说物有人性，天更是像长了眼睛一样，这一时间，柴青娥觉得自己活不长久了。没有人能听见外面有霍霍声，柴青娥听见了，她听见它们从隐处进入显处，是一些什么鸡零狗碎的东西呢？

柴青娥和申广建说："我听见外面有人喊我呢，照照是谁？"

申广建打开门看，黑漆漆的夜听不见人的脚踪。

柴青娥说："不早了，都睡吧。"

申广建抱着睡在炕上的两个儿子和媳妇回自己的窑了。

窑里两铺炕，一边睡申秋宏和妹妹，一边自己睡。多少年都是和衣躺了，回来的这两天似乎把走了几十年的话都说完了，突然地就没有话了。

"吹灯了？"柴青娥说。

"吹吧。"

"噗"一声，窑洞里就黑了。

后半夜还出了月明，亮汪汪的光照在窗户上，窑洞里的角落里坛坛罐罐上的黑釉像人眼睛一样亮着，对面炕上的人睡实了。

柴青娥睡不着，她在这窑里活了一辈子，转瞬即逝的人间啊，说长呢都是思念带长了，说短呢，都是思念死心了，把那东西放下，该走了，下辈子不转生人了。

月明的晚上，柴青娥慢慢合上了眼睛。

三

柴青娥在申秋宏远走他乡半月之后，终于倒在了内窑院的土

15

炕上。

柴青娥说："四十四年了，我找到了活水源头。"

申秋宏临走时的话还在柴青娥耳内萦绕："我死后把骨灰送来与你合葬。"

一句活话，是对柴青娥内心深处埋藏的人生悲苦的生命祝福之念吗？还是姻缘变幻的不悔不忧！柴青娥等老死他乡的申秋宏再次回乡，她做了许多准备，有时候甚至嫌日子走得慢，日子把人的一辈子过完了，到了，总算要拼凑成人家了。

她用申秋宏留给她的钱打了坟地，坟在过了耐受河对面的山嘴上，朝阳。她要打坟的人留个口子，夜静的时候她把一些庄稼人用的物件放进去，锅啊、盆啊、缸啊的，大件的搬不动，也不好意思要儿子替她搬，夜静时，她就像滚球似的滚着它走。

有一天夜里，她滚着一口缸过耐受河的时候，摔了一跤，骨折了，山神凹人才知道她在忙活地下的窑洞。

下不了地，心急，人瘦得和相片似的，望着进来看她的人就说以前的申秋宏，人们也都跟着她的话头说以前的申秋宏。想来，申秋宏在她的记忆里被扩大了，稍动一点心思，申秋宏的面容就浮现不已。

柴青娥没等申秋宏死，她先死了。死后，申家人觉得申秋宏不可能再回来，就算是死了也不可能回来，死了百了。

正好山外有一家人买阴亲，没动多少心思，申广建就把妈卖了。他的决绝是因为他想离开山神凹往南方去。山外的人死了刚十八岁，是在煤矿上死的，矿上赔了不少钱，家里人也算殷实富户，就托人说亲，给了申广建一笔不小的数目，申广建就决定了母亲和山外人合葬。

抬亲那天，山外来了阴阳和吹打乐器家伙，柴青娥被抬走了。

山神凹人笑话申广建把妈卖了。

申广建听见了装没有听见，反正两个娃正花钱，就算是妈活着她也能想通，人都是活娃娃呢。卖了妈就等一家人往南方去，哪知南方那边申秋宏也死了，人家连通知都没有给，申广建还让人捎话呢，那边的话回来了，说："养儿防老呢，没有养老也就谈不上继承家业了。"

申广建留下一个坏名声：山神凹有个卖妈人。

申荫富在山神凹也算是活了个老人。年轻时种下的仇恨一直没有解开疙瘩，他和柴青娥的恩怨，弄得他家的人都以为是柴青娥年轻时勾引过他。两个人不说话，一辈子不说话，后代也都跟着前辈人不说话，但是，后辈人已经不知道到底是因为什么不说话了。

申荫富对申广建卖妈是有看法的，过去受运动影响，人的思想起伏大，现在就是为了生活，生活也没有过不去，怎么能卖了妈？申荫富在自家窑门槛上咬着烟袋嘴看山神凹人的热闹，看热闹把四季铺展得很有味儿。

想柴青娥年轻时候的样子，人生经历了那么多事情，要说也该放开自己了，可就是放不开，到了落下一个这下场。

年轻时的架势泄了，要是年轻十岁，他都要和申广建干仗。

一个受了一辈子的女人，给申家做过贡献的女人就这样连尸骨都没有留在山神凹，和谁去说理？他力主自己这一支和申秋宏一支不说话。

这世界上能产生矛盾的没有外人，都是自己人。

他站起身去牵院边上的驴，驴一身灰毛，四条白腿。年轻时驴的四条白腿像抹过发蜡似的，打老远看过去，亮晃晃地闪着光。年老了，和人一样，再精滑的皮肤也要打皱，也要脱色儿。

老驴的毛色入了岁月了，随着时间变黯淡了，打老远再看过来，驴和窑墙的土坯一样，眼睛不好使的还以为是云彩投下的影子。

山神凹地偏沟深，春种秋收全靠驴，驴是一个家庭里的劳力，被看得很重。

没有农活做的日子，白天驴跟了人上山，山头上的世界明净，驴一身轻松。晚上牵回来人畜共用窑洞，人回窑没，没人多问，驴回窑没，那是不敢含糊的事。

窑洞长年累月弥漫着驴屎味儿，驴那种脾气，那种感情，那味儿弥漫着，对申荫富来说才叫踏实。

那时候山里人不知道有空气清新剂一说，只能是白天点了艾草熏熏，驱臭，也驱蚊子。有时候去除得那臊气儿过了，申荫富反倒不自在。心里装了驴，没了驴的味儿，这日子过得便没有颜色了。

夏天的傍晚，有很好的阳光，申荫富顺着街道走，看到山神凹的女人们迈着八字脚板在村街上游来摆去的，靠墙根上几位活得很长，也活得困顿的老头儿，拿着拐棍点着地唠话，说到兴致处拐棍敲着地面梆梆响。

申荫富停下来脚步加入他们的话痨里。

原来他们是说山神凹的申福喜，弟弟申福堂招女婿出了山，留在山神凹的申福喜得了糖尿病，一辈子穷困最后攀上了富贵。他们说弟弟申福堂常年不回来看，这是个事情呢，申福喜人瘦得和柴似的，怕是活不久了。

说着呢就看见申福喜拄着棍，蹒跚着往山神凹的耐受河走，走几步歇一下，喘口气再走几步。

都知道他去耐受河喝水，这富贵病断不能缺了水。黄蜡蜡的肤色在夕阳的冷照下泛着青白。晚期糖尿病把他侵蚀得只剩一副骨架子。他拄着一根枯木走近河边，在接近水的地方趴了下去。

河水发出悦耳的哗哗声，清澈得能看见游丝般漂曳的绿苔。他喝水姿态简捷痛快。泥水沾湿了他的衣裤，他来不及拍打坐起身就开始了无声地抽泣。

申福喜知道自己活不久了，得病前他还有几个钱，去县医院看，医生让他做"胰岛素释放试验"，要打胰岛素，很贵的药。他就去找中医看，中医说不好医治了，这种病最后都要造成瞎眼、截肢、中风，能把身体中一切脏东西招来，不能吃面，只能吃大米。

山神凹人哪里见过大米？申秋宏从南方回来拿了五斤大米，让小队开灶做了一锅，人人都铲了一大口尝了尝，大米的味道还没有尝出来就没有了，算是让山神凹人开了眼界。现在，就算吃得起也买不到大米呀。

不看病就得等死，脚指头都烂了，以前还能挑动水，如今也挑不动了，一个人要等到死也困难时，死就是一个问题了。

哭罢，心里算是松快了一些，站起来往回走，发现连走的力气也没有了。

申荫富的驴恰巧在河道里吃草，申福喜爬过去拽着驴尾巴想让驴带着他走一段路，哪知驴尥起后蹄踢他，鼻血都叫驴踢出来了。

人有些时候常常会生出一股气来，都这样了还不放驴尾巴，坚决拽着，驴就犯了驴脾气，也是一股劲拽着他连踢带走，走回了山神凹街道上。

一群唠嗑的人正好看见是申荫富的驴，申福喜倒在地上人事不省，有人赶紧跑过来想扶起申福喜，却是拽都拽不动，瘦成这样了还有重量在。

申荫富要申姓人家的几个后生一起去把申福喜抬回去。一群人抬着申福喜走过人群，看到病痛中的申福喜的凄惶，每个人心里都不是滋味。唠嗑的山神凹人动了善心，就决定让自己的子孙轮流给申福喜担水吃。

还没有议论出结果来，就听得申福喜的窑响了。

有人跑过来说，申福喜用火药把自己给炸了。

窑是石窑，没有大损害，人却天女散花般地飞了一地。

山神凹有胆大的走进去看，看到窑外的窗台上写了一封信还压了一沓钱，信上说，自己要死了，死后怕是坟墓也没有人打，就想买了柴青娥的坟给自己住，这钱是买坟钱，让申姓人家喊招女婿到山外的弟弟回来收拾他的尸骨。

山神凹人不敢认同申福喜的死，小孩和妇女躲着几天都不敢往申福喜的窑跟前走，说起来都难接受。

有长辈就喊申广建说叨这事，广建死活不同意，他的意思很明白，原本把母亲"嫁"了就叫人骂了很久，他的原意也不是一定要"嫁"了母亲，因为父亲回不来了，母亲一个人又不能入坟，放着也是要叫人偷走，不如就找个好人家叫人家抬走，亲眼还能见着。这事说来简单，不在谁身上谁不知道难过，现在把空坟卖了指不定还要传出来什么话呢，他是坚决不卖。

申福堂赶着驴车回到山神凹，从山垴上走下来时，有眼尖人看见了，互相转告，山神凹人就在街道上看申福堂过了耐受河的石拱桥，一进村跳下驴车牵着驴往街道上来了。

几年不见，申福堂长壮实了，见了人就点头也不多说话，直接往了自己家的窑。窑门前和屋子里撒满了生石灰，他踩着石灰走进去，看见地上的哥哥也没有哭，捂着鼻子从窑墙角拖过来一个瓦钵，拿了筷子一一把大肉块夹进瓦钵，细小的就不捡了。

笤帚扫干净地，用铁簸箕端着去往父母的坟头上挖开一米大小，连瓦钵和石灰都埋了进去。

有人算了一下申福喜的年龄，知道是四十岁了。四十岁的生命遭逢凑合成一掬封存在他父母坟旁，真叫山神凹人不能接受。

申福堂做这些时没有表情也不和申家人打交道，就自己单干，也不请阴阳也不烧香，很简单利落地就把后事处理了。

申福堂做完这件事就和申家还健在的长辈说，他要卖祖窑。

四

在山神凹街道上看事态走向的人群中有申荫富，他早就想发作了。

他们看着申福堂把窑里所有值钱的东西搬到驴车上，有人数着有三袋面粉，两袋谷子，两袋玉茭，一些小袋子的豆、芝麻、麻子、红谷等小杂粮，还有一些没有用过的铺盖，锅碗瓢盆装了满满一车。

申福堂把屋子里的缸缸罐罐标了价要山神凹人来选，最后是窑，谁想要能给了现钱就把院子里的厕所搭给谁。

申荫富喊："申福堂你过来，是要卖石窑对吧？"

申福堂踩着街道上的青石板路走过来，他要赶在天黑前走往山外。他觉得这个家早就不是他的家了，在这恍如隔世的山凹里他不记得这里还有他的家。

他对石窑是陌生的，甚至对早走了的母亲，在山神凹，他记得从来就没有过温饱。山外才是他的家，那里住的是大瓦房，那里才有他的父母。

他急着处理了后事想走，走出山这辈子就不可能再回来了。

申福堂走过来，一边走一边扯着一块红布一块白布，他把扯开的红白布绾在驴车上。从驴车上的麻袋里取出一挂二百头火鞭，又把申福喜丢下的钱装进口袋里。他点燃火鞭扔到窑院子里，火鞭很快就响完了。

申福堂走近了申荫富，按辈分他该叫叔。他说："叔，卖窑。"

申荫富说："计划卖多俩钱？"

申福堂说："死了人，暴死，石窑有行情，就因为死了人，搭院外茅厕。"

农村卖屋大多数不卖茅厕，因为茅厕也算地皮，要另算。

申荫富说："想赶着回家呢？"

申福堂说："赶着回家呢。"

申荫富说："这是你的什么？"

申福堂说："什么地方也不是了。"

申荫富说："你姓啥？"

申福堂说："叔，我忘记告诉你了，我现在姓韩，叫韩贵鱼。"

申荫富说："娘的脚指头，我就忘记了你不姓申了。不姓申了来山神凹办理申家的后事，怪不得连炷香都没有点。香都不点，就敢卖申福喜的窑？你也贼胆大了。"

申福堂脑筋转得快，说："不是我不姓申了，是申家把我推出山外了，用得着我了又把我喊了回来。"

申荫富说："狗不嫌家穷，儿不嫌母丑，你真是无义了，世上的事可都是叫人看的，你也不怕半夜鬼叫门？"

申福堂说："我来了，还以为申家人把申福喜收拾到一起了，哪知撒了石灰，也不怕他的魂灵疼。叔，我知道你不是善茬儿，年轻时你做下的事，你让内窑院里的婶挂着破鞋游街，是我，我总不会去欺负一个妇女。"

申荫富一下被说得气短了。

山神凹人用特殊的目光，用稀奇的复杂的神色看街道上的两个人。

这时候申荫富的三个儿子从远处的地里走回来，他们扛着镢头，三个儿子如一个模子里脱出来一样，长脸，紫色面容，小眼睛，厚嘴唇，头上系着羊肚手巾，风尘仆仆中藏着一副要打斗的坏脾气。

山神凹很久没有唱戏了，人生大舞台，台下几世功？前台脚灯已经打开，光明、黑暗，同时分开，大人、小孩，密匝匝的人群堵在山神凹街道上。

有人还真是想买申福喜的窑，这石窑住着比土窑好，现在买价位划算，虽然说死了人，但对山神凹人来说，死人是常发生的事情。这时候，汉子就不出面了，怂恿女人往前去和申福堂交涉。

申福堂不觉得那三个儿子走来会吓着自己，这是他自己的家事，人死如灯灭，活着的总归是还要活。就和上前来问石窑的人谈价格，说到底还是死了人，要按正常的价卖显然不合理，问的人多，但是价格并不合理。

申荫富的大儿子申双虎说："回来办事连根纸烟也不发，不说啥还有个小时候，你忘记了在耐受河里耍了？你知道是凶事也不给山神凹人扯条红白布？你哥从牙缝里省下的钱好过了你，老天连叹息的工夫都没有给他，他决心下得大，崩了自己，那得有多大的怨气啊。说走就走，说卖就卖，我看山神凹人没有人买，那可不是一般的死人。"

申荫富的二儿子申双庆头发白了一半，面相跟桃树皮似的，干脆走到驴车前卸下了一袋面，说：

"这袋面让山神凹人给申福喜守灵吃。"

申荫富的三儿子申双鱼没有动手，站着等事态往下发展。

申福堂看事情发展朝坏的方向走了，便不再卖窑了，扒开人群走到驴车前要赶着驴走，他已经走不了了。

我佛慈悲，低眉顺眼，睁只眼闭只眼，连佛心中也装有无数的事，你让不懂得敬畏的人怎么走？

驴车上的粮食被抬了下来，那些小杂粮撒了一街。

手从胳膊上来，脚从腿肚上来，该来的来了，就想找个支点。

申福堂还觉得自己是山外人，优越感还挂在脸上，一个干土疙瘩就扔了过来。

申福堂被打得躺在了地上，山神凹人像吹灭灯一样没有看见。

申福堂动了一下还抬起头喊了一句：只要山神凹人不出山，有的是时间碰上你们。

猛捶乱脚又一阵子，申福堂不动了，身子像一卷烂布窝在地上。

申荫富要人抬了申福堂去拜祭申福喜，冷落下来的石窑再一次热闹了，这回可是没有人不敢走近，都走近了看石窑，申福堂趴在地上磕头。

有人提议让他去坟地给他爹娘磕头，一阵子又把他抬到了坟地，他开始磕头。

做罢这些事情，山神凹人卸下驴车上的粮食，把申福堂扔上去，不知道是谁抽了一下驴屁股，驴车一溜烟就跑出了山神凹村口。

山里头空荡荡的，早早天就黑了，先从山脊背黑，再黑到耐受河，再黑到河岸上的最下一排窑洞，接着是一排一排往上提，最后黑到了申荫富的脸上。

他想着今天的事，心里酸酸的，什么事情也不能没有规矩，想想自己年轻时候就没有规矩便不想了。

有山神凹人来找他说今天的事，多少年了，山神凹缺少了运动，所有人的日子一直没有提起心劲来，这下好了，给死人争了口气。就应该争口气哇。

世上的事真是难说，谁和谁也不是仇人，叫缘分赶到一起的都是一些沾亲带故的人，就是这些人、事儿把湿硬的日子锄软耙松。人间才生出了朴素茁壮的是非，他们在土地表皮，从亘古热闹至今。

上　部

一

傍晚时分有放羊人韩谷雨在对面的山头上冲着这边看，看见每一户窑垴上有炊烟升起。冲着天空舔上去的青烟，缭绕着一道梁，又缭绕着一道沟，起起伏伏，缠缠绕绕。有风探过来风骚那青烟一下，风乱过的青烟就有了几分仙界气息。

放羊人韩谷雨在对面山头上唱着当地的小调：

> 三毛钱买了一杆铜烟袋
>
> 红绸布袋绿飘带
>
> 有人问我谁做的
>
> 嚎嗨，是我表妹叫改改
>
> 满窗子玻璃明晶晶
>
> 观见二哥进大门
>
> 炕上坐个无事人哟
>
> 嚎嗨，不想给我腾空空

越思越想越生气

拿起扫帚扫脚地

满家灰尘难睁眼

嚎嗨，看你没事不走开

　　韩谷雨的唱凉腔走调，缭绕到最后那一丝尾音上，他自己就把泪扯下来了。他觉得山神凹好，哪里都没有山神凹好，山神凹的好要到山神凹的对面看，才能看出来。

　　此时，山神凹有仄着身子出门搂柴火的人，望一眼对面山高处，有女子蹦蹦跳跳得了什么好处吆喝着走过，有下地的汉子三三两两捎着农具走来，这时分就是天光显出重影的傍晚了。

　　天边的云镶了金边，山头上的柴草黑墨了，一些花朵伏在草皮上幽魂一样，羊开始收拢，准备下山往圈里走。

　　放羊人韩谷雨一边举着羊铲呵斥走远的头羊，一边望着那些窑檐下挂着的去年的玉米，傍晚的日头独照在那黄灿灿上，不知道是黄灿灿的玉米吸引了日头，还是日头独喜欢跳出素面的那一抹色彩。

　　狗撵着鸡窜来窜去，鸡们夯着翅膀咯咯咯咯叫着乱跑。

　　突然地有女人在窑垴上站着和窑垴下立着的女人开始吵嘴了，一个弯着腰舞着指下面，一个跳着脚舞着骂上面，上上下下，骂声儿如雀鸟乱投林，高一下低一下，仰一下俯一下，空了静了，紧跟着一些人就从那些褶子里藏着的土窑里走出来，人越聚越多，山神凹一下就又满了，闹了。

　　放羊人韩谷雨最喜欢的就是山神凹人的吵架，他快速吆喝着羊群往山下走，扯着嘶哑的嗓子骂着羊群，无来由地骂，骂声在他走过的路上丢失，没有观众，没有对手，一下跌落到山峁又退到山坡，一下子又从山坡退到小沟小岔，陪伴着羊叫声向山神凹的土道里漫去。

羊群在他的骂声中踢踢踏踏，不惊不慌，反倒是放羊人韩谷雨的骂惊起了一只乌鸦，黑鸟"啊"一声从光秃秃的梁峁上起了落在另一光秃秃的梁峁上，一粒鸟粪落下来，落在韩谷雨脸上。

放羊人韩谷雨接下来开始很明确地骂乌鸦。骂乌鸦黑皮黑肉黑心肝，骂乌鸦出门不知道穿个裤衩。

有一条蛇曲里拐弯往草深处爬，草皮上划过的弧线似有一道黑光闪现，放羊人韩谷雨又开始骂蛇：

你个叫壁虎的东西，屁股没擦，裤不提还到处跑，纯属一二百九，别逼我说是什么意思！你就是二百五加三八加二！你就是属黄瓜的，欠拍。你就是属螺丝的，欠扭。我觉得你挺适合做申寒露的老婆，不然真的是浪费山神凹的人才！

骂到最后直接指着人了，放羊人韩谷雨有些气急败坏，有几只小羊羔落在了后面，他的骂又转向了小羊羔。

这时候的羊群就开始堵在了凹口上，看吵嘴的人挡住了它们的行路。

羊群把狭窄的凹道塞得满满当当，它们从容不迫地向前移动着，既不懈怠也不慌张。头羊高昂着带角的头颅，引领着，羊叫声缭绕着人群。放羊人的骂声被窑垴上的女声盖没了。

山神凹的热闹此时推向了高潮，狗叫声，驴嘶声，水桶碰到扁担声，女人吆喝男人回家声，大人吆喝娃娃吃饭声，各种声音响成一片，乱成一团。

　　放羊人韩谷雨觉得山神凹热气腾腾的热闹来了，假如就这样一直有人声该有多好。

　　韩谷雨慢慢地赶着羊穿过街道，他很享受傍晚时分的这份乱。

　　山神凹没有仔细瞧他的人，他瞧别人。羊在人旮旯里走，触目黄昏，吵吵闹闹，走过女人身边，他顺手摸人家的屁股一下。女人觉得是羊拱了一下，扭转身子躲开羊群。羊被女人来回掉扭的身子挑逗得很是愉快，就一股劲叫。

　　穿过街道，羊圈在炎帝庙院里，说是庙已经没有佛像了，不知道什么时候，山神凹就不相信庙里的泥胎像了。圈了羊，韩谷雨觉得还有热闹在街道上停留，自己又走往街道深处。

　　这时候已经稀稀拉拉没有多少人了，韩谷雨有一份失落感，他高瞄低照着黑暗深处，想找寻点什么。月亮这时候就出来了，月明帮助了他，能找到什么呢？他有些泄气地走往耐受河。

　　河水爽快生动，他洗了脸洗了脚，望着月明用心听河岸上的人声，这时候彻底安静了。第二轮的热闹在吃饭时开始。只是第二轮似乎和他已经没有多少关系了。

　　山石与月明懒懒散散地相拥，不亲近也不拒绝，一切草，一切树，它们如同哑巴，挤挤挨挨站着不作声。

　　韩谷雨搬来一块大石头"咚"一声扔进了河里，看不见涟漪，溅了他一身水，他独自笑开了。对响声尤其感兴趣不觉厌倦的他索性捡来一些小石片在水面上打水漂。

　　他和耐受河耍了半天才往羊圈方向走，他就住在寺庙的东耳房，黑灯瞎火一个人。

韩谷雨的父亲早死，母亲改嫁，他一个人留在山神凹，原本是跟着大伯韩昊天生活，长大了要娶妻要吃喝，大娘就摔锅扔碗给他脸色，他便主动说要给大队放羊，一个人就搬出来住。

四季中嫁到山外的母亲会给他捎一些换季衣物回来，他也没有觉得自己有多苦，只是黑夜来了很孤独。他胡乱给自己热了一口饭吃了，静夜的风吹着窗棂透过门缝挤进来，有些微凉。舞台上漆成朱红的大柱子下，月明照着白花花的石头台子，他觉得现在真是很无聊呀。他把手指探到月明的光中去，手指整齐地贴到地上。他变换出各种姿态，像兔子、鸡、狼、螃蟹等，动物们莫可奈何，任由他宰割，他将地上的幻影拆碎，变换中，他发出笑声。在月明中，突然地他就生出了一丝不良情绪。

他走到舞台当央模仿舞台上的大英雄，大摇大摆走过去，走过来，狂热的精力让他生出奇妙的神思，他听见了风铃的悠扬，凌乱的脚步声，甚至还有唱从裂开的木头缝隙中冒出来。

戏台下的羊群看着他，他吹着口哨和戏台下的羊们调情，这样折腾到月明偏西了他才倒头睡下去。

二

秋天，黄昏说长也短，暮色来时，地里的庄稼小东碎西该收拾回自家院子的，也都收拾回来了，平常琐事见面来不及打问，匆匆忙忙，单单怕第二天下雨，雨一来，秋天就烂了。

有月明的山神凹，秋夜，背后的风景是那些窑洞，三三两两的劳苦人端着大海碗走往陡坡下申白露家院子里。申家院子地当央铺了一领新席，走来的人自觉地或蹲或坐围在院子四下，能在席子上坐的大都是山神凹的婆娘们。

从东家长西家短开始，然后就扯到了山外的世界。一些萤火虫起起伏伏，不管是在茂盛的草木间，还是在窑舍的四周，总能看见，像是某些灵魂的眼睛。

申家窗户下放着一些陶瓦罐、破缸、破瓮，搁置了土种了花，盛开的花朵，如果不是浅色，月明下一定呈现出来的是一坨一坨黑。

过日子，平常烦琐的碎事将村庄里的人堆积在此处，因为申家人有一位不种地靠锔缸糊口的手艺人申寒露，有些日子里申寒露走往山外，或仨月半载，从山外回来时等于是带着小广播。山神凹村人就想知道山外的事，山外的人吃细粮长大，和山神凹村人比较那是有差距的，山外人对大地方的消息从来都比山神凹村人要知道得早些。

申寒露是申家的老二，老大申白露，弟兄俩如模子脱出来似的，都是那种瓦刀脸，枣肠嘴，内双眼，皮肤酱紫，走路稍有驼背，说话语调拉音很长。但弟兄俩的性格还是不一样，要数聪明劲还是老二申寒露。人也比老大申白露活泛，喜欢学习，山外走多了，长了见识，跟人学会了手艺，锔缸。

锔缸，就是将打破的缸、粗瓷器拼接回去，主要方法是用金刚钻在瓷片的裂缝处两侧对称钻孔，然后使用金属锔钉固定，锔好的粗瓷瓮还有缸甚至能盛水不漏。

"赏花弄鸟，玩瓷藏玉"应该是旧时王公贵族、纨绔子弟的

34

日常生活场景，在赏玩中免不了会出现磕磕碰碰，不慎失手摔破的现象，由此诞生了锔匠锔补。从前的锔匠谋生地位高，有钱人家珍惜自己的器物，知道疼爱自己的家什，常常用金、银、铜钉锔补修复原旧瓷器。民间锔匠在解放后就少了，大户人家有细瓷器皿，盘碗碟盏，罐瓶茶壶等等都叫破四旧毁了，剩余的只是一些简单生活用具粗缸瓦瓮。

锔匠最常用的工具是金刚钻、小铁锤和锔钉，金刚钻是锔匠手中最为关键的工具。

古语云："没有金刚钻，就别揽瓷器活。"

由于瓷器的硬度非常高，除了钻石，各种金属钻头都无法在其上顺利打孔钻眼。常见的金刚钻大约是长十厘米，为手工打造的铁钻杆，钻杆中部套着一节毛笔管粗细的竹子外套，外套的两端用铁箍把竹外套和钻杆固定在一起，再在普通钻具的钻头部分用铜焊的方法镶上一颗极小的金刚石。锔钉则是自制的，一般为黄铜钉，约两厘米长，另有些锔钉是按主人要求用铁等锻制而成。

来申白露家串门的乡民不仅是来听山外故事，还有就是顺便拿来小盆小碗叫申家老二申寒露锔补。

他们的父亲申广建和母亲爱红都已经上了年纪了，晚饭后早早就躺下了，有些时候也在月影下坐在凳子上听年轻人说说山外的事，更多的时候是什么也听不清楚就冲着这热闹打瞌睡。

申家的院子里有一棵枣树，一棵老槐树，老槐树已经很老了，树冠覆盖了整座院子，而入秋开过的米黄色的花，股股幽香仿佛一直延续到秋后。

此时的山神凹村人就坐在幽香不散的槐树下，申家的老猫卧在进窑的蒲团上扯着呼噜打瞌睡。一阵秋风吹来，穿着半袖的女人们不禁冷，急急站起来回家去拖拽一件夹衣披上又匆忙走入申家的内窑院子。

走来的女人发现谁占了自己席片上的位置了，大屁股一挤，左摆右摆空当处又端端地插进了自己。

申寒露的位置与他哥哥和嫂嫂的位置是不变的，三个马扎坐在自家的窑前，身后则放着那些山神凹人需要锔补的家什。

老大申白露一儿一女申大暑、申小暑，和山神凹村的一群夜猫子娃娃，有一搭没一搭地听着山外的故事，更多的时候是透过槐树枝叶的缝隙寻找牛郎织女，星星稠密时，他们高声喊：

"花野鹊（喜鹊的当地叫法）搭天河，花野鹊搭天河，花野鹊搭天河。"

笼罩在夜色中的大人们高声驱逐着自家娃娃，生怕他们的声音盖过了申寒露，少听了讲山外的故事。

此时的申寒露说："再乱，吓怕了鬼，鬼都在你们家的门帘上贴着呢。"

鬼没有血肉骨头，白皮皮一张，谁家的门上不挂门帘呢。学会"毛骨悚然"这个词的山神凹村娃娃们，马上就找到了那种感觉。

那些只属于天堂和少年的声音立马就安静下来。

申寒露说："山神凹的娃娃们，社会开放了，能做生意跑采购了，以后你们就要吧，野山野岭跑吧，只要会做生意，知识学多学少没有多大用处了。"

山神凹的孩子们一时间很是懵懂，蹲在院子里的放羊人韩谷雨说："不念书不考学，一辈子就和我一样，只能和畜生打交道。"

申寒露说："这叫什么话，人家社会上也有解释，叫破师道尊严，广阔天地大有作为呢，怎么能只在念书上吊死自己？"

申寒露的话是有针对性的，他就想让山神凹人对抗小学老师郭放歌。

这一广播出来的消息确实是在山神凹村掀起了不小的震动，因为山神凹村小学老师郭放歌就在其中坐着，他甚至有点坐不住了，很想和申寒露辩论，但是，有些事情说比不说容易惹事。

郭放歌在山神凹是民办教员，一年里的口粮都在山神凹队里分，山神凹的小队会计是申白露，分口粮是有说法的，关系搞好了，调剂的细粮多，关系搞不好，一年十几斤麦子有可能只有三五斤，何况在申家人面前没有了尊严还怎么教学？

郭放歌站起来说："把早些年的读书无用放到现在？我还没有判作业，我得回学校了。"

这时候申寒露和申大暑说："过来，我问你，是要好，还是念书好？"

申大暑看着老师的背影小声说："要好。"

申寒露又说："是放羊好，还是念书？"

申大暑说："放羊好。"

郭放歌的脑袋像看见了一个犯了低级错误的宽厚长者那样，摇了摇。他以为月影下后身影是黑的，可那影子还是叫申寒露看见了。

坐在马扎上的申白露大声说："你是喝墨水往大长，不是喝粪水往大长，人一辈子谁不会耍，耍，还用学？"

院子里的人就笑了。

就有人说："耍也是需要学的，不会耍的人那是个傻子。"

申白露说："不能听你小叔的话。"

申寒露从口袋里掏出一本小人书递给申大暑，一群娃娃饿狼一样围过来看。

申家窑洞上有女人咳嗽了一声，不仔细听谁都不会在意那一声细弱的、如暗疾一样的声音传过来，那声音直接就入了申寒露的耳眼里。

申寒露的心房在急速地搏动着，兰花指踯着捋了一下头顶的头发，以复杂的感情、诧异的双眼，扫了一眼黑暗中远处的山神凹学校，那窗户亮了灯。

他站起来，突然产生了一种冒险、抉奇的快意。

他说："读书真是没有啥好处，第一坏处，就是容易使人理想化，说话办事不那么踏实。就像你们的老师郭放歌，总按书中的理想眼光来教育你们。过于理想化，就容易痛苦是不是？"

山神凹的娃娃们就集体喊："是。"

申寒露又说："读书的第二坏处是容易成为两面派，讲起理论来一套，解决问题又一套。人前讲道理，背后耍流氓，这都和读书读坏了有关。"

院子里的人就开始笑，谁也没有想到他的针对性，大人们就说："还有没有三？"

申寒露说："第三吧，我想一下，对了，第三坏处是：读书伤身体。你们看郭放歌，走路弱不禁风还摇头晃脑，和那些患了病的人简直就是半斤八两。"

嫂子李水香阻止他再往下说，就小声喊："刚才你说人家郭放歌坏话，叫人家听见了像什么话？快不要再往下说了。"

申寒露说："嫂嫂，我这哪里是说人家郭放歌，人家郭放歌的体力大着呢，只能象形比喻一下子。"

娃娃们喊："第四。"

申寒露说："我想想有没有第四？哎，四来了。视力不佳，肠胃不畅，脾气不好。还生出'动口不动手'的歪理由来。"

娃娃们又喊："第五。"

申寒露说："我又不是老师，这哪里是在课堂上，没有五了。"

娃娃们喊："有第五。"

申寒露指着在座的娃娃们说："第五完了再都没有了，下来谁喊谁说六。读书人就喜欢拿几个字斤斤计较，还精于整人，当面更是没胆，跑起来比兔子还快。"

有娃娃喊："第六。"

一干人指着喊第六的人笑着让他说。

娃娃们打闹成一团，申寒露喊："不要乱，不要乱，我认真和你们讲：不读书是不行的，戴花要戴大红花，骑马要骑千里马。"

娃娃们高声喊："戴花要戴大红花，骑马要骑千里马。"

趁着娃娃们乱的空隙，申寒露埋入了黑暗中。

申寒露的离去让申家院子里的话断了。

听得申白露喊："你回来，黑灯瞎火你往哪里去？"

三

申寒露去窑头上找李夏花去了。

申白露想着老二口袋里的钱就要叫李夏花掏了，一下子浑身不自在，坐不是站不是，无来由抓起熟睡的猫扔往远处的黑暗里。猫尖叫一声，箭一般射回来窜进窑内。

席地坐着的人们就陆陆续续找借口往自己家的窑洞走。

申白露老婆李水香倚着门，看到刚被扯得纷繁热闹的人群散去，心里也生出了一股火气，几步外，月明照下来的薄薄的冷光让她打了一个冷战。她一步一步移到那光亮处，月明似乎滤去了她胸口的冷，让她变得燥热。她仰起脖子喝干净搪瓷茶缸里最后一口水，那口水下得并不顺畅。她下咽时断断续续听见窑墙上的说话声，间有一声口哨，像一个流氓对一个破鞋挤眉弄眼，有一声压着嗓子的浪笑跌落下来，她的眼睛一下就黑了，搪瓷茶缸跌落在院子的石板地上，分外响。

她扯开嗓子骂了一句："攒了一泡屎也叫野了，你回来做啥呢，做啥你要回来呢，不怕掏空你，你今黑就挂在门帘上做了鬼皮皮去。"

李夏花的窑门口挂着手工缝制的拼布门帘，门帘上拼出了几个字，是郭放歌让她拼上去的，那几个字是："好好学习，天天向上。"李夏花倚在窑门口，半个帘子搭在身上，像是披了一件

40

斗篷。

黑夜炫目，申寒露冲着李夏花轻声吹着口哨，口哨里带着旋律。夜色急迫，申寒露加快了脚步走，李夏花间歇骂了一句脏话："猪样。"那一瞬，申寒露感觉天塌下来也不管了。

进了窑门，窑掌深处的脚地上坐着一个人。墙壁的阴影下面，这个沉默不语的大男孩叫大嘎。大嘎在炕墙灯影下显得有些怯弱，而在申寒露走进来时更是显得难过万分。

大男孩大嘎也许不知道，窑洞里要发生的是一个声色犬马的故事。这个故事在他想明白又似乎永远也不可能明白的眼皮底下就要开始了。

大嘎开始不安地呼吸急促起来，他斜着眼睛看着什么地方突然说了一句话："南瓜花。"申寒露很奇怪，这句话多么的不符合当下的场景。他有点惹恼了申寒露。在片刻的停顿中突然地申寒露走近他托起他的下巴，那张脸斜眉吊眼，面如土色。

申寒露像弹玻璃球一样弹了对方的额头一下，掏出一个什么东西放进了墙上的土洞里。

墙壁阴影中，男孩大嘎突然开心地笑了，哈喇水挂在嘴下。他踮起脚尖站高往土洞里掏，掏，掏。

大嘎是李夏花唯一的儿子，出生就是弱智儿。大嘎傻笑着，在一种充满游戏精神的语境中掏那个土洞，他的傻笑像瘟疫一样弥漫在窑洞中每一个角落。申寒露揽过李夏花的腰，一边看着地上的大男孩，一边贴近李夏花的耳朵说：

"我不在的日子里，你和郭光明鬼混得可好？"

李夏花浪笑了一声，拽过申寒露的手很急促地抚在自己的脸上，那张被岁月粗糙了的脸，有什么被伤害了致使她眼睛里闪着泪花。

申寒露推着李夏花，推近墙壁，解开了她的衣裳，又解开了贴身的褂子，一双白花花的乳房亮在了申寒露的眼皮下面，申寒露感觉被马蜂蜇了一下一样，无法还击。

申寒露三下五除二迅速剥光了李夏花身体上的累赘衣裤，赤条条的女人身体泛着白光，他的脑子一下子混沌了。扛起李夏花在靠着墙壁的大男孩面前吹了一声口哨，然后吹灭了墙上的油灯。

一团白光跌落在炕上，申寒露像揉面团一样揉着那团白光，一切都不存在了，炕是他们的领地，气喘如鼓，汗如雨下。

没有人知道这眼窑洞里还有一个活物，那是一个没有藏着心机的活物。

地上的活物对炕上借助月明、四处翻滚的两个男女在做什么显得很无趣。他终于掏出了土洞里的饼干，站直了低头吃，他的吃相像舞台下的观众一样。他扶墙的手骨节粗大，黄而瘦的皮肤上长着一片片黑斑。他从墙上的土洞里又摸出一个玉米面黄窝头，咬了一口，来不及咀嚼，咕咚一声咽进了肚子里，随后又咬了一口。

面对炕上的起伏不定露出若有若无的傻笑，不管仰头或者俯视，他的眼睛都落在手里的窝头上，很快地窝头落进了肚子里。

窑洞里没有任何响动了，一股腥膻味儿弥漫着，那只手又伸进墙上的土洞里去掏，土洞里空空的。

地上的大嘎蹲下去，拉过地上的尿盆尿了很长很长一泡尿。

李夏花裸着身体坐在炕上，万千世界，只要是个活物，就得有点给自己找食吃的本领。这一点常识，蚊子明白，蚂蚁明白。披上人皮托生成一回人，若是个男的，刚懂事时，母亲便会教他：

你是个男人，要站着尿！

地上的大嘎不会站着尿，他徒长着一个男人的身子。

李夏花的眼泪掉了出来。

地上的活物是她的儿啊，她做着这些龌龊事情，当着她儿的脸面，她要教会他长大，教会他活成个人，脑子里是要有痛苦的，什么能刺激他痛苦的神经呢？想着他会长大的，他要长大了，一定是一个很漫长很遥远的将来，他已经长了十五年了，她已经不能指望他男儿生于斯世，上马横刀平天下，下马回家养妻小，男儿本色在她这眼窑洞中不复存在。

在山神凹人的眼里李夏花是一个荡妇。

十六岁从山外嫁来，是因为当年山外的地产粮不足，山里的农田丰产，有自己的自留地，也可开荒种地。

头一胎生下的是女儿，不出百日死了，第二胎生下了儿子，哪知智商一直停留在三岁时的水平。

公公婆婆都是常年有病，尤其婆婆，关节病让她手脚长得和螃蟹一样四处横行，体力活计不用说，家务活计也做不大动了。

丈夫在外乞讨，一年回来一次，好时回来是一个人，坏时回来人跟抹布似的。

在这眼窑洞里李夏花生活了十五年，苦难的日子和山一样挡了眼睛，望不到更远的地方。一天里睁开眼，想到人这一辈子，看到窑里的陈设，没有一件像样，这就是自己一辈子要住到老的窑吗？躺在自己身边的儿子，扯着身子往高长。看一件东西久了，就会无端地生出惶惑。比如这个儿子，有一天她盯着他看，就想，这也是自己养出来的？自己养出来的儿子就该是这个样子？那别人怎么就养了个儿子和自己养的不一样呢？这些东西都是自己命中有的吗？

她摸着儿子的脸，那张傻傻的脸上长出了许多斑块，都是因为营养不良。窑洞里的东西分布在四下各个角落，几乎每个物件占的位置都很合理，每个物件都让李夏花瞬间想起一个念头，每个念头想下去，都会有一个男人出现。她觉得她确实是活生生的存在，也确实是一个荡妇。

她笑了一下，一边穿衣裳，一边叫申寒露起了。

申寒露伸了个懒腰，想要够着什么，却发现李夏花已经站在了脚地上。穿好衣裳，申寒露从口袋里掏出一沓钱，有多少他没有多去想，放到炕上。他突然有些不舒服。

月明昏暗的黄光映在上面，揉皱的纸票子在李夏花伸过来的手里翻了个。申寒露的手突然压在了那沓钱上，他的脸好久没有难过挂出来了。

李夏花的手正好拽着了那张纸钱的一角，纸钱不是纸，是有韧劲的，两人四目对在了一起。

申寒露说："我养活你母子，从今黑起，你把裤腰带系好了。"

李夏花的心似乎有了温热，鼻子泛酸，那股酸一下一下就要把心口的难吊上来了。她的心还是静了一下，她被这样的表述就

44

要融化了的时候，心突然跌落进了肚子里，有几分慌乱。

李夏花说："你摸摸我的心口。"

申寒露抬手摸李夏花的心口，那沓钱被李夏花迅速一把抓起装进了口袋。

申寒露不自觉打了李夏花的脸一个巴掌。

这一刻，申寒露愿意他这种形式是管用的，甚至，他希望李夏花掏出钱扔给他，并大叫："滚！"

哪知李夏花说："没有一个人能做得了自己命的主。"

申寒露推开窑门走出窑洞，回头看了一眼门帘上的字，一把抓下来扔到了院边上的柴火上。

他看见当空的月明儿很朦胧，他记不清多少次走出窑洞都是这样望天了，也说不上望天时的心情到底是什么样子的，他觉得他从来没有疼过这个女人，也从来没有想过这个女人在他心目中的位置，来就来了，走就走了。

唯独今夜，他听到她说"窑里连一个能站着尿的男人都没有"，他的心咯噔了一下。

他比她小将近十岁，这种关系的维持有几年了，先是来给李夏花锔缸，她不舍得出钱，一来二去就用这种方式来抵消。后来他发现李夏花用这种方式抵消了许多日常琐事。

山神凹的女人一说起她来都是统一口径："破鞋。"她没有朋友，也从来不去看别人脸色，想做啥做啥，一副孤傲的样子。

申寒露想这些的时候，突然发现前方有个人影匆匆忙忙走开了，行走的样子像是学校教师郭放歌。申寒露怀疑郭放歌是来听自己的窗户，或者他心怀妒忌。这样子，申寒露就也生出了妒忌，大声朝李夏花的窑窗户喊：

"明天你把窑里所有可镏的缸缸罐罐都腾出来，我来镏，没破的你也打个壐，你窑里的生活我承包了。"

四

静夜下的话显得不藏声，传出去很远。

申寒露掏出纸烟来点燃抽了一口，他突然怀疑这种生活状态的真实性。也是二十多岁的人了，山神凹没有哪个汉子二十多岁还没有娶妻，他一直以来没有娶妻的原因，难道就是身后的这个女人？

申寒露怀疑自己被什么迷住了。哥哥和嫂子骂自己是个"跑毛蛋"（二流子），有几次他也想扭转，可是，一回到山神凹村，他的生活就陷入了这种迷醉。

秋天，他觉得秋天和其他任何一个季节都不太一样，很少有人不在秋天里想到死亡，想到活着没有多大意义，想到放浪形骸。

镏缸让他错过了娶妻的年龄，或者说，哥哥申白露从来就不想多花自己的钱给他娶妻。他在山神凹村是有窑洞的，花五十元买了中街上死鬼申福喜一眼石窑洞，据说申福喜是用炸药把自己崩死在窑洞里，活着的申福喜就是光棍，死了难道附体在了自己身上？

窑里因为不住人养了大队的马，经常外出的申寒露对那眼窑洞一直以来都显得很陌生。他和李夏花的事似乎比风走得还要

46

快，山外人都知道他的事，他的口碑因这件事坏了一些女人的想象。他的日子就这样，出门一段时间就想回来见这个女人，牵肠挂肚，夜里总是因为这个女人做一些发春的梦，那不安静的、有奇妙光泽的身体，他像风追着叶子那样绕着她旋转。

每一次从李夏花的窑洞走出来，他的思想都会斗争很久，想叫自己放弃这种丢人的勾当，可之后他还是会毫不犹疑走往李夏花的炕上。他外出赚的钱，几天时间就被这个女人掏光了，他总是心甘情愿给她。他不能听到她说她的家事，那个娃娃的样子，很多离奇古怪的场景中，他觉得对不起那个傻大嘎。

哥哥给他留了门，申寒露推开门时，闻到了地上的味道，是臭鞋的味道。他脱下外衣躺往炕上，侄子和侄女睡在炕墙处，炕墙上有炕围画，暗红的梅花一朵一朵开着。

他突然觉得很久没有锢瓷了，早些时候他还给外村地方林场上班的北京人锢过瓷碗，那家的女人一定要申寒露用铝丝锢两朵梅花，锢完梅花时，他的心情异常好。那家的女主人用锢好的瓷碗喝红糖水，瓷碗贴在嘴边上，兰花指翘着，那个女子让他心情异常难过。

他没有见过山神凹村人用这样的姿态喝过水。

他认为，之所以一直以来没有娶妻的原因，并不是因为李夏花，是因为那个女人的样子。

一直以来，那场景的重现让他莫名其妙停留在内心所需要的地方。

对面炕上的申白露说：“睡吧，看把你累坏了。”

听这句话说的意思有多难听。

申寒露一下还睡不着，有些情节他要回忆一下，比如，小时候弟兄俩就睡在这盘炕上，一铺被子，顾头不顾尾，父母在哥嫂如今躺着的地方，夜静时，父亲的咳嗽声，老鼠的打斗声，间接着母亲学猫叫声响起，弟兄俩假如也醒来了，就一起学猫叫。父亲喊："起哄啥呢！"

母亲生白露是白露那天就起下名字申白露，生寒露于寒露那天起名儿就叫了申寒露。小时候的日子好，人一长大麻烦就来了。

当年对面炕上父母亲的样子如幻觉，如今已是哥嫂。父母已经老了。

他又想到了南方的姑姑和叔叔，有一次他还给对方写过信，还想着去找一找，或许可以改变自己的命运，结果是石沉大海。想着爷爷是干部，怎么说也有一个干部的背景在，怎么这日子就一直过得和农民一样？有点恨父亲，为什么当初不强行去南方？养了两个男孩，受了一辈子，到头来还不能保证都能娶上媳妇。

唯一能够保证的是长子，记得父亲年轻，人还精干时，伸出手拉着哥哥的手说：

"说什么都得给爸爸娶个好媳妇，娶妻生子，老祖宗留下的规矩，不然山神凹人要笑话你。"

想着父亲年轻时说话的样子，感觉就像做了一个梦，梦醒时自己都不年轻了。

翻来覆去想一些事情，申寒露似乎又清醒了许多，想起了申白露说的话：

"人活着不能没有好名声，你这样下去，不说给咱守财了，人家知道心疼你也算，就怕到最后是人财两空。"

申寒露不搭话。对面炕上的人说什么都不进耳朵了。单单想郭放歌，这个师道不尊严的家伙。

对面炕上的申白露翻了个身，似乎已经睡了一觉，说："都是手艺害了你，叫你心眼长多了。人家现在提倡的读书无用是对的。"

申寒露轻声打了一个口哨说："睡觉，哥，读书怎么能无用？你管我小，管不了我老。何况我也没有读过多少书。"

申白露突然一下坐了起来说："我毕竟比你多长了几年光景，你不能不知道守钱，世上的人谁离了钱能活人？你把钱白白糟蹋了。养一个没用人还知道往茅坑里攒粪，你把钱给了那烂东西，看你以后活老了咋办。"

又是钱作怪。申寒露伸手抠了抠申大暑的脚心，申大暑哼哼了两声。听得嫂子李水香拽了一下哥哥，感觉夜就要安静了。

哪知申白露又说了："你和人家山神凹村的老师争啥哩，咱大暑还要在人家手下读书。"

是啊，和郭放歌争啥呢？不和他争。有了这个想法，心里无根据地甜蜜了一下，这一刻，他愿意他的想法也是管用的。

夜幕中申寒露看见的果然是郭放歌。

他一直认为稳妥妥抓着这个女人了，哪知道女人的心秋天的云。批完作业，郭放歌走出教室想透透气，突然地有一种预感，申寒露在李夏花窑里的念头就闪了出来。

也没有多往深里想，这是人家的自由。徘徊在山神凹街道上，他想自己的命运，自己这前半生，可是从来没有想过会来山神凹教书。

月明下他听到申寒露讲起知识无用论，历史上永远都是在知识有用与知识无用之间钻牛角尖。如果不是这个女人，他们或许可以成为朋友。怎么说呢，也算是命运吧，他的妻子被一件简单的事情判了刑，也是无法说出口的事情。

他的妻子是教育上的公办教员，因为肚子里怀了娃的缘故犯了一个政治错误。农村学校大部分不是在寺庙里就是在大队仓库下，妻子所在的学校是一个叫古县的大村子，学校隔壁住着的邻居成分不好，算是地主家的后代。

地主家院子里养了两三只母鸡，常跳过墙头来学校串门儿。妻子想着肚子里的娃，日后生下娃来想吃个蛋儿也好问人家讨几个，谁也没有规定不能和成分高的人家往来，何况就事论事也不是看中了人是看中了人家的母鸡。

看着母鸡们在学校院子里闲散的情态，妻子琢磨着用什么方式讨好它们的主人呢？哪知，机会偏偏就来了。

有些机会不是找来的，是自然而然来的。学校是三间大瓦房，楼上是队部的粮仓，堆着剥下来的玉菱。木头楼板上老鼠很适时地啃了一个洞，若有若无，偶尔会掉下一两粒玉菱来。妻子瞅着那一两粒被老鼠啃得不完整的玉菱动了心思，顺心思想到了隔壁地主家的母鸡。妻子有一天就和人家主动讲：我送你家母鸡一份口粮，等我生了娃，也好让娃吃你个蛋儿。

地主婆笑着说，几个蛋还趁得住吃你一份口粮。

玉菱粒儿往下掉的概率太小了，妻子还不急于行动，她把那个老鼠洞用棉花缠了木棍儿堵死后，放心回家生娃去了。

娃长到八个月大，第一次来到了学校，因为是男娃儿，妻子奶水一直不足。没有奶水喂养，娃饿得黑夜白天哭，男娃儿的那种洪亮的哭声让左邻右舍都听得清楚，妻子由哭声而想到了楼板上的老鼠洞。

黄昏，放了晚自习，妻子桌子上加了凳子登高拽下了楼板上的木橛子，那洞还不够粗大，她发了狠用通火用的铁火棍朝上捅了几下，玉茭粒儿哗一下往下掉。等玉茭漏了一布袋，她重新塞紧了木橛子，很轻快地跳下来收拾利落了场地，面不改色心不跳倒出一簸箕玉茭送给了地主家。

这样的盗窃行为大约延续了一年，不光是地主家的鸡吃，也补贴自己家用粮。

夏天时队里就发现了楼板上的玉茭有塌陷，看着周围的仓印很完整，他们也没有多想，秋天粮食下来又补了上去。秋天和冬天，几乎就没有人上楼，第二年开春，楼板上的粮堆不知不觉塌下一个洞，小队干部们上楼查看公粮，那个洞自然而然扎了他们的眼。走下楼梯的小队干部们看着妻子感慨万千：

有知识的人太自以为是了，就是胆子大。

物证之下，妻子被逮捕。判了两年刑，虽然量刑太重，但是物证告诉人们，妻子一年里取走公家粮食有一千斤。

妻子明年就出来了，他觉得自己这两年在生活上犯规出错从人性上也是说得过去的。因此，他根本就不想和申寒露争这个女人，他还是喜欢知识女性，对李夏花更多的是生理上的急迫。

五

　　山神凹的秋天湿漉漉的，秋雨连绵不绝地来了，家里人手不够的，地里的庄稼眼看着就要烂了。申白露的窑洞院子里摆满了山神凹村人要锔的日常家什，申寒露教申大暑锔缸，申大暑的眼睛望向门外，心思不在手艺上。

　　申寒露操作时在膝盖上蒙了一块厚帆布，先用小刷子在缸的裂缝处刷干净，然后把碎片和残瓷对齐，用一根带钩的线绳把钩挂在缸沿上，线绳从缸底绕几圈把碎片固定住。接着用金刚钻在残瓷和碎片上钻出左右对称的小孔，再用小铁锤把锔钉嵌入小孔，以复原、固定好瓷器为准。对准后固定死，外面抹上油灰就算补好了。

　　当然，锔缸不仅要将缸修好，还要根据缸的实际状况，融入自己的创造，使缸的"补丁"成为装饰品，比修补前更具特色。

　　申寒露和申大暑说，锔缸不是一种单用手就能做好的活儿，而是用心才能完成。

　　申大暑的心思不在此处。下了几天的雨，上游发洪水，他要和村里的孩子们下河捞柴。

　　他逮住一个空当窜了出去，从茅厕旁扛了粪叉往河下走了。

　　山神凹河水是浑浊的，河道两岸站满了娃娃。天空的黑云像灰烟一般怪异，压得两岸的树纹丝不动。河水快速流动，几乎看不见浪，这样的水更深。河水不停高起，有浮柴漂下来，拿着粪叉的娃娃们伸出去往自己身边钩。

李夏花的傻儿子不知道什么时候也来了，或许是大人都往地里去抢收秋，没有人看护他。傻子甩着两条长臂摇摇晃晃走过来。

一般人见发大水，或多或少都会眼晕，有的人貌似很镇静，其实只要站在河边，看见一涌一涌的浪，心里就会失去平衡。

傻子也怕水，不敢往前走。山神凹人笑傻子不傻，知道晕。

山神凹的一切总是充满了灵性，太阳也是灵性的，黑云藏着的太阳一下就出来了，胆怯的初生，磅礴的中天，又似乎奄奄一息，突然地太阳又藏进了黑云中。先是停下来的雨又开始下，接着大雨点就来了。

大雨一来，耐受河沟两边抢收秋地粮食的人往村里跑。李夏花也在跑来的人群中，她无意中回了一下头，看见了她的傻儿大嘎在雨中的桥上傻笑。

李夏花肩上扛着一捆谷子，跑起来显得有点吃力，一边跑一边喊大嘎快往回走，雨要下大了。

大嘎要是能听懂人话，大嘎就是好孩子了。

这时，韩谷雨赶着羊往山下走，忽而晴忽而雨，他就不想在山上放羊了，想着下午有空余时间借了下雨好和山神凹人打扑克牌。哪想到越往山下走雨越大，羊也知道雨来了，不叫，急慌慌走。等他赶着羊走到耐受河边时，看到对岸一排人拿着粪叉捞柴，觉得和看西洋景似的，他站在对岸不动了。

羊看不懂乱走，想过耐受河，看到河水和往日不一样是红土色，便也停下了蹄脚。

桥头旁长着一棵柿子树，有一只喜鹊从树上飞下，停留在石桥的栏杆上。桥的那边韩谷雨赶着一群羊上了桥，雨下得大，有两只羊挤着往桥上走，河水泡软了岸边的黄土，羊踩上去，土坯就塌落了，两只羊滑落进了河中。

大嘎发现自己从来就没有看见过这么好看的东西，他想去救那两只羊。桥旁的柿子树绊了他一下，韩谷雨亲眼看见傻子大嘎站在桥上盯着羊看，看着羊掉进了河里，大嘎叫了一声"羊"，想伸出手拽羊，没有拽住羊，他"嚯"一声跌落进了河里。

李夏花亲耳听见大嘎大声叫了一声："妈！"

叫"羊"也不应该，叫"妈"也不应该，他长这么大，就会口齿不清说"南瓜花"。

李夏花扔下谷子拔腿往桥头跑，傻子从来都不会叫"妈"，她听得真切，那一声妈是喊她。桥头上什么都没有，似乎也没有人看见大嘎在桥头上。

黑云再一次压下来，山神凹村完全变成了黑色，滚雷在黑云深处炸响，一根擎天白光从天空掼下，落在一群奔跑的羊群中。顷刻间，天地间大雨滂沱，到处都是水，山洪高出一尺呼啸而来。泛着泡沫的洪水，散发着一股大地的腥气，汹涌澎湃穿过山神凹耐受河，那份急迫和霸气令站在河边还没有来得及往回跑的人目瞪口呆。

此时，如果河水愿意，它可以卷走它愿意卷走的任何东西。

一片秋地被卷走了，河道上的柳树被卷走了，两只羊被卷走了，那些捡好的柴捆被卷走了，收割回来搁置在岸上的秋粮被卷走了，所有被卷走的物件像一片秋天枯萎的柿树叶子，看不出重量也看不出有任何生还的欲望。

李夏花疯了一样跑到站着的人群中间，她跪在地上喊叫着，希望他们能救救她的儿子。她看到她婆婆跌跌撞撞拄着棍走来，跌倒在雨水中，爬着过来。婆婆喊道：

"救救他吧，救救他吧！"

没有人敢走近洪水。

洪水从上游带来的任何一样东西，比如说山石、淤泥、灌木，全都裹挟在水中却又全都看不见，看不见便不能救大嘎。有人就想证实到底是不是洪水卷走了大嘎，似乎没有人发现他在河边。山神凹人都知道大嘎怕水、怕高，撒尿都是蹲着尿，怎么会来到了耐受桥上？

李夏花哭诉着，指着桥头的那棵柿子树。跑过去的人看见，柿子树的叶子已经被大风卷走了，青黄的柿子留在枝头，像并不作响的风铃，让单调的枝头多了一些诡异。

洪水在柿子树下涌过，看着的人群头皮毛发直竖，两岸的泥土沙沙沙往耐受河塌落，一米厚的土，瞬间化成一股黄汤，什么都没有了。

山洪大约持续了半个钟头，突然雨就停了。受了惊吓的山神凹人看见李夏花像个泥人儿似的坐在岸边，她的婆婆瘫痪在地上，甚至没有人去扶她，她的公公，一个老实巴交的乡下人，大张着嘴说不出话来。

申寒露是大雨过后走出窑的，对山神凹耐受河边发生的事情他一概不知。知道大嘎落水走了，他先是笑了一下，只有他知道他的笑不是幸灾乐祸，是对苦难被解脱了的无可奈何。雨过天晴，空气被雨水过滤得十分清新，从河沟里吹过来的山风撩着申寒露的衣襟，他不能相信这是真实的，也有人说，这不是真实的。

地上的两个女人让他完全看不清本来面目，他觉得无论是不是真实的都应该先顺着河道去找人。

多少年都没有听说洪水卷走人了，既然卷走人了，这实在不是一件小事。他喊了几个后生，深一脚浅一脚走往河道里的泥沼里去寻人。

申寒露几个是在第二天午后找到傻子大嘎的，赤精着身体，尸体被水泡得肿胀了许多，同时还有两只羊，羊身上的毛被沙石剥落了，白白净净如擀毡人剃去了羊毛。

傻子大嘎和羊都被抬回了山神凹村，大嘎停放在村外，两只羊成了他的祭品。

六

洪水过后，山神凹飞来一种黄白相间的鸟。长长的尾巴，长长的喙，尤其是啄一口食，尾巴就迅速点一下地。它们顺着河道找吃食，很少停留下来看什么，往前走得认真。刚才你还看到它在河道觅食，脸一转就渺无踪迹。你还以为它走出了你的视野，哪知道一回头它又落在了桥头的柿子树上。

山神凹村有一个神婆叫申秀芝。她对发生在山神凹村的一切事情似乎都已经看得很清楚。虽然说社会上一再教育大家要破除迷信，要知道人类的进步首先是要相信科学，但是习惯是很顽固的东西，有些事情它就是很奇怪地发生了。科学是什么东西？这个秋天带来了太多的凉意，一定是有什么东西得了神力。

比如说那些鸟，谁都没有见过，在秋风里已经现出了经世的成熟与冷静，它们不管人的眼睛，不意间一只沁凉的手指的触碰，它们也不怕，只是跳一下。

山神凹人觉得奇怪，他们像风里叽叽喳喳的麻雀，他们找那些鸟，耐受河上的风刮过来，他们喊呀叫呀，无济于事，鸟根本就不出现在他们面前，可是准备要走了，鸟来了，蜻蜓点水似的贴着水面飞过，惊讶得山神凹人想哭。

学校教师郭放歌领着学生在耐受河边上玩一种游戏：天下太平，你输我赢。

河岸边的大石头上画了很多"田"字格，两个人一个"田"字格，游戏结束以后，胜方在四个格子里分别写完四个字。这四个字就是"天下太平"。

山神凹的学生娃们玩得很起劲，谁先走第一步由石头剪刀布出拳来决定。决出胜方，胜方就在自己的田字格里写下一个字的第一个笔画；每写一道笔画，就决一次胜负，这样，如果是你先完成了这四个字的笔画，游戏便以你的胜利宣告结束。

有意思的是，两个人在以"石头剪刀布"的方式对决胜负时，每出一次手，嘴里必须喊出"天下太平，你输我赢"这样的句子，出手快不一定是好事，太慢也要受罚。

郭放歌做这一活动其实是让学生看着河道，他害怕失去儿子的李夏花出个啥事。毕竟是死了儿子，唯一的儿子，对活着的母亲来讲，一旦过不去这道坎，啥事都能发生。

申秀芝认为，所有发生在秋天的事情都不正常，都需要做个了断。

傻子大嘎的死，具体而集中的悲伤在山神凹人心里似乎已经结束，大家帮助李夏花安置了大嘎。大嘎不是成年人，只能寄放在一个废弃的土窑洞里。

窑洞里已经放了许多口棺材，都是山神凹早死了的人，因为还剩下另一半活在阳世上，等阳世上的人死了才要一起下葬，早死的人就得等，有的一等就等许多年。这样一来，按照阴阳摆放的棺材横七竖八，也算是十分拥挤，这样，或许大嘎才不会感觉到寂寞。

李夏花看着窑洞里的棺材，没有放声大哭。哭不出泪来，或者说是泪已经哭干。出殡傻子时他的父亲没有回来，一个在外拾荒的人，没有任何消息可以传到他耳朵眼里。

傻子的死亡对李夏花是一次意义鲜明的提醒，也让她的感觉特别敏锐起来。比如，她在吃饭时，强烈地感受到正在吃饭，从前的她，吃饭似乎是对傻子的照顾，而她要获取的只是简单地填饱肚子。

感觉大嘎死亡的影子每一瞬间都在清晰，都有不同认识。

她开始想：总有一天，她也必须死，只是迟和早不能确定。这样她就惶惑相信，自己有选择真正需要另外一种生存方式的权利。她一时还不知道是什么样子的生存权利，但是，她知道，从前的李夏花死了。

夜里身边没有人了，脚地上没有站立的人了，昏黄的暗影里也没有傻笑声了。她想到有几次从门缝里观察炕上的傻儿，尤其是早晨起床的那一时间，一般来说，他都是慢慢睁开眼睛，等他睁开眼睛的时候，还会环顾一下四面，发现没妈在身边，他都会像初生婴儿似的哭一下。

就在他慢慢环顾的瞬间，他又感觉到了新奇和陌生，他傻笑，感受安静又熟悉的世界。

还有，李夏花最早和别人苟且是避开大嘎的。

庄稼地，山背后，空着的石窑，野山野岭，有些时候自己也不想，可想到大嘎她就放松了自己。她和山神凹汉子苟且，目的很明确，她需要钱。她要钱就是想给大嘎看病。

大嘎的病看不好，或者说希望逐年在缩小，也是急病乱投医，有一次她突发奇想："一个人最早懂事是知道了撒尿，那是自己的私处，怕让人看，也叫知羞耻了。一旦撒尿便背转身体，那地方敏感，成年的意义是懂得了男女之爱，是不是可以试着在他面前让他看到成年人做的事，刺激他一下，看他有什么反应，也许可以唤醒他。"

有过第一次之后，李夏花就在大嘎面前光明正大了。

李夏花想大嘎在窑掌深处的暗影里，或在灶火旮旯，脚地上，只要有一口吃食他对一切是没有感觉的。他活着是来人间讨债来了，让做妈的还了十五年债，十五年没有叫过一声"妈"，临走时他喊了一声，生和死，叫一声"妈"是最后的感谢啊。

够了，够了。十五年，生和死的过渡地带不是梦啊。

李夏花在供销社买了纸钱，拿了给儿子准备上学用的、一天也没有用过的笔和墨水，她在纸上工工整整写下：

"山神凹村人申有余，农历八月二十六日未时生人，死于农历八月二十六日未时。"

吓了李夏花一跳，怎么能生和死如此巧合？她感受到了一种模糊，有一股寒气袭来，窑洞里空空的，那股寒气不知道是从哪里生出。

李夏花穿了黑色幔衣，浓黑的头发在脑后绾了一方手绢，直垂腰际。清瘦的脸颊上挂着灶间几缕烟黑，挡不住她眉清目秀的妖娆。她拿着纸钱走往山神凹耐受河的桥下，走得不疾不徐，神态极其安静。

她在洪水过后的泥岸上画了一个大圈，圈里写上大嘎的名字，按规矩是怕野鬼拿了去花。点燃纸钱后，她很认真地一张张烧，没有燃烧透的，她尽量用棍子翻搅烧净。火苗烤热了她的脸，脸一热，心也跟着热了，鼻子泛酸，想哭，不能哭，控制着泪，害怕大嘎来收钱看到她哭，叫大嘎牵挂。

火苗一点一点蹿跃，她的傻儿子小名大嘎，大名申有余的容貌在纸上浮出来。

李夏花小声叫着："大嘎，申有余，我的儿哇，来收钱，来收妈的钱呀。"

火光暗下来，纸灰上面裹着一些火星，她把提着的汤水浇在上面，从供销社买来的饼干一点一点掰开扔往河里。她希望她的儿子能收到她寄往的纸钱，这种仪式是管用的，千百年来，大家一直在用这种方式祭祀远走的人呢。

洪水落下去了，河面很宽，起伏之间，滚下来的山石剖开了平滑的水面，水色泛青，青色的水花聚集在石头高处，水流过打出水花。

世界上有许多东西深藏不露，现在，终于看到耐受河的河心也没有那么深，一些落叶在河面上顺势飘零。

李夏花突然听见有鸟叫，鸟在耐受河拱桥旁边的柿子树上，是她从来没有见过的一种鸟。那鸟似乎是想和她说话，俯视着她，由一个枝头跳到另一个枝头，欢快的样子很是让人动心。李夏花掏出饼干揉碎放在手心，朝着鸟举过去。那只鸟不认生，四顾着，并没有飞过来。

李夏花心里很难过，连鸟也厌恶她。唉，没有人会关心一个在山神凹名声不好的女人，即便她遇到了丧子之痛，她做的事情是活生生存在过的，她是那样张扬地招呼一个男人去往她的床上，那样不顾羞耻面对她的儿子和那些男人鬼混。

她遭遇的一切都是上苍对她的报应啊。

一只鸟都嫌弃她。她想慢慢地缩回来手，可手却怎么都动不了了。她似乎要悬浮起来了，受到什么东西莫名其妙的推动从而滑行，很慢，但是很快乐，似乎弓着背，有着难以置信的样子。

往前走，朝着鸟的方向。

那只鸟朝着她飞来，飞过她的头顶，翅膀掠了一下她的头发。她突然梦醒一般，往前再走一步就是河心了，河心里藏着的死亡在等着她。

心如兔撞，她还会活下去，还会和山神凹人一直存在下去，她越发要单人独马风骚了吗？

那只鸟突然就返回来落在了她的胳膊上，鸟喙啄她手心里的饼干。

李夏花惊住了，大气不敢出。吃完手心里的饼干后，鸟飞起在她的身边绕了一圈，然后飞走了。

这真是一件奇异的事情。身后传来学生课间的响铃，学生娃的脚步踏出重响，互相喊叫的声音变成回声传到河边，不知哪个女生受到了什么攻击，尖叫一声，学生娃在学校院子里快速奔跑、打闹。李夏花感到了无助和绝望，蹲下去，坐下来，跪下去，捂住耳朵闭上眼睛。

胃的难受和头的眩晕使她很难让自己去喜欢那些学生娃，那些都不是属于她的呀，"孤苦伶仃"，她被困在孤苦伶仃中间，"哇"一声，她憋不住了，开始号啕大哭，抽搐的哭声扭曲了她的嘴角。她朝着自己的脸打了一下，又一下，剩下的路咋走呀？看着四下，她多么希望每天都见到这只鸟，鸟飞走后，她怀疑这种情景的真实性。

她想和人讲，甚至想告诉人们这是真事。

这只鸟让她陷入了安详的迷醉，她坚信，明天它还会来。

后天，再是明天，后天。

七

祭河是农历八月三十夜里开始的。

头几天，山神凹村的神婆申秀芝就从小队领了五斤麦子，石磨推下的面不够五斤，起码有一斤半麸皮。小队的事情小队出粮，虽然摆不到桌面上讲，毕竟是死了人了，只要没有人去公社告状，村事村办，涉及人人有份的利益，山神凹人都是睁一只眼闭一只眼。

申秀芝是申荫富二娃申双庆的女儿，申双庆没有儿，大女儿秀芝招了山外女婿，继承了申双庆的家业，女婿为儿，家中主事人是女儿。

申秀芝打小得过一场病，病生在春天桃花开时。

三月桃花吐出花苞时，山神凹到处是绯花片片，秀芝拽着申双庆的胳膊出山走了一趟。返回来时路过一片桃园，空中没有一丝风，缤纷的花瓣落在头发上，一片叠着一片，不仔细看还以为是绣在布衫上的花呢。秀芝歇着就不想走了，申双庆让她走，她不走，申双庆就打了她一巴掌。秀芝就开始哭，在地上打滚怎么都弄不走。

荒山僻野，三月也还是有冷风吹面，哭着哭着人就睡过去了。这当口申双庆才背着秀芝回了山神凹，哪知回来也不见醒，第二天就开始高烧。山神凹人对待头疼感冒发烧从来都不吃药，任由烧，连烧三天，原来凹里有一个神婆叫韩秋平的来看她，打量半天说：

"流年暗中偷换，那桃花是一个成了精的桃花，它看秀芝好看就想收了做它的儿媳妇，亏得是申双庆红发高。道是有情还无情，悲喜无常，命是留下了，就怕烧退了人就傻了。"

烧退后秀芝果然就傻了，痴痴地望着窗户，一会儿笑一会儿哭，吃时也知道吃，就是不动。都说是闺女傻了，哪知过几天就开始往外跑，满山遍岭，跑一天，傍晚也知道回家，饿了就吃，一双鞋几天就跑烂了。

申双庆用绳子拴着不让她跑，结果咬断绳子继续跑。眼看拴不住，就放开让她跑，结果她反倒不跑了，不几天人就清醒了好多，说是要念书。

谁都说不好是因为什么，问她，她说自己也不知道，就像睡了一场大觉。

往大长，突然地有一天就会给人看病了。

也是暮春，有几个山神凹男娃儿偷跑到耐受河上游耍水。不觉然，水面就起了风漾起了波纹，站在水中的赤裸身子站起来想走，发现沾了水的肌肤有点冷。有几个不想走还想耍，就一个猛子又入了水中。

虽然正午的阳光很暖，但是站在低洼的河道里，又是风走过的道，高高地与白晃晃的晴空相接的两岸挡住了他们的视线，不一会儿阳光就钻进了云层。那些在水中跳跃的小泥鳅从他们身体上划过，几个人就开始抓鱼，不知道谁不小心抓了谁一下，河水中的人就打起来了，随后有人呛了水人事不省。娃被大人抬回去，大人不知道该往山外抬还是就这样等着，外面就有人张罗驴车准备往山外的公社医院送。

这时候申秀芝走进来，扛起娃担在肩膀上绕着院子忽闪着走了两圈，肩膀上的娃就开始往出吐水，哗哗吐，连着中午的饭一起吐了个干净。秀芝让大人买了香烛点燃了，又舀了一碗净水，取了三支筷子，在水碗里不停淋水，边淋水秀芝边说：

"遇见谁了？快说是遇见谁了？啊呦，是遇见你了呀。咋好好就遇见你了？你从耐受河上过？咋不走桥呢？你是说想走近路哇。啊呀呀，咋就稍带了山神凹的人，你快走吧，赶你的路去，一会儿就给你做口汤面喝。咋？还想吃稠饭？好啊好啊，那就给你做擀面。想吃三碗擀面？肚子够大，谁养活得了你？你等等，我看你从哪里来，要到哪里去。"

秀芝把三根筷子支成一个三角形，让旁边的人和她一起用巧力架起来，筷子就往西倾一下，又往东倾一下。

秀芝说："是从西方来要往东方去。"

秀芝让屋里人赶紧做面，她端着水碗在娃的身上正转三圈，反转三圈，用手往筷子上淋水，筷子就站在了水碗中。水碗被放在窗台上，这时面也好了，三只碗，每只碗里的面也不多，放在窗台上。不到五分钟时间，筷子在水碗中就自动分开了。

秀芝说："好了。"

娃在炕上长长出了一口气，娃就醒了。

申秀芝开始看病了，大事小事都有人来问，会看病了山神凹人才知道从前的不正常行为是磨神呢。

申秀芝要人们敲着响器往炎帝庙走，虽然没有神像了，但是庙在就有神。

炎帝庙里的像都叫"文革"给毁了，空空的一座庙，先是做了小学，后来又做了小队仓库，现在做了羊圈。炎帝庙在山神凹人日常生活中举足轻重、无可代替的日子似乎走远了。

去庄稼地，出门走亲戚，夏天乘凉，平常到供销合作社买东西，交公粮，山外来了客人，都要路过炎帝庙，一天里上上下下，不知道走多少次。不进寺庙烧香有几年了，但凡是有事或者是逢初一十五，心中有敬畏的人就取了香在庙外朝着庙烧，常会遭到年轻人的痛斥和反对嘲笑。

不过老一些的人对山神凹的炎帝庙，每个人心里一旦想起来都还是有微妙的差异，虽然有的人心里也存几分敬意，但又觉得"文革"把塑像都扔茅坑了也没有见有报应，因此，一大部分山神凹人在时间的再现中从朦胧到清醒，也就越来越不相信了。

炎帝庙里有一座塔，塔应该是明万历年间建，后于光绪年间重修。辽、明两代建塔造寺普及，耐受河流域几乎村村有庙，不止是一座。寺庙里有躺着的一通石碑上写着："寺与塔为山而设，为农事而设也。"

流传到现在，山神凹人虽然已经破除了迷信思想，但是，一路流传过来的故事，也许是明、清两代民间文化人的有心栽花，也许是千百年来日常生活经验的无意插柳，也许就是黎民百姓生存梦想的不谋而合的借花献佛，还有故事在人们的嘴边上挂着。

山神凹人对寺庙的虔敬之心一旦唤醒，炎帝庙在人世间的重量还在，所起作用更是不可估量。

三十日晚饭毕，山神凹神婆申秀芝一身白衣，头戴白帽，手里拿着一副铜锣，锣锤上系着红绸扎成的红花。她站在当街上敲锣，锣声通过夜风传递到每户人家的窑洞里，黑暗中的深秋气韵，像粗重呼吸，足够挑起人们心中的兴奋。

看见远处打着手电筒的灯光，灯光中申秀芝一摇一摆走来，所有人迅速跑回窑拿着各自的响器往外走。先出来的人就站在山神凹街道上吆喝吹打家伙的人赶快走了。

山神凹懂吹打家伙的人本来就多，几乎是各户都出了人，只是吹打家伙少，没有吹打乐器的人手里拿了可敲响的脸盆、锅盖。所有人一身罩衣，有手里打手电筒的，也有提灯笼的，一队人拥着秀芝往耐受河边走。

申秀芝走在前面，后面跟着会敲打的八音会人，他们先是走进塔院寺烧了香请了神，由山神凹村两位童男童女端了神牌位和供奉走往耐受河祭祀黄龙神。

祭祀者清一色白衣白裤，没有光亮的夜晚，白是黑的颜色，黑是白的大地。

这晚的月明被云遮挡了，一行人打着手电筒，会吹拉弹打的人开始奏响了乐器。一片黑色的河道，不知谁的手电筒光柱照在了河面上，接着所有的手电筒光柱都射到了河面上，穿行于黑暗夜空中的白光不禁让人心头一热，尤其一些老人，泪水挤破泪泡从眼眶里流下来，白色的泪珠泛着微光滴落在黑色的河道上。

申秀芝舞着自己的身体，手里抓着一条白色绸带，脸上带着几分悲婉沧桑，黑暗中白色绸带显得柔弱瘦长。她披着白色的斗篷，迎风立在河边一块大石头上，口中念念有词：

"黑和白是做人永恒的爱憎分明，五彩缤纷只能破坏人的至境，白摧朽骨龙虎死，黑入太阴雷雨重。"

和着八音会的曲谱，申秀芝开始唱：

一不葬祖顽石碎块，

二不葬祖急水滩头，

三不葬祖沟渊绝境，

四不葬祖孤独山头，

五不葬祖神庙前后，

六不葬祖山岗缭乱，

七不葬祖风水悲愁，

八不葬祖左右休囚，

九不葬祖坐下低小，

十不葬祖龙虎尖头。

山神凹村人坏了规矩，遭受了黄龙的报应。

申秀芝把用白面做好的祭品，一块一块扔往河里，先是祭祀无人祭祀的亡灵和幽魂，接着祭祀阳间无亲无故、背井离乡的流浪者。

她把大个祭品扔往河水流经处的一个最大的浪头上，手电筒照着，祭品入水，一个浪头过去就被黄龙收走了。

申秀芝喊着："收走了，收走了，国泰民安，国泰民安！"

申秀芝认为是山神凹村人没有用心埋葬祖宗，冲撞了河神才引起了大水。活着的人的幸福都源于祖先的荫庇，为了活好，活人就得尽义务和责任供奉祖先，祖先在阴间的福祸会因阳间后代的世俗行为言行而增减。

背地里，申秀芝和山神凹村里的人说，李夏花太不守妇道了才有了今天的报应。

虽然看祭河的山神凹年轻人不相信神，但是，此时他们也绝不敢轻视或亵渎它，每个人的表情都很严肃。

对于老一些的山神凹村人来说，神是没有真假的，更不能去细究察真假问题。

对社会关系和人心善恶，每个人心里都有一杆秤，神是他们某种时刻具体而实用的需要。

人可以信仰但无须为之付出太多，所以，简单的一次祭祀，山神凹耐受河就不会再发大水了，除非有山神凹人做了天大的恶事。

可是，山神凹人有多大能量，做惊天地的事情怕是还轮不上山神凹人呢。

返回的路上，有人就翻出了柴青娥的事，说柴青娥死后是寄人篱下，有人还看见她的空坟有动物出入，这些都对山神凹人不好。

嫁出去的女人泼出去的水，申广建没有善待他娘，才有了申寒露这样的逛荡货，一切又都报应在了李夏花身上。

八

山神凹小学老师郭放歌心里泛酸，此时山神凹发生的一些事情，让他插不上手，比如，天晴了，大伙都抢着收秋，李夏花呆傻了似的，不动，一心叫秋粮食往地里烂。

还有，黄昏中，她站在傻儿大嘎落水的地方等一只鸟，柿子树上的柿子被人摘走了，她无数遍地往柿子树上张望。郭放歌几次想往她的窑洞里去看她，几次走近时，她都啪嗒一声闩上了门。

申寒露倒是很大方地天天往她窑里去，那张扬的样子让他很不舒服，凭啥他就能进去？而此时李夏花是正需要帮助的时候啊，他如果这时候都不能帮上忙，那以后李夏花就不可能见他了，或者说是他不好意思去见她了。

郭放歌几天后想了一个点子，他要组织学生们勤工俭学，他选择的第一户人家就是李夏花，帮助李夏花收秋。第二户人家是山神凹村里给小队放羊的韩谷雨，让学生帮助他打扫卫生。

这件事情一旦形成事实，山神凹村里的人虽然觉得有些意思包含在里面，可在当下李夏花丧子的状态中，似乎也找不出多少意思来。大伙就期待，以后轮到自己了看看学校出什么怪招。

叫山神凹村人想不到的是李夏花坚决不用学生们来给她收秋。学生娃不管，只要不学习就好。

学生娃往李夏花地里去，李夏花挡着不让他们动手。气不顺，李夏花坐在自己家粮食地前，太阳下，咳嗽不停，等咳嗽停了，脸上现出来两朵桃花，谁看见了，或者凡是看见了的人，就会由心而生出喜爱。

郭放歌说："你这是和谁赌气呢，和谁赌气都是和自己赌气。大伙儿都忙着收秋，闲田忙月，小队不可能派出劳力来给你收秋，你是等秋烂在地里才高兴？人走了拽不回来，好人还得有好命，你不照顾好自己，世上我看没有人照顾你了。"

李夏花笑了笑，这几天来她还没有笑过呢。她说："你不是来照顾我来了？"

郭放歌说："这叫什么照顾，得空在你地里揪把草而已。"

李夏花忍受着常人难以忍受的痛苦，看着郭放歌说："人人平等，不都是人吗？你照顾更需要照顾的人去吧。"

郭放歌说："人世间哪有什么平等，从来就是不平等，你就是我要照顾的人。"

李夏花说："多困难的事也没有难的，我的难走了，离开了我。我现在没有难了，你领着学生娃走吧。"

郭放歌就想拥抱一下李夏花，也不管学生们是否看见没有。李夏花说："你看见了没有，大嘎的眼睛在我脖子上面，像白馍馍上两个黑软枣，你不要再做这事情了。"

郭放歌两手垂地，他想李夏花现在还在丧子的痛苦中，那么就自我在想象中先圆满一下吧。

学校孩子们不想念书，一定要去给李夏花收秋，趁着李夏花不在就入了她的地收秋。

半晌午，李夏花走进地，看到那些孩子们欢喜的脸心里实在是不好埋怨，就招呼学生娃歇息一会儿。学生娃坐在地垒上一边歇息一边谈理想。

一个孩子想知道山背面是什么，一个孩子告诉他，山背面是山。

另一个孩子说，翻过这座山，山那边不如山这边好。

但是别人说的总不会相信，这些孩子们不去自己试试是不甘心的。有的就说，我长大了要走往山外，不回山神凹了，山神凹不好，没有电灯电话。

李夏花又想起了她的大嘎，大嘎从来就没有想过山背面是什么，他在家和院子里活了十五年。看见人家活蹦乱跳的孩子，李夏花的难过是说不出口的，她不能去和别人攀比，一辈子说到头就要到头了。

看见郭放歌走来，她让郭放歌别叫这些孩子来给她收秋，她不配叫他们来给她收秋。她和他们的父亲或许有过不清不白的关系，就因为这些不清不白的关系，她作下恶了，她的儿子叫老天爷收走了，收走时用了多大的动静啊，耐受河都发力了。

是啊，就冲着这些，她怎么还有脸叫他们来给自己收秋?

李夏花看着郭放歌说:

"人心里都有一盏灯，要是狠心把灯芯拔长一些，灯头就会燃烧得旺一些。可是每盏灯的油都装得有度，点得亮的东西，熄灭得也快。尽管我想要你们来给我收秋，可是，多少年后山神凹村想起你来，有人会骂你，你用他们孩子们的劳动替他们恨的女人收秋，就因为你和那个坏女人好。我心里苦，苦得很啊。人家也是娘生下的，我的儿也是娘生下的，我怎么就连一个傻儿子也守护不住呢？"

郭放歌不知道该怎么做，如果他不管不顾去做，一切都有可能顺理成章。但是，知识人就这样的性子，各自的性子都有差异，李夏花坚决不，他便招呼孩子们往村庄里走。

阳光拉长了他们的影子，孩子们的喧嚣和吵闹不留情面地传过来，那些孩子们中间没有她的孩子。

她站起身走往地里，她要收割她的秋粮食了，那些是她春天种下的母子俩的口粮，现在就剩一个人了。

夜晚的时候，申寒露抱着铜好的罐子走进李夏花的窑洞。

山神凹村停止了一天的热闹，就连小孩子的叫喊声也渐渐弱了下去。

申寒露放下罐子坐到炕上，他衣裳口袋里还装着一个黄米疙瘩，但是，已经没有人吃了。他很认真地把黄米疙瘩放进墙上的土洞里，李夏花倒下一碗水递过来，炕上有一方炕桌，李夏花要申寒露盘腿坐上去。

李夏花说："你以后不要来了。我丢不起那个人。"

申寒露说："你是觉得自己活够了？"

李夏花轻声拍着炕桌说："活够够的了。"

申寒露说："你要是真觉得活够够了，那你就死吧。"

李夏花从炕墙处扯过一条绿腰带来，站起来扬手搭在窑梁上。一切像是在开玩笑。申寒露伸手抓住拽了拽，绿腰带就断了。

"死亡的路上不是什么东西都可以拽走你的命，这一断，说明是阎王爷不收你。"

申寒露要李夏花坐下，炕桌上的水碗没水了，他起身去窑掌暖瓶里倒了两碗端过来，窑掌深处少了一个人。

李夏花说："我还是想死。你告诉我怎么才会顺当当就死了。"

申寒露说："死哪有顺当的死，活都不顺当呢。"

李夏花说："死要不顺当，活就更难了。"

申寒露说："你去洗把脸，把那雪花膏抹上点，地里干了一天活，不然，阎王爷看不出来你是一个贤良女人。"

李夏花下地去洗脸，洗罢脸抹了雪花膏，粗糙的手抹什么都挂不住水分。

申寒露解下自己的裤带，扬手往窑梁上搭时没有成功，站起来搭，一手抓着裤子，一手搭下来时比了比长短还绾了个活结。

李夏花坐在炕桌前看着这一切，看着看着泪来了，看着那挂好的拖下来的红裤带，仰着脸说："死呀，我就要死呀，死了，没有债务一身轻。"

申寒露也仰头看着那悬挂下来的红裤带说："人这东西，一辈子就想拴紧裤腰，就不想叫里面的享福，就不想叫里面的凉快，瞧人这一辈子，谁能把裤腰带拴紧？拴不紧就有享不尽的福。可福总有享尽的时候，对吧？命里该有的福总有一天会叫你享尽，所以啊，早把裤腰带系紧了，我早就不管你这闲事了。不哭了，你只要有时间活着，我就来伺候你。"

李夏花说："作孽太多了。"

申寒露说："讲胡话哩了嘛，我现在就想你。"

李夏花说："我不死了，你收回你的想。"

申寒露说："那好，做碗面吃吃。"

李夏花果然就不哭了。

起身，去和面做饭，她知道申寒露喜欢吃面，她和面擀面，从院子里摘回两个西红柿，用西红柿打卤。又摘了两个大辣椒，茄子，拔了一根白萝卜，两盘小菜炒好。一切就绪后，李夏花盘腿坐在炕上，那条红裤带就那样悬着，预示着未来的死亡方式，给两个人掺杂了一些话题。

窑洞里没有酒，两个人就喝醋。酸倒牙的醋，喝起来难有醉。

申白露几次走到李夏花的窑院前，他想走进去喊申寒露回窑吃饭。拐上坡看见那座土窑时他的心是灰蒙蒙的。一抬眼的工夫，情况变了，有一只鸟落在李夏花的菜园子上，是那只传说在河道里找食的鸟，也是山神凹人从来就没有见过的鸟。

他蹑手蹑脚往过走，有几位下地迟回的人看见他这个样子。谁都不知道他这样的走路姿势是为了逮那只鸟，所有走过的人一致认为他是逮他的兄弟。

那只鸟木木看着他，那些山神凹村的人木木看着他，他深情地看着那只鸟，他很想迅速扑上去，虽然他知道不能达成。

这个动作有点大了，看上去人很笨拙，笨拙的人还手舞足蹈，那只鸟高兴了，飞起来又落在了原处。

山神凹村的人同时看见了那只鸟，所有人放下手里的家什一起屏息扑向那只鸟。

李夏花院子里长熟了的蔬菜，因头几天的大雨，长势大好，这些逮鸟的人不管不顾踩着那些蔬菜就上去了。似乎所有人都认为李夏花的蔬菜就应该踩。天暗了下来，鸟绕两圈飞走了。人们的情绪因为这只鸟激动起来，突然有一种莫名的仇恨，是一种难言的情绪在蔓延，让所有人着迷和冲动。

那些人开始拔掉院子里的菜，慌乱与兴奋，尤不解气，一起踩在那些菜上，兴奋地跺脚。

窑洞里的人听见了外面的动静，一开始还不以为然。两个人因为醋的原因，或者说是因为傻儿大嘎去世的原因，申寒露觉得李夏花和以前不一样了。外面的动静大起来时，李夏花开门看，看到满院子的菜被这些人踩成一团，带头的人居然是申白露。

苦难的情绪突然如神祇般降临，她腹内产生一阵剧烈的绞痛，大叫一声，申寒露在她的大叫中，提着裤子走出来。

眼前发生的事情是他不可能想到的事情，他的哥哥那样丑陋地站在院当央，那张黑脸，那张枣肠嘴。

申寒露吼道：“你们就这样子不要了脸了吗？欺负一个没有了娃娃的妈妈。”

一阵风吹过，申寒露绾了一下裤腰，还是没有绾住，他想起了裤带悬挂在窑梁上。他的手就这样拽着裤腰，内心的矛盾和挣扎深深刺痛了他。

这个动作给了申白露一个暗示，也让山神凹村赶过来看热闹的人兴奋了。

这时候都有心做那下作事，怪不得耐受河发大水了！

申白露吼道："你看看你的样子，你还像个手艺人？丢人败兴都化成屁，升到天上去了。你从来就不知道活成人哪里值钱，你还不赶快跟着我回去！"

申寒露要李夏花回窑取出来裤带。他说话时瞪着眼，双眼通红。

李夏花取出裤带递给申寒露，这是一个暧昧的动作，尤其是系裤带的样子。这中间有一会儿冷场。

这期间申寒露一边系裤带，一边在申白露身上寻找家族的印记，或者与哥哥有关的生命信息。但是这样的打量很让他讨厌，一个小队会计居然算计到自己弟弟头上了。那说话的口气中完全没有农民的老实木讷样，背后掩藏着满口狡诈。

申寒露就地拖起一根椽吼道：

"你们都滚出去，这不是你们随便可以糟蹋的地方，还有没有良心？有没有气量？你们都滚，都滚吧！"

九

夜色把那些人隐藏起来，或者说悄悄离去了。

方才还鸡飞狗跳的糟乱，一下静了还有些不适应，总觉得还会卷土重来。经过喧嚣，鸡群已都入了窝，李夏花用挡鸡窝石封了门，远处不知道是谁家的狗叫了两声，接着又叫了两声，似乎是彼此传递着什么消息，一些狗不叫，但是呼着粗气，很焦急。

在低垂的黑暗中，狗叫声和近处传来的呼声很是叫人心慌。

申寒露决然拉着李夏花的手走进窑洞，门在身后插上闩。

插上门闩就意味着宣告他今晚不走了。

他由着性子把李夏花这片土地叫作自己的田，自己的家，他要这个女人把积了二十多年的抱怨、失意、愁苦、愤懑从肩上卸下来，随意放在窑内的脚地上，他要和那个走外的男人摊牌，叫他放弃这个闲置的女人并且离婚。

窑洞内是安静的，火上坐着茶壶里的水开了，茶壶盖子下"噗噗"冒着热气，热气顶着茶壶盖子频频响动。

申寒露像窑洞里的主人一样提下茶壶，收拾了炕桌上的饭菜，准备洗碗。

他看到李夏花站着不动，他走过去拽着她推到炕沿边要她坐到炕上去。

谁也不知道自己要拥有什么样的人生，每一块土地都拥有着独立苦难。耕耘它的人们可以在土地上躺下来指责天空的过失，抱怨雨水和过早到来的冰霜，他们可以像宠儿般在土地上做下蛮横、放肆的事情，他们甚至可以在不高兴时毫无顾忌地流露出人类所固有的劣根性，考虑背叛和离弃大地，因为，他们在拥有土地的同时也就拥有了背叛的资本。

然而，人们似乎从一开始就忘记了，祝福的背面印着诅咒。

李夏花说："你先不要洗碗，你去外面看看他们把菜地糟害成啥样子了。"

申寒露说："管球他，糟害成啥样子都无所谓。你现在就想想离婚的事情，你离了婚跟着我出山去锔缸，现在锔缸手艺不好做了，那我大不了重新拾起唢呐来学吹唢呐去，山神凹留给他们，叫他们活吧，看他们能活成啥样子。"

李夏花说："你还是出门看看吧，我好像听见了鸟叫。你不出门，我出去看，我就怕黑灯瞎火绊一脚。"

申寒露说："从今天起，你让我做的事我决不推卸。我去看。"

出门的瞬间他看到李夏花的眼睛里流露出了不舍，似乎隐含着决绝。出门后，身后的门就闩上了。

他喊着："开门。"

窑内的李夏花说："你走吧。我厌恶我们俩做下的事。"

申寒露拍着门说："该死的，你怎么比牲口还驴？你快开门。"

窑内的李夏花说："你走。你不走我就喊你是个流氓。"

申寒露说："你大声喊，你就喊我是个流氓。"

窑里的李夏花拉灭灯，不出声，任申寒露如何央求她都不出声。

申寒露回不到李夏花的窑里，同样也不能回哥哥的窑里。

自己的窑内养了小队的马，就算不养马，窑内也没有铺盖。他突然觉得自己长到现在，没有自己的铺盖，家是什么？家就是几床铺盖呀。

走外锔缸，走哪吃哪住哪，回乡和侄男侄女一盘炕，人生从来没有过打算，不仅是自己名声不好的原因，名声不好是他们内心想不好了。没有人愿意跟我过日子，是不是就因为鸡窝里没有几炕铺盖呢？

乱想着，气就越来越聚在了心口上。我申寒露不耍心眼，男子汉顶天立地，顶天不立地的人不叫申寒露，我要爱你一辈子。

申寒露站在自家老窑屋顶上喊："山神凹人听下了，李夏花是我的女人，我的农田，我种我收，从今天起，都听清我的话了，李夏花，我要娶你。"

李夏花在窑内听着外面吼，她恨不得跑出门给申寒露两个耳光，这是要让她在山神凹没有办法活人呀。

心里难过提起火台上的茶壶，一股水浇灭了火，荡起的烟尘弥漫着窑，她坐在炕头上面对着窗户外的黑，不哭也不想。

窑外窗前来回徘徊的脚步声渐渐走远了，李夏花下地站在黑暗的脚地上摸索着把手伸进墙上的土洞，掏出一个黄窝头来，然后又换上一个新蒸下的黄窝头。做了这件事，她坐到炕上，端端坐着，端端想心事，或者什么都没有想。

申寒露走在山神凹黑暗的街道上，有狗冲着他跑过来，看见是申寒露，狗便摇动粗大的尾巴表示歉意，也有狗不太熟悉申寒露，冲着叫几声，一伸一缩地喘着粗气。申寒露觉得自己还不如狗，蹲下去叫着狗，摸着狗的头，挠着狗的脖子，狗便友好地趴下，拖长腰给申寒露示好，申寒露心里就酸酸的。

走过街道，四野唧唧的虫声响着，有月明从山垴上透出来，路过炎帝庙门前，申寒露脚步不自觉地停留在了庙门口，想到了放羊人韩谷雨的窝铺。放羊人韩谷雨一直放羊，一直单身。山神凹村对面的山坡上，每日清晨或黄昏，就能看见羊群似白花花的云朵从山腰上涌出来，飘上山顶去，紧接着就是韩谷雨的歌声：

> 听见羊叫呀唱一声，
> 支棱起耳朵吊起了心，
> 热身子扑在那个冷窗台，
> 纥颤颤打了妹的绣花针。

那歌声有些意味儿，在山谷沟梁上缭绕，还有羊的叫声伴着。放羊是个苦活，一年三百六十五天，天天得出山，羊要吃食，人就得勤快。

因为羊是小队的羊，小队每年都有饲料补贴，韩谷雨的日子还算过得下去，不知为什么就是没有人嫁他。

山神凹村人说他和神婆申秀芝好。

有一次申寒露给韩谷雨锔缸，两个人聊天说到这件事情，也不避讳，申寒露就问："你和申秀芝好？"

韩谷雨应答："申秀芝做下的汤面好吃。"

申秀芝住在山神凹村西头的窑洞里，申秀芝会迷信，家境就比一般人多了一份收入。申秀芝岁数不大，也就二十多岁，这么年轻就会迷信，山神凹人常稀罕她。

申秀芝的丈夫是一个缺一只手的人。那些年招女婿，因为申秀芝有过病史，好人家的男儿没有人愿意，又怕山外人挑剔，就想着缺一只手就缺吧，人好就好。

韩谷雨说他和申秀芝的事情完全是因为羊卧地。每年秋后入冬季节，土地闲置了，需要施肥就请放羊人赶了羊来卧地。一卧一星期，地就肥沃了。

羊卧地期间，主家常做好饭往地里送。申秀芝提着饭桶送饭打远处走来，晨阳照着一个人的轮廓，像一棵玉米，再看就是腰肢，一身红衣把申秀芝的身体扯得很紧，风摆柳，水蛇腰，那样子把韩谷雨看傻了。

对一个人第一眼真的很关键，韩谷雨和申寒露说。

第一眼的感觉就像一盏灯，照亮了心中所有的角落。

打开饭桶，上层放着的干粮是黄窝头，下层是汤面。一股香钻了出来。汤面盛到碗里，韩谷雨先是猛喝了一口，然后面对剩下的汤面愣神。那是半碗绿中有黄有白的汤面，绿是小白菜，黄是金针花，白是麦子粉。有花椒的味道和麦子的味道，麦子的精气神全部留在碗里，就像自然让世界上养命的粮食都窝藏在泥土、水、空气这些平凡的物质一样，人间冷暖都包括了。

极普通极普通的汤面，那个好吃那个香，让一个很久没有吃过女人饭的放羊人流下了热泪。

申秀芝说："你是一个苦人。"

韩谷雨说："吃了你的饭就不苦了。"

抹了一下嘴，迎着朝阳咧开嘴笑了。

山神凹人虽然住的是窑洞，但是，每个人都上学上到初中。卖两句文字也还是会的。有些时候话说出来普通，可入了心就很暖和。

吃了你的饭就不苦了。

你说是暗示也不是，你说不是暗示也是。反正他们俩就好上了。

申寒露敲庙门，庙门里的羊叫了。

听得有人踩着干草走来开门。

"谁呀？"

申寒露说："开门，和你一样的光棍。"

十

山神凹接了电灯，有的人家点不起电灯就不拧灯泡，还点煤油灯。炎帝庙养了小队的羊，羊有些时候下羔子，半夜说下羔子就下。羊怀羊羔子是有季节的，下羊羔子也是有季节的，前后日子都差不多，半夜下羔子不是一只羊下，有时候是几只羊下，没有电灯一个人就忙不过来，因此，炎帝庙的电灯泡瓦数大。

韩谷雨住在塔院寺庙旁的厢房，庙空空的，羊围着头羊一团团卧在地上。因为是公家的庙又养羊，用电不花钱，从申寒露进来，电灯拉亮了就没有想关的意思。

庙的四周长着茂盛的林木，风大时林海呼啸，绿浪连天。韩谷雨让申寒露看他养的羊，电灯光下羊们一双双水汪汪的大眼睛盯着申寒露看。天气有些凉了，还有一些扑灯蛾往亮了的灯泡上撞。那些水汪汪的眼睛看着申寒露，叫一声"咩"很是安慰人心。

韩谷雨将两扇沉重的木门关上，寺庙就成了他两个人和羊的世界。

虽然是放羊人，韩谷雨在庙院的地上种植了许多花花草草，绑了栅栏，羊也不往里钻，花草也长得好，而且有的就是从山上刨下来的，奇奇怪怪的花草装点着寺庙里的四季。

韩谷雨认为申寒露实在是一位稀客，凡是来庙里找他的人都是秋罢地里要积肥需要赶羊去卧地，申寒露从来没有夜里来过。

申寒露说："我今黑不走了，借宿。"

老庙两边是厢房，上下两层，左右两头都有木楼梯。楼梯和楼板都因为陈旧，踩在脚下"吱吱嘎嘎"。韩谷雨睡在后面，正前面是一条走廊阳台，曲曲弯弯绕到尽头。山风作鼓，山虫作和，站在厢楼上，如墨的夜色漫上来，一层层吞噬着老庙，将所有的庙脊彻底淹没，有一种很冷很孤独的感觉。

申寒露说："你住在这老庙里，要不是羊，你真是要难过死呢。"

韩谷雨问申寒露怎么想起来庙里睡，申寒露也丝毫不介意自己做下的事，如数倒给了韩谷雨。韩谷雨扯过一条烂被子扔给申寒露要他盖上，夜静了两个人还是睡不着，有说不完的话。说起小时候，打记事起就一起玩，夏天上山打蛇，冬天入山网兔子，两人也有打架的时候，隔天就忘记了。

长大后两人就不那么频繁来往了，可是两个人的事互相还是知道，也不算陌生，远远地有心无心看一眼，不拉话也知道心里想啥了。

墙上有一块黑板，上面用粉笔写了字，密密麻麻的，不仔细看以为是乱画，仔细看都有标记。申寒露问韩谷雨都写了啥，韩谷雨说，写了母羊下了几只羊羔子。一年一年，羊下羊羔子，人呢？说着就又短又稀地叹息日子太不禁过了。

说道着这些，两人想起各自都没有成家，怕是要耽搁了。没有家的人，有些时候不敢想，尽量躲开家的事。拐着话题又说到了羊身上。

韩谷雨提起羊来话就越发多了。他说去年耐受河下游壁底村小队和咱交流种羊，逮走一只母羊，我前几日去壁底村要，和一个人在村街上说着话呢，听得有羊在我的腿跟前叫唤，也没有多在意，哪知羊就在我裤脚上蹭，我低头一看是咱山神凹的羊。走了一年了，它还听得懂我的说话声音。

还有一件呢，事情更是离奇。山神凹村的羊给了耐受河上游山上的团沟村，羊走时带着肚子，没有一个人注意羊怀了小羊。去年秋天我在山上放羊，对面就是团沟村，团沟的羊就在团沟对面的山上放。放羊人和放羊人都认识，还隔沟说话呢，说话的中间就看见一只羊疯了一样跑往山神凹的地界。对面的放羊人也看见了，就吆喝羊回去。那只羊完全就忘记了听话，跑得更快了。跑到山神凹地界的半山腰上跑不动了，卧在一摊草丛中，我走下山看它，它生了小羊正舔那羊羔身上的血呢。

一个畜生，它知道它怀了山神凹的羊羔，知道养到团沟村的地界上是不对的。

男人都是少泪的人，可那畜生叫韩谷雨落泪了。

这事儿说得申寒露也想落泪，就想知道那羊羔算是谁家的。

韩谷雨说，怎么能叫它们母子分家？人活一世，草木一秋，人比畜生懂道理，但是畜生比人高贵。

两个人便不说话了，风吹着庙角上的风铃响，羊膻味自下而上冲进两个人的鼻子。申寒露鼻子痒得直想打个痛快的喷嚏，喷嚏没有打出来就听得韩谷雨的呼噜声响起来了。

有一只怪异的精灵，在黑暗处盯着李夏花。

这时分，黑把整个窑洞填满了，她想和黑保持距离，想和看不见的精灵一起说话。她在寻找时，看见自己与黑相关的命理，无常的巧合。

想掏出心来对生活好些，她找不到好，好是什么？坐在炕上，喜黑的老鼠在地上走动，看着窗户外，往事如精灵在黑色的夜中飞过。她望见了十八岁的自己，靛蓝布裤，枣红格格衣裳，裸着的脚上是一双方口布鞋，走在山坡上。父亲在身后说，你嫁到山神凹吧，那人家一个娃，山神凹山地多，粮食也打得多。

她咯咯咯咯笑，逗得满山的枝条疯摇。她看不见自己的前路，她的丈夫申国祥牵着马翻山娶她回到山神凹。上炕，一碗红糖水放在炕桌上，生活是蜜糖，那时她还不知道命运是什么。有月光的日子，青石板的院子泛了天光，坐在板凳上，啪嗒一声，梨树上的梨子掉下一个来，她捡起来在裤子上擦擦，一口下去，脆响。

婆婆看见了说，是不是有啥了？

她红着脸说："俩月不来了。"

一颗心长满了潮湿的光影。

世事流转，好日子没有看见坏日子就来了。她挑着担子在某一处弯道上歇息时，看见那些长势好，开着花的药材，那是金银花正开的季节，她放下担子去拽时肚子疼了。孩子生在半道上，生下来的娃长到三岁上知道是个傻子。

日子不是一天天有起色，是一天天衰败。

种地打粮食谁说是能走向富裕？吃不饱的农民，老天爷跟着也作怪。

紧张的日子里，申国祥决定外出去讨饭，他是跟着外村的人一起走的，土地不养人，他的力气也叫命理横刀夺走了。

清明过后地里要下种了，李夏花站在自家地当央，风吹得变了形的身影，苦难没有在她的容颜上留下痕迹，得之于她豁达的明朗的性格，无论多大的难事，听自己的母亲念叨两句：世上哪有好日子，只要你能把日子想好，挨过去心里就踏实了。

下地走在绿荫环拥的山道上，山神凹村一个男人拽她往深草丛中走。

她挣扎着喊："你做啥呢？"

男人说："想要你。"

她说："你是羞辱我呢。"

男人不说话了，草深处拽扯下她的衣裤，在惯性的强烈驱使下左冲右突，她像一个单薄的瓷器，被撞得粉碎。

她听到了山鸟的叫声，她坐在草深处，空无一人的地方放着三尺花布。

得来的东西是那么耀眼，她闭上眼睛，偷尝那一刻惺忪的难过。

内心并不是没有装发春的梦境，那奇妙光泽的身体在夜静的时候，是渴望过的。这之后，她不想饶恕那些想讨她便宜的人，她微笑着挑逗他们，像风吹叶子那样绕着他们转，她无情地拒绝那些单纯的享乐，她实在是需要补贴家用。

一个人的声名传播得比风还要快。女人们走在她的窑门口堵死她，要她说个誓。

她僵死在那里，不愿说一句客气话，由着那些女人骂。

害怕不起来，也羞耻不起来，惨白的月亮好像哀伤的安抚，抱着傻儿团在炕上，想着将来有钱了要给娃看病，看好病，他能痛痛快快叫一声"妈"，好日子就来了。

日子真是长啊。夏雨到来的时候，或者秋汛开始的时候，山神凹耐受河水自涨满的河道倾泻过清凌凌的水，水下长满了河草，随水而游的鱼儿在浅水处嬉戏，青蛙、螃蟹，还有一些青虾，来不及扬花的蒲公英沉埋在水底。

她用脸盆捉了它们回窑，她要儿子看，也许能让傻子明白另外一种生命的开启。水盆里游动的生命于大嘎只是一种游动，他胆怯地望着水，害怕水，稍有一丝晃动，水都会吓哭他。

李夏花把心纠成结，她是好不甘罢休呀。

十一

在耐受河流域的农村，村村有庙会，收罢秋，候鸟飞走的季节，总要找一个过会日唱戏。

每逢庙会时节，山外的荫城镇张灯结彩，除了镇上的舞台，有时候还要再到空地上用彩棚搭一个舞台，台口用彩绸装饰，有钱时台子上还装了镜子，密匝匝的镜子包在彩绸中间，打远处看别有一番情趣。搭台子时说明是要两个戏班子来唱。一到夜晚，电灯一亮，真是要把乡村平淡的日子照亮呢。

荫城之所以年年唱戏，是因为荫城是一个打铁的镇子，每年的农历九月十三，也是铁货交易开始时，借铁货交易，一年一度的半个月庙会也开始了。

各村的铁匠们都拉着家什聚集在集市上，搭起炉灶，燃起炭火，拉起风箱，将烧红的铁块放在砧子上，抡起铁锤，甩开臂膀，叮叮当当，各自施展本身的绝艺，吸引四外八省的商人前来交易。

远远地就能闻见空气里弥漫着烧红的铁锈味，这气味又随着热风，侵入一切开放的空间。热浪一阵紧似一阵，像潮汐，奔来涌去。

镇子上因为交易铁货，所有的木门、木窗户都钉了密麻麻的铁钉。

嘎吱作响的铁门用劲推开时，门头上挂着的南瓜大一个铁铃铛就响了。

人勤的时候，铁铃铛像一树花，开得肆无忌惮，随风微颤，来赶会的人都要买一个铁铃铛回去，荫城镇过会，半个月后能把铁匠的元气挥霍得差不多。

李夏花跟着山神凹小媳妇们来赶会，来时有的是骑了自行车，有的是坐了拖拉机，大都要穿上节日的衣裳。

方格头巾里的馍馍是点了红的，荫城大都有沾亲带故的远亲，给人家一篮馍馍，住人家家里赶几天会。

申寒露也在荫城锔缸，锔缸的摊位设在正街上，两厢有卖衣服和布匹的，还有卖居家用品和各种农具的。也有吹糖人、打麻糖、卖花红果子的。

赶会的日子里，通往荫城的道路上骑嘉陵摩托的多，拖拉机上拉了赶会要卖的货物，货物上还放着帐篷和棉被，女人和孩子们摇晃在上面，听着气筒发出的突突声和开车人的喇叭声，也有赶马车的，他们甩着红缨头鞭子"啪啪啪"，鞭子都不落地，就在空中炸响了，鞭子鞘打在马耳朵上，马抖擞一下耳朵快速往前走。总是赶不上现代化工具。那些马头上结了红璎珞的，马的刘海齐刷刷在马的眼睛上，眼睛也是水汪汪的，反倒比那些"现代化"引人注目。

李夏花就是在荫城会上认识了申寒露。

相跟的人中间有人认识他，大家便上前去和他搭话。眉眼间人就对了缘分，申寒露用手指头挖她的手心，李夏花就知道他是看上自己了。

赶会就是为了看戏，梆子戏还没有开场，锣鼓就响了，锣鼓一响人心一下就跳到了喉咙眼。毕竟是外来瞧戏人，看戏的好地方都叫荫城人占了，李夏花几个看不见，人群一拥一拥，申寒露就给她们滚几口缸过来扣在看戏人后面，她们几个站在缸上瞧戏，一下就引人注目了。

李夏花始终不能忘记，阳光总是很妖艳地照在舞台上，如夜晚舞台上的电灯。梆子戏演员将历史搁置到舞台上，台上和台下的看戏人就开始娱乐历史，享乐历史，笑话历史了。看哇，历史上帝王也有守不住江山的那一天，上天总会让他们遭逢对手，于是就有各路英雄死在舞台上，死在锣鼓家伙里，人间事曲曲折折，既熟悉又陌生，坐着，说笑着看历史，看谁有能耐活到今天，天底下还是老百姓有活头啊。

李夏花却觉得自己没有活头。看着戏就进了戏里，舞台上哪一个人落了难她都流泪，看人家舞台上的人一生都吃的是啥力气，过的是啥日子，心里受的是啥委屈，担的是啥惊慌。几个女人就在缸底子上打闹耍疯，就有人不小心把申寒露的缸踢破了一道纹。

都说不怕不怕，申寒露就是锔缸人，大不了多锔两个疤钉。

十岁的大嘎让婆婆带着，那时候婆婆还能看得动，说实在话，养了个傻儿子，婆婆对李夏花就一直不好。年年李夏花都要和山神凹的人相跟着出山看戏，十年前她还没有意识到儿子有多重要，还想着再生一个，哪知之后再没有怀过。

从前的四方步，伴着梆子板眼敲打的节奏，油彩一脸似乎就穿行在了写实与象征的两重世界。

此时，舞台上正演着一出戏，人生如果是一场梦，演员演到极致便回到了自己的前世，前世演过跌宕起伏的大戏，今生却不知依旧还是戏。

申寒露也过来凑在她们女人中间看戏，给她们带个小零嘴儿，有时候是一串糖葫芦，有时候是一根芝麻糖。别小看了申寒露，讲起戏来可是头头是道呢。

赶罢会申寒露和她们几个一起搭顺车回山神凹，那一年李夏花三十岁了，回到山神凹她领着申寒露走进了窑洞。

李夏花用身体演绎着天空的彩霞，因为天空而生长出的树林和草地，流淌着的激情的河流，长夜下的小动物，早晨的炊烟再度升起，她用顽强的激情舞蹈着她心里舞蹈的事情。她不时回头看着大嘎，欢快如河水，单纯如草地，丰饶如田野，美丽如云霞，她像鸟儿一样自由翻滚，她希望能触动儿子最敏感的部位，她要儿子重生，重生时大嘎会生出翅膀来。

步入成年的申寒露被俘虏了，他发现了女人的身体，为成长的苍白而羞愧，她教会了他，教会了侵略是热情的，是迎合的。

她没有改变傻儿大嘎，她改变了申寒露。

时间之后，天色会交替，草地会枯萎，树木会老去泥土之下，藤蔓会落入水里，水草会被鱼儿牵去别处。

她是一个守株待兔的猎人，不知道饥饿的猎物会被追逐到一叶障目之地。

她和他站在傻儿子面前，申寒露说，你怎么可以不让孩子有尊严活着？

尊严。一个难以捉摸的词，在她的一生中永远搁置在别人的生活中。

李夏花哭着说，提起裤子把尊严系住吧，申寒露。

十二

说不清楚是一个黄昏或者是一个白天，也说不清人在痛下决心前的疼痛。

仲夏之夜如水月光下，李夏花和大嘎坐在院子里，李夏花给大嘎讲天上一个流传千古的爱情故事，她用手托着大嘎的手指向天空：

快看，大嘎，那条铺满云彩的天河，那里的河岸上住着牛郎和织女。

织女就在那条天河里看见了地上的牛郎，她想过种田人的日子，布衣暖暖，馍馍香香，好吃，是吧大嘎？我儿大嘎也想过这样的生活呢。织女思念凡间，就偷偷下山了，来会牛郎，他们在凡间生活得美好了，就被一个又丑又老的女人嫉恨了，差人下凡把织女抢走了，可怜的牛郎挑着一双儿女去天上去追赶，哎呀，大嘎呀，坏事了，那个又丑又老的女人拔下自己头发上的金钗扔在他们俩中间，金钗就变成了一条河。

牛郎织女面对面能看见说不上话，多苦的日子呀，牛郎就从五月初五哭到七月初七，后来无数的喜鹊心疼他们就在天河上架设了一座鹊桥，他们一年只能见一次，比大嘎还苦。

大嘎听懂了没有？妈和你说古今呢。大嘎流着哈喇水伏在膝盖上睡着了。

李夏花一个人望着天空，为什么不知道造一条船呀。

她轻轻拍着大嘎要大嘎醒来，大嘎就是不醒来。

山神凹的静夜看不出来颜色，头上的空间出奇高远，空气里总是充满一股尿臊味，是大嘎的尿臊味。如果是白天，有一两束阳光透过门照进屋内，光与影就会包围住大嘎，热了也知道脱衣裳，冷了也知道添衣裳，可大嘎就是听不懂话，看不懂事。

李夏花看着大嘎想：该让他知道的都知道了，怎么就唤不醒他呢？是用尽了办法呀。想起来大嘎怕水，她决定带着大嘎去耐受河担水去。

也就是那一次挑水她才走近了郭放歌。

耐受河的水哗哗流着，大嘎不等走到岸边屁股像吸铁石吸住似的坐在地上不走了，她让山神凹人抱着大嘎到河边，大嘎咬着牙关闭着眼睛。

李夏花提着桶挖进河里，水面就乱了，提起来水桶里多了一只螃蟹。李夏花拿着螃蟹给大嘎看，大嘎不睁眼干号着哭。最后没办法了把大嘎抬到了远处。

郭放歌在学校院子里站着等李夏花走近了问：

"他是你儿子？"

"我儿子，他有病了。"

"知道怕，就有正常的知觉。"

"他不正常，不会站着尿，就会蹲着。"

"你来示范，教他站着尿。"

"当娘的咋示范他？"

郭放歌走到大嘎跟前说："我教你站着尿。"

大嘎傻站着，脱了裤子就脱了，提起来就提起来。

郭放歌说："没有去外面看过病？"

李夏花说："年年都去，赚下的钱都送到了医院，不见好。"

郭放歌说："是生来就这样还是半路上出了毛病？"

李夏花说："或许是生来吧。你是老师，老师就应该教学生站着尿。"

郭放歌说："他知道吃，就知道站着尿。"

李夏花的泪流了下来，说："知道吃。"

申寒露教会了他伸手拿东西吃。

墙上的土洞子是申寒露掏下的，申寒露来时把玉米疙瘩放进去，他伸手进去摸出来吃。有时候放进去一个石头蛋子，他也掏出来吃，啃不动也知道扔了。

那么就是说他只长了一颗吃心。

端坐在炕上回想这些往事，都说是会水的人才要死在水里呀，怎么到了我这儿日子里的事就都翻了个儿？

李夏花触摸着黑，黑让她触摸到了战栗。

突然觉得有动静在窗户外面，她仔细辨认，是一只鸟落在了窗户上，那只鸟的影子扩大着月明的亮。鸟飞起来，黑遮住了窗户，落下来的鸟，一个弓形俯冲，发出绵长的叫声。

李夏花跳下炕打开门，像风追叶子那样绕着它转，脸色苍白，望着鸟，沐浴着微凉的月光，突然觉得自己很舒服，仇人或者亲人，还有山神凹女人的骂声、男人的发泄，都暂时不能让她难过。

黑黝黝的山峦，在一份凄清安静里，她甚至听见了梦的声音，甚至看见了梦的光影。那只鸟落在她的肩膀上，她托住鸟轻轻放到窗台上，突然心里有了想法，莫名其妙的想法。走回窑洞打开箱子柜子，收拾她要交代的物件，突然发现只有二百多块钱，这是她几年的努力。

走出窑门做了该做的事情后，她托举着鸟，走过山神凹街道，走到耐受河岸上，有石块与月光懒懒散散地相拥，一切草、一切树，它们如同哑巴，挤挤挨挨站着，不作声。

鸟触及黑寂的夜时，腾空飞起。

李夏花跟着鸟走。

忧郁的夜行人李夏花，明亮的眼睛盯着夜色下的飞翔，月明的光射在鸟的羽毛上，鸟通体的光亮指引了前方的路，她既没有觉得夜的浓黑与不安，也感觉不到疲倦、乏力，她唯一的感觉是身体里有一股真气绵绵。

山神凹一夜之间走丢了一个人。

先是李夏花的婆婆拍着地皮在申家的窑垴上哭，断断续续的哭诉中人们才知道是昨天夜里，李夏花隔着二老的窑说：

"我给二老磕仁头，对不住你们。"

婆婆惊吓得在窑炕上扒着窗户上的玻璃看外面，看见月影下依稀一个人伏地跪着，奇怪的是，她起身的时候肩膀上落着一只鸟，那只鸟把头枕在李夏花的脖颈上，任凭夜风轻轻吹，它就是不动。

婆婆看见的景象有点吓人，不知道自己是做梦了还是就是看见了李夏花，吓得缩回被窝里。一早去李夏花的窑里，看见窑里收拾得干干净净，炕上还放着一沓钱，她不敢动，叫了丈夫来，一数是二百多块，想起来凌晨时的梦，再看院子里，也是收拾得干干净净。昨天夜里的事她是知道的，申家老二申寒露就明目张胆住在这里，山神凹村人也是知道的。

一早没有见到人，必定是申家老二拐走了她儿媳。山神凹人都听见了申寒露昨天的喊，人丢了，是一定要找申家要人的。

小队会计代表了身份，人天性中对权威有一种怕，不敢去人家家里要人，想了一招，在申家窑垴上拍着地皮哭骂。

山神凹村来不及上地的人带着嘈杂声聚拢过来。人的好奇心是没有限度的，她所讲的咄咄怪事，山神凹人似乎都受不住她的渲染，所有人奇怪那只鸟，昨天黄昏时分就因为那只鸟，混乱中

95

糟蹋了李夏花的菜地，那只鸟是存在的，可那只鸟和李夏花怎么都联系不在一起。

最主要的是，申寒露昨晚在李夏花的窑里住，不用多想，肯定是他们二人一起私奔了。

李水香站在院子里，先是没有吭声儿，认真听上面人的骂，等听明白来龙去脉后，也不示弱，指着窑垴上的人骂，骂声乱了，谁也听不清骂的是哪个，骂了什么话。

这时候，从炎帝庙方向走来了申寒露。

最先看见的是李夏花的婆婆，她指着申寒露走来的方向大叫："快看快看，山神凹村的坏人来了。"

申寒露还不知道发生了什么事，血快速地在身体里流动，两颗大而白的门牙紧咬住下嘴唇，出气粗重，干燥的出气声像一块绸布不停地扑打着额头上的头发，脑门开始霍霍霍跳。

他飞快跑了几步，跑到李夏花院子寻找，遍寻不见李夏花。

他吼着问："你们这伙山神凹村的坏人，你们把她弄到哪里了？"

李夏花的婆婆连滚带爬走过来搂住申寒露的腿不丢。

李夏花的婆婆说："你还我儿媳妇啊，我孙子没有了，不能没有儿媳妇啊，我儿子回来我怎么交代啊？"

申寒露明白是李夏花出走了。

他突然看不清自己是什么样的人，遇见了什么样的人，总觉得心里有一条通道是连接的，认识这个女人这么多年，从相处的时间上计算，也应该是最了解她的，她昨晚还是狠心拒绝了自己，拒绝就是为了不打一声招呼走。

看到地上李夏花的婆婆无助一团搂着他，他有些可怜她，生活伤害了她，生活伤害了好多人。他弯下腰掰开她的手，走过山神凹街道，走过了耐受桥，也可能是去寻找李夏花，也可能不是，他就是想逃离。

他听见哥哥申白露在身后喊："没有出息的人才撵着女人的脚踪跑，有本事你就混个样子回来！"

申寒露突然看见了白昼里有一颗流星长坠到了山的北面。好吧，那就往北走吧。

十三

入冬，山神凹的地都收拾干净了，冷寒的风把落叶积聚在山神凹河道两边，清澈的水面上有一层浮灰流过，一些鸡散落在河道两边寻找一些死亡的虫子，干脆的叶子上挂了昨夜下过的冷霜，有挑水的汉子晃着水桶走来，突然就看见了耐受河对面山坡羊肠小道上走下来一个人。

仔细辨认，发现是李夏花的男人申国祥回来了。申国祥甩着手走来，空荡荡的，连简单的背包都没有背。和离开山神凹时申国祥烟熏火燎的脸比，现在小黄脸儿白净了，打多远笑着算是和挑水的山神凹人打招呼。

申国祥回来的消息很快就传遍了山神凹，一些闲着还不到做午饭时的婆娘们就往李夏花的窑里走。很短的一段时间，走来的婆娘们就看见窑洞窗户上方的出烟洞里有青烟冒出。

青烟是窑洞里的生气，随着吹过来的风匍匐在李夏花的窑檐下久久徘徊，一些婆娘们看到窑洞下的窗台上落了很多鸟粪，是久不住人了，有人扳指头算，算出来李夏花走了两个月了。

申国祥先是探望了父母，从父母窑里走出来，脸上挂着难过，路上碰见人笑了一下说："想不到家里发生了这么大的变故。"

山神凹人不知道该怎么样来安慰申国祥，有人问："你才知道家里发生的事，是不？"

申国祥说："才知道就回来了。传话的人只是告诉我李夏花走了，没想到我儿子也走了。"

申国祥挤出两行泪来。他一时还弄不清楚为啥就发生了这么大的事情，事情发生了闷着不说话也不对，想感谢山神凹的人，毕竟或多或少都有过帮衬。

走进申国祥的窑洞，见申国祥母亲螃蟹一样横在脚地上忙乱着做饭。

山神凹跟进窑来的人各自坐到了炕上，有女人就挽袖帮衬申国祥母亲忙乱。窑洞里虽然落着一层浮灰，收拾得还是干干净净。山神凹的女人们抚摸着炕上的大花床单怀想着李夏花在时的样子，那些话就像是硬挤出似的说了出来：

"大花的被子小花的褥子久不睡人都生潮了。"

申国祥母亲剜了在座的所有人一眼。

申白露走了进来，回来的毕竟是山神凹申姓人家，能在外这么久也算是有本事的人，虽然小队干部们不住山神凹，但是小队会计就应该履行着队干部的职责。

申白露一边弯腰进窑一边说，隔着山不通音信，几方打听才把话捎给你了。这也算是山神凹的大事，搁到谁的身上都难过，窑里说空就空了，难过也没有用，事情往往就这样，该来的来了。

申国祥见进来的是申白露，挪了挪屁股让出一个空来要申白露坐下。难过得不想说客套话，也不知道该怎么搭话，埋下头喝水。

这时候众人才知道了申国祥回来，是申白露捎话了。

山神凹郭淮宁的老婆替申国祥回答："怕是听说了，留也不成，走也不是，心里是乱风撕开的云，还能往哪里飘呢，只能回家。"

申国祥的泪就落欢实了。三十多岁的人，肩平背曲，一条腿有残疾带着另一条腿稍有罗圈，虽然打扮得不像一个乡下人，但是偶尔擦眼泪时，洼进去的眼窝，瞳仁褐灰，眼角两边的皱纹密匝匝的，想来是走外的人一定是受了不少劳苦。

窑洞里因生了火做饭，有了一些热气，窑外的阳光晃进门槛来，山神凹一个流着鼻涕的小孩倚在门槛上看申国祥，那孩子是嘴馋了。申国祥看着无端就哭出了声，他觉得日子孤立了他，没有头绪，不能和任何人比照。

申国祥把碗端给倚门的小孩，小孩的眼睛巴巴看碗里的红糖水，孩子的样子让窑里的人笑了，申国祥也笑，和着泪笑。

申白露问申国祥要不要去找找人，他的意思大家伙都懂，是去找李夏花。没有音信的山村，既然能横了心走，走哪儿谁能说得清楚呢。

大嘎的爸爸算是回来了。

申国祥收拾了一些香烛和纸钱去给自己的儿子烧纸火，申国祥爹站在一旁看。天空阴着，要下雪的意思，烧完纸火后，申国祥要磕头了。

他爹说："你难不成是要给你的死鬼儿下跪？"

申国祥说："死者为大，我是给鬼跪呢。他哪里是我儿，哪有儿死爹活着的道理？"

申国祥爹倔强地拽住申国祥说："一个讨债鬼，害申家还不够难活？"

零星的雪来了，地上落了一层薄薄的雪花，一阵风刮来，卷起尘，尘起时地上就被搅得没有了雪的影子。

申国祥还是坚持跪下磕了仨头，磕头如拜祭祖宗，日子虽然是颠倒了。

申国祥爹不希望申国祥再往城市里走了，地里需要劳力，不管日子怎么样，都得活下去。

申国祥在窑洞里住下来后，突然觉得自己很不习惯这样安定的生活。

漆黑的夜里申国祥经常会哭泣，只有哭才能缓解他内心的一些痛。他总觉得对面炕上李夏花还在，大花被子里那股奥妙洗衣粉的清香一阵阵袭击他，他贪恋地闻着这股清香，想不明白这个人怎么就这么不念人的好呢。

夜张扬地扩大着他的孤独，伸出手四下里去摸，空荡荡的夜，他听到风呼呼灌往窗户纸上，他的心不停地下坠，难过得要命。他起身往窑掌深处的平柜前走，墙上有李夏花抱着大嘎的照片，也有一张李夏花独自站着的照片。他看着相片告诉她：

"夏花，城市的垃圾堆上总是有和我一样的人，我们是一群社会上不被人看得起的人，我在这群人中间认识了一个女人。

"夏花，那个女人是个憨子。"

　　起因是两个人同时在垃圾堆上看到了他们想要的物件，一双破皮鞋和一个塑料脸盆。

　　申国祥比那个女人眼疾手快，那双破鞋扔进塑料脸盆时，那个傻女子扑了个空。人躺在了地上，看着申国祥赖着要她认为本来属于她的东西，日头照着她扭曲的脸，口齿不清的表述让申国祥很厌恶她。

　　他把垃圾袋子甩在肩膀上要走了，那个憨女人翻滚起拽住申国祥，一副拿命换自己想要东西的样子。

　　申国祥甩开她继续走。

　　憨女人放声大哭，哭着跟着申国祥走，粗笨的身子挪动着有些不太利落的脚步。

　　憨女人跟着申国祥到了他的租住地时，看到院子里堆着的来不及分类的垃圾，小山一样，倒头就躺了上去，狂笑着，那些垃圾瞬间淹没了她，她从垃圾堆里钻出头甩着拧成结的头发，脏黑的脸上不停笑，不停地念叨："我的，都是我的。"

　　申国祥突然从这女人身上看到了儿子大嘎的样子，有些怜悯她，也就没有赶她走，任由她在垃圾堆里疯。等女人疯够了，申国祥打了水给她洗了头和脸。她看着申国祥傻笑，申国祥惶惑着，有些不知所措，他内心迫切需要什么，他想到了妻子李夏花，那么健壮的一个女人，他掩面而泣。他无法把持自己的行为，大白天，他实在是无法控制自己的行为，他勇敢地睡了这个憨女人。

　　十个月后，憨女人给申国祥生下了一个健康的儿子。生下儿子的憨女人似乎憨病也好了许多。申国祥感谢生活啊，孩子在垃圾堆里长大，长大的孩子越长越像申国祥，这似乎也是一家人了，申国祥惶惑就忘记了山神凹还有一家人。

申国祥不想捡拾垃圾了，他为一个在垃圾堆中成长的孩子愧疚，他的生活一定在哪里发生了偏差，他害怕摇摇摆摆成长的儿子在某一天也出现了差错。

一切无法控制，无法预测，这是他对命运最无奈的感慨。申国祥决定不捡拾垃圾后，他买了崩爆米花机器，在城市的小巷口里摆摊崩爆米花。

抽着风箱，咕噜咕噜摇着铁把子，然后将黑色铁制容器半截伸进一个大袋里，"砰"一声，把看着等着的人吓了一跳。

弥漫着粮食香气的烟雾袅袅飘散开来，一个个孩子扛着米袋，排着长长的队伍，后面等着急的孩子闻着玉米爆开的香甜焦急不安。

申国祥把抖搂在地上的多余出来的爆米花拿给自己的儿子解馋，孩子的眼睛滴溜溜转着，一脸活泛。申国祥觉得有一个梦境停留在自己的鼻子尖上，那个丑女人，五官挤压在一起很专注地抱着孩子，脸上红润润的。申国祥想着，有一天他该用什么方式领着他们回山神凹。

十四

城市里不断高耸的建筑，给申国祥一种危压，原本六神无主的他，躲避着熟悉的人，不想让熟悉的人知道他一丁点儿消息。

好不容易找见他的人告诉他，老婆李夏花离开山神凹独自走了，不知道走往了哪里，娘家也没有见她回。

他委托一起在外打拼的乡下兄弟照看他的憨女人和儿子，回到山神凹时，才知道儿子也没有了。这是他没有想到的，走外的人，怎么能想到命运清理他的从前会是如此干净稳妥。

申国祥突然发现所有相框里都没有了李夏花的照片。刚才他看到的好像只是一个梦境，多年来这地方放着的照片没有了。他点亮灯开始翻找，找不到。

他打开窑门奔往他父母的窑内，半夜三更天拍门，母亲以为又发生了什么事情，悬着心打开门时，看到申国祥脸上挂着沉沉的心事。

申国祥父亲申老七听了申国祥讲下的事情，他甚至等不到天亮，急于穿衣下炕，拖沓着他的棉套鞋，走到窑掌深处打开平柜，拉开平柜里的抽屉，从抽屉里取出一盒不知是啥时间藏下的饼干，摸索着把饼干敬奉在祖宗的牌位下，又翻找出香烛点燃，点了一炷香插进香炉。他要申国祥跪下，他也跪下，白天和黑夜的临界点中，父子俩俯下身，头贴着脚地磕了三个响头。

申老七要申国祥天明前赶往山外坐中午的班车回城里去，他不放心那个叙述中的憨女人照看他的孙子，他要申国祥把孙子抱回山神凹来。

这是申家的家事，与那些嘴里不长象牙的人有什么关系呢。

申国祥在晨曦中离开山神凹，黎明前的暗夜像一个大口袋将黑暗吞噬，他走到耐受桥上看着结了一层薄冰的水面大声咳嗽了一下，山里有什么东西被吓了一跳，他笑了，很舒畅地咧开了嘴笑。

山神凹和往常一样，只是入冬以来第一场雪来得轻浮，一直到快过年了才来了一场大雪，冬麦极需要一床雪被子来御寒。

雪模糊了山神凹的山和水，申老七搀扶着妻子走在山神凹的街道上，他们是去炎帝庙烧香，这真是少有的景象，哪里见他们去烧过香。而且更少见的是，家里走了媳妇死了孙子，人前抬头都羞愧煞，可他们见了人就主动打招呼，还笑，像是心里装了什么喜事儿。

山神凹人觉得稀罕，停下脚步看白得耀眼的雪地，两行脚印曲曲弯弯地通往炎帝庙，路过街道上的老槐树前也跪下烧香磕了头。两个人走路搀扶的样子是山神凹年轻人都少有的做派，在寺庙的大背景下，牵动出了山神凹人心里许多奇怪的东西。

进入腊月，山神凹开始热闹了，每一个年都是时间回放。山神凹家家户户先是把用了一年的农具找出来，摆放在院子里，擦亮耕地的农具是腊月头主要的一件事情。

时间把那些镢柄打磨出精致的木纹，一年里风吹日晒又给它们褪去了过多的光泽，也该清爽过年了。

擦洗好的农具们挤挤挨挨地顶着窑檐挂在窑脸前，日头照在上面显得异常鲜亮，也显得极不安分，它们是想到田里去，那棱角、锋芒、姿势，一如既往叫人心动。

犁和打豆子的连枷歪在墙角，猫们卧在上面沐浴着很不暖和的光，一切看上去都是暖暖的。

山神凹当街上有一棵老槐树，多少年来，老槐树成了山神凹的风水树，也形成了一个顺理成章的规矩，就是一进入腊月每户人家各自用马瓢舀了水浇灌老槐树下的土，也算是给子孙添福。

老槐树整个树干空了，末梢伸出去的枝叶依然逐年长出绿叶，树下摆放了石桌石凳用来供奉，空了的树心里敬奉着一尊石头菩萨。

它的四周总是被打扫得干干净净。曾经老槐树下发生过一件奇怪的事情，一个走江湖的耍猴艺人翻山越岭来到山神凹骗吃骗喝，正是荒年景，口粮一年接不住一年，来了耍猴人，大家就出窑看西洋景。

耍猴人在树下耍猴，不知道为什么猴子挣脱了绳子爬到了槐树上，耍猴人踩着佛像往树上爬，在一声声尖厉的哨声中猴子和他开始捉迷藏。

耍猴人要山神凹人拿最好吃的东西哄猴子下来，山神凹人实诚，每家每户都往出拿好吃的，耍猴人蹲在地上撩猴子下来，猴子不下来，耍猴人一边撩一边把好吃食往口袋里丢，猴子还不下来，耍猴人假装要走，把口袋背在背上。

他呼唤着猴子并吓唬要把它丢在山神凹，他吆喝着："走哇，我可是真走哇。"他果然就过了耐受河走了。走到凹口，山神凹人还在树下撩逗猴子呢，见那猴子突然箭一样射向了它的主人。

谁也没有想到，山神凹在凹口吃草的两头驴看见猴子来了，突然发疯了似的朝着耍猴人狂顶，耍猴人不明就里吓得起身就跑，肩上的布袋生生叫驴拽着没有背走。

破除迷信的那些年有人提议砍了树，哪知两个后生下锯子时，天突然就来了一场雨，锯子划开老皮时竟渗出了红红的血。

吓得两个后生脸都白了，各自的父母走来拽着后生就走，边走边骂村干部，那些心里有事的人害怕应验在自己身上，把锯子折断埋在了树下。

老槐树生活在山神凹的时间和树龄，没有人知道多少年，走外人走之前都要在它树根下烧香磕头，求平安，求福报。

山神凹人为了后辈成长的顺利，常为孩子找一个干大或者干妈，树不言而寿，老树充满了神秘，很多山神凹出生的新生儿，不出满月就认了老槐树叫"干爸"，几代人共用一个干爸，看似乱了辈分，其实很多年纪大的人都不敢拿老槐树的辈分说事。

在它活着的日子里，隐忍地活着就是对山神凹一代代人的呵护。

离老槐树不远处的石磨和石碾闲不下，一进入腊月，从天不亮转到月明挂树梢，磨米磨面的人排了队，生怕耽误了过年，扫把、箩、簸箕，粮食的香甜弥漫着四下，鸡们跟了过来寻找吃食，有人就冲着鸡骂，有些鸡不禁骂跳着脚走开了，惹得磨道和碾道里人嘎嘎大笑。

山神凹人申斗库在老街上一眼闲置的破窑里盘了火熬豆腐，破窑无门，敞着口，走过的人都能看得清里面的人在忙活。铁锅里装满了水，他儿子申宝山往灶火里添柴。

破窑中央的梁上，一根拇指粗的麻绳从窑顶的房梁上垂下来，悬挂着一个铁质十字架，拇指粗的十字架的四个边端，用铁箍箍着一方生白布，白布下是一口水缸。

斗库女人桂花把豆浆一桶一桶地倒进白布中央，吊着的生白布就自然形成了一个大袋子。

豆浆从白布低端渗出来，淌进缸里，斗库用马瓢舀起豆浆倒入铁锅内，他吆喝申宝山火不要太旺。

铁锅里的豆浆滚开了散发着白色的蒸汽，蒸汽罩住了人影晃动的脸，却显出了灶火前申宝山的脸明亮。敞开的门有冷风窜进来，搅着豆腐的香气带出去了，走过的人果然就闻到了生豆香。

铁锅里的浆开始沸腾了，申斗库操起铁马勺，把旁边的老浆水，小心地放到秤盘上称出重量，秤砣移动到一定的位置，斗库把浆水倒入一个洋瓷脸盆，再冲进去一马瓢清水，搅拌了一下赶快就倒进了锅里，然后用胳膊腕粗细的木棍使劲地搅拌。

热气满窑，斗库在热气中叫喊申宝山赶快撤柴。

柴扔往院子里，铁锅里的豆浆小火熬，眼看着豆浆稠了，斗库再用马瓢舀起来，倒进一个长方形状的木框里，木框里预先铺了粗麻布，粗麻布里盛满做好的豆腐。

斗库不时去轻轻拍拍木框里的豆腐，凉下来的豆腐慢慢就硬了。

申宝山用火筷夹出一根燃烧的柴点燃纸烟，抽了一口，起身挑起水桶下山神凹河挑水。

河面上了冻，在耐受桥下一块鼓出来的石头前方，山神凹人为了吃水在冰面上敲开了一个圆口子，一个冬天，下桶舀水的冰窟窿冻成冰鼓出来，有潺潺的水声从冰下流过。

夕阳在挑水人申宝山脸上头上耀着碎金，细微的西北风带着粗壮的黄尘，沿着河道寂静地游走。

山神凹半大的孩子们坐在瓦片上在河道里滑冰，谁的屁股下的瓦片破了，硌了他的屁股一下，疼得他喊出声来，一时又打破了那寂静。

山神凹耐受河支撑着进入腊月后山神凹人的热闹，流动的风景舒展着山神凹人的生命，也舒展着树木、花草和成长中娃娃们的快乐。

腊月买豆腐过年的山神凹人是排了队的，有些时候山外的人也进山来买，山外的豆腐一斤豆子出五斤豆腐，山神凹斗库的豆腐，一斤豆子只能出三斤豆腐。斗库的豆腐，头发丝都能吊起来，硬、有豆腐味儿。

斗库的豆腐是抢手货，也能在年关时发一笔小财。

取豆腐的人，每天人影幢幢，有时候遇见豆浆多时还可以免费喝一碗。

十五

进入腊月最忙的人里也有韩谷雨，过年要杀羊，每年都要杀好几头羊，其实山神凹人吃不了多少只羊，大部分都送往了山外的荫城镇。

杀羊能赚羊皮，羊皮对山神凹的女人来说是紧俏货。天寒，身子下铺张羊皮暖腰，也有男人用羊皮暖腿。

杀羊时都想要羊皮，先是小队安顿申白露留几张，剩余的就让山神凹人处理。韩谷雨能够做了主的可能就一半张，他心里永远想的是申秀芝，秀芝家的羊皮都好几张了，她还要。

生羊皮必须熟烂了才能往身子下铺，能铺在身子下的羊皮必须是皮板无裂口，皱褶处不能腐烂掉毛，羊皮上不能有粘连的杂物。

如果皮板有裂口，在熟制过程中会使裂口加大，在浸泡前还要把裂口缝好。

熟制羊皮首先是加了清水浸泡，要将羊皮放入大缸内，泡够了天数还要刮下里面的肉筋，用清水冲洗时还要加碱、肥皂、洗衣粉等洗涤剂搓洗皮毛，直到全部洗干净为止。

洗净了还不算，还要下缸，在缸里加盐、芒硝、面粉和水，将皮张浸泡在缸中。

加盐的作用是保护羊毛，加芒硝的作用是软化皮板，加面粉的作用是保护皮毛，并起吸附油污的作用。一张羊皮需要五十克芒硝、一百克盐、一公斤玉茭面。冬季需二十至三十天，每天翻倒一次。当皮张的四肢内侧靠近体躯的无毛处，用手轻搓表皮即掉时，即可捞出在太阳下晒干，出缸要选好天气。

一张羊皮的制作过程和投入的料也是一笔不小的开销，杀羊、制作羊皮期间，秀芝偷偷来给韩谷雨做面吃。

韩谷雨在灶间烧柴，秀芝擀面下面，来来回回在地上走着的模样很是让韩谷雨心动。特别是她的腰弯下去下面时，热气腾起来，漫过她的头顶，当她直起腰身时，手里便多了几根长面，秀芝挑着长面送往灶间韩谷雨嘴里，韩谷雨也不怕烫，一吸溜就进去了。

再要，再捞。

为了便于擀面，秀芝上身只穿一件红毛衣，她一起一伏，柔软、妩媚而又让韩谷雨难过。这女人怎么就不是自己的女人呢？韩谷雨就很认真地熟制羊皮，想着铺在申秀芝身子下的不是羊皮，是自己的热身子。

韩谷雨说："我不知道咋办呢，我咋办呢，我不能没有你在屋子里。"

申秀芝说："能咋办，我生米做下熟饭了，娃也有了，能咋办？"

韩谷雨就唱：

    活得我真伤感，
    烧火没有一疙瘩炭。
    逢年过节原照原，
    瞅着个人就只能看稀罕。

申秀芝打他的头一下，他就仰了头说："我要吃面。"

受了这句话的引导，秀芝捞一碗面灌上臊子拌好端给韩谷雨吃，韩谷雨要秀芝喂。

在腊月天里韩谷雨提前把年过了。

年的热闹哇，就像洪水的头峰来了。

山神凹街道往西的空地上有一片场，秋粮食都在场上晾晒，收了秋粮食，场闲着就等过年杀猪。一部分人从斗库豆腐窨出来拥向了那一块杀猪场地。猪被吊在一棵龙爪样朝上伸展开来的梨树下，开了膛。

河道里滑冰的孩子们围抢着猪尿脬玩，申秀芝的小女儿小满也站在人群中看。小满突然指着一个什么喊："他回来了。"

谁回来了？山神凹人看到一个背了黄帆布挎包的矮矬子挑着

担子，一头儿挑着家什，一头儿挑着娃，还牵着个憨女人从公路上走来。那憨女人走着麻花步，憨态可掬的样子。

小满喊了一声："大嘎爸爸回山神凹了。"

申国祥越走越近了，因肩上挑着重器，整个人看上去往下陷，走起路来一脚稳健，一脚不灵醒，那不灵醒的一抬就由不了自己，在空中摇摆，很生动，脚掌落地时裤管将路面扫得干净了，那只脚才要落在了实处。

山神凹人认为申国祥走长路把脚走伤了，以前拐也没有现在拐得这样厉害，也就没有人关注他的脚。

孩子们不再哄抢猪尿脬，跑过去看申国祥领回来的女人。

小满觉得申国祥的腿坏了，指着申国祥的腿笑。

有人觉得申国祥离开山神凹前腿可没有坏成这样，申国祥的腿不可能说坏就坏了。娃娃们跟了申国祥学拐子走，申国祥扭回头笑，一边颠着一边咧开嘴看梨树下吊挂下来的雪白的肥猪。

杀猪人是城里当工人的申丙校。申丙校是申荫富大儿申双虎的儿子，喜欢打猎。杀猪是把式，每年过年要杀猪都一定得等他回来杀。

场边垒了灶坐了大铁锅，铁锅里的水用来烫猪毛。

申丙校用一根管子在猪蹄子上吹气，不一会儿，猪身体就膨胀了，吹一会儿气，停下来吸一口纸烟，再吹气，再捡起纸烟抽一口，反反复复，最后把吸短了的烟头吐出去，山神凹娃娃集体扑拥着去抢那根纸烟头。

申丙校歪嘴笑看抢纸烟头的娃娃，拿着棍子"砰砰砰"敲鼓起来的猪肚，同时拿了插在灶膛里烧红了的铁火柱开始烫没有刮净的猪毛，一股子燎毛臭，让站着的女人捏了鼻子躲远了看。

申国祥拉着憨女人走近了说："给我割两块槽头肉，肥一些。"

肉已经在肉案上劈成了两半，手起刀落，剁下了两块肉。旁边有帮忙的举秤钩了肉吊了两下子说："申国祥，你这腿不是咋的了吧？给，一块二斤六两，一块一斤八两。"

一个叫申树计的老汉拄了拐棍，前倾着身子，抬起棍敲了敲申国祥那条拐在一边的瘸腿，说："申国祥，你是走累了，还是在外受了啥子委屈了？"

申国祥提了肉，不说话，傻笑着拉了憨女人往回走，有人发现了箩筐里的孩子动了一下，就拽了挑子问："谁的娃娃？"

申国祥说："我的儿子。"

山神凹人觉得李夏花刚出走了，可并不是就不回来了，还应该和申国祥是夫妻关系，这厢人走了不去找人，那厢就有了娃了？

大伙儿稀罕这娃就围上前看。申国祥任由他们看。

申国祥说："带把儿的，我申家的后。"看得人们大张开了嘴巴没话说。

申国祥领了憨女人挑了担子提了肉回家，身后跟了一群看稀罕的婆姨。对这事情感兴趣的永远是女人。

山神凹人看到申国祥的爸爸申老七盘腿坐在炕上，叼着一根烟，烟蒂燃了好长了，开门时，风把那截燃尽了的烟灰吹落在申老七的黑棉袄上，申老七低头吹了一下，烟灰碎碎地飞落在了地上。

申国祥妈急忙抱起箩筐里的孙子，孩子"哇"一声哭了。

憨女人急忙敞开怀也不管在场的申老七，把奶穗子伸进娃的嘴里。申国祥妈挡了一下娃的头，走了一路，天太冷，怎么说也该把那口凉奶挤出来再喂娃。

哪知憨女人照着申国祥妈的脸打上去，她认为她要伤害她娃呢。

人憨下手狠，五个红印子在申国祥妈苍白的脸上显出红来，热辣辣疼。

这女人一回山神凹就给婆婆来了个下马威，这回有好戏看了。

窑洞里申老七的脸上挂了一层土黄色的冷光，急忙捂了一袋旱烟弯腰在火炉上点了，深吸一口，旱烟把屋子里缭绕得一团烟气，说什么也不是，不说什么也不是。

申国祥用身体挡住了憨女人，申国祥妈发现申国祥的腿瘸得厉害了，一下又拉住申国祥说："我娃的腿是走长路累了，还就是咋了？"

申国祥不能说。他能说是和那些城市里捡拾垃圾的人争夺这个女人，叫人挑了脚筋？申国祥挡着憨女人叫她坐到对面炕上，申国祥也坐上去，那条坏腿先抬上去，明显是短了一截。

申国祥妈开始哭了，屁股搭在炕沿上，委屈一阵阵涌上心头，见没有人吱声，哭声也就小了下来。

白云苍狗，世事难料，擦着心酸的泪，申国祥妈说道："老天真是没眼啊，你那腿咋就好好坏了呢？好歹也应该有个理由啊，你不说，日子就过得没有头绪了呀。"

申国祥盯着憨女人和怀里的吃奶娃，不管自己是正说还是反说，总得摆出点故事来告诉二老，难出口也得出口说。

对着山神凹人不能说，从口袋掏出一把糖蛋儿给小娃娃们，然后轻描淡写地说："在城里叫车轧了一下，没有当回事歇息落下了这毛病。"

申国祥妈这下子内心的气顶上来了，没有控制住捂着嘴小声抽泣。儿子在外是受了大罪了，傻女子打了自己，打就打吧，怎么好和一个傻子计较呢？连忙洗锅生火。

冬天的干柴在灶膛里发出呼呼的火声，火光映得她脸上稍有光泽，不时看申国祥一眼，好生心疼。

饭很快就做好了，是小米捞饭，盛了满满尖尖两碗。接着从腌菜罐子里捞出两块腌萝卜，切丝盛在一只大碗里，细细的丝，少少的一点酸汤，上面撒了一把青葱花。

生活贫穷，衣食不周，那份过日子的心思在辛劳之中虽然磨得粗粝麻木了，可对待一份吃食还得恭敬如仪，还得有一份端正和庄严。

女人们不敢走近炕上的娃，娃先是坐在炕上，后来好奇到了什么地方就在炕上爬来爬去，爬到炕沿上知道怕，嘴里还含糊不清说"怕"。娃聪明呢，傻娘生了个聪明娃，老天到底还是照顾到了这家人，给了他们一个希望。

傻女子敌视着所有人。吃完一碗傻女子还要一碗，好饭量呢。

有山神凹人试着逗闹炕上的娃一下，或者打个响舌，娃就笑，笑起来和申国祥笑起来的样子很像，山神凹人心里就开始疙疙瘩瘩了，想李夏花的好，从来没有见她和人生过气，都是人生她的气。

申老七抽完烟，绕了烟袋锅子插在腰带上，弯腰抱起炕上的娃，他想着傻女子也要给他一巴掌，那憨女子笑，傻傻的看上去怪和善。

申老七抱着娃在脚地上来回走，嘴里"噢噢噢"压着脚步逗弄着娃，娃在他怀里咯咯咯咯笑。他不时低头用脸上的胡子蹭娃的脸一下，娃越发笑得厉害了。

申老七这么一逗娃就把窑洞里的人逗得活泛了，申国祥妈也手脚不是地方在地上跟着逗，傻女人也不动手了，也笑，乐融融的一家人。

十六

可怜人的命运总是缤纷的，老天疼人，申国祥回山神凹的第二天捂了一场厚雪。

麻纸窗户被风吹得"呜呜呜"响，住了人，炕头上缭绕着淡淡的火气，半明半暗的天光里，申国祥妈忙着准备过年的吃食，炸豆腐、炸年糕、炸丸子、炸麻花，忙得和陀螺似的。

申老七的手拢在袖筒里，锅灶间的热气吹拂着他时，坐在对面炕上的申国祥勾着头和他讲发生在城里的故事。

申国祥说，他决定带着这个女人回山神凹时，有人找上门来了。来人说这女人是他的女人，二话不说，抱了孩子牵了女人就走。

申国祥不可能让对方抱走孩子呀，娃是申家的香火，是申家命蛋子。申国祥从来人口里知道了，这憨女人是有名字的，申国祥一直叫她憨妈，随了娃叫，其实她叫金环。金环小时候得了一场病，救治延误，人就憨傻了。金环的家境还不错，父亲是工人，母亲是家庭主妇。哪知道父亲所在的工厂停产下马，返乡为农，当年竟忧凄染病，突然辞世了。两年后迫于生计母亲领着她和弟弟改嫁到了城郊一个村子里，改嫁过来的母亲又生了俩娃，金环人憨傻便没有人多看护她。继父是个粗鲁之人，动辄打骂，特别是有了自己的儿女后，他偏袒己出，对待非他亲生的金环十分苛刻，苦活累活都推给金环，金环在饱受磨难中长大，人就越发憨傻了。

寡言少语的金环在一个雷雨交加的夜晚跑走了，雷声惊吓了她，她逃跑的路上遇见了一个人，那个人瞅着她的样子，领着她把她卖给了一个城市里捡垃圾的人。金环在生下申国祥的娃之前已经有过三个娃，娃落地不出满月就叫捡拾垃圾的人卖了。

金环人虽然傻却是一个好的生育工具，也能捡拾垃圾，那是她的一份劳动，她知道什么可以卖钱，什么不可以卖钱，在没有遇见申国祥之前她真是一个好劳力。

申老七像是睡着了似的，却还轻轻摇晃着身子。

窗格子上不时落了麻雀，叽叽喳喳叫着，一只不知谁家的老猫从猫洞钻进来卧在了申老七的裤裆上，一开门，迎门会吹进来一些雪末子，老猫叫一声，申老七抚着老猫的头，老猫很快就入了禅境。

申国祥继续说。那个人是在胡同崩爆米花时看见了金环，他一直认为金环死了，当他发现金环抱着孩子时，他觉得抱着的那个孩子就是他的来钱货。那个人尾随金环找到了他们的出租屋，他和国祥摊牌，人领走，娃留下但是必须给钱，他是狮子大开口啊。那个人和申国祥从租住屋打到胡同口，打得浑身是血。金环死抱着孩子，满身满脸的尘土，浑然不觉。那人搜了申国祥的租住屋，取走了申国祥的钱，少得可怜的钱怎么能满足那人的胃口。那人一定要抱走孩子，两个人便又开始继续打，申国祥是舍上命要娃的，打斗中那人拿着菜刀砍断了申国祥的脚筋。

申国祥拖着残腿抱着娃，冲着金环吼着喊："你果真就看着叫人抢走你身上掉下来的肉，不知道心疼！"

金环清醒了一下，扑上去下口咬了那个人，那个人觉得金环疯了，撕扯中落荒而逃。

申国祥能从城里回来那是捡了一条命，他有难以言说的悲悔和自责。

厉害和霸道永远是这个社会的主宰者，上天给了他一个穷命，哑巴吃黄连的穷命。

申国祥妈大张嘴听着儿子讲故事，一边掉泪一边上前来看儿子的脚后跟，蚯蚓一样的刀疤还没有好利落。申国祥试图控制自己不要流泪，申老七要申国祥妈挖面做饭。

申国祥看见他妈攀爬着木楼梯往窑楼上去，腿脚也不利索，爬上去显得很吃力，昏黄的光亮，影影绰绰攀爬，木头因了人的攀爬发出吱哇声，这日子真是叫人无法言说，申国祥便也开始流泪了。

申国祥妈爬在楼梯中间朝着炕上看，看着眼前这个憨傻的女人金环搂着娃睡在炕上，她说，她虽然不如李夏花，可她生了一个正常娃。

申国祥激灵了一下说，李夏花在哪里呢？

对申家来说，李夏花消失得及时，消失就消失了，好东西永远不属于申国祥的。这是穷人的命数。金环那双憨傻的眼睛此刻黯然无神，分明是睡着了，分明像是听懂了什么又尽量掩藏着她无法言说的忧伤和无奈。

晨鸡叫过不久，暗淡的天光下，雪后的院子里飘浮着一些从树梢上被风刮下来的浮雪。一夜没有睡，熬了一夜的申国祥妈几乎是不停在走动。案板上放着一盆稍欠火候还差一点就发好的面，估计半上午面就发起来了。

申老七说："申家有后万事休，哭哭啼啼的哪像是要过年的样子，国祥回来了，李夏花回不回来都是未知，今早咱提前过年，咱就炒肉吃扯面。"

这似乎又是一个信号，富足生活就要来临的信号。

暗藏了什么诡异的东西说不清，说不清就不说了。

天空满铺开了云，有薄透的地方隐隐漏出来一小团光，听得屋里的申老七说："过罢年，你还往城市里去，农村哪里是人待的地方，你不离开就只能苦死在山神凹。"

申国祥说："是得走，城里苦是苦，抓钱快，在山神凹一年要等到秋天才能得俩钱，活人太难了。"

这时候晨鸡叫了第二遍，天就要亮了。突然地山神凹街上不知什么响了一下，"嗵"一声，不知道是什么响，这么早谁起了？

申丙校起了。

天亮前他要背着猎枪出山打猎，有雪正是打猎好时候。

他爸爸申双虎在家泡了猪肠子准备吃罢早饭去耐受河洗，杀猪赚一副猪下水，猪下水比猪肉还好吃，很多山神凹人都不稀罕吃，嫌弃一股腥臭味。

一回山神凹申丙校就去铁匠铺弄了铁砂准备出山，一场雪下得再好不过了。山神凹街道上的响是枪响，他为了出山顺利过耐受河时先响了一枪，大清早凹里的狗就像点了捻子似的叫开了。

申丙校的土枪是他自己做下的，他在城市里矿山机械厂工作，厂里有无缝钢管，正是做土枪的好材料。有了无缝钢管，他也做土枪卖，有人想买他手里的土枪，他舍不得，这杆土枪给他立下了汗马功劳。

申丙校可以说是山神凹最有趣的玩家，打猎、吹打乐器，还有做二胡。他每年都借了年休探亲假，这样时间长。他曾经做过上门女婿，后来又娶了妻，很快就离了婚。

腊月里打猎之外他也做二胡，二胡一般都是让村里的人玩。做二胡的家什他都有，大尖木锉、木工刨子、扁铲、二虎头刨，等等。山神凹没有竹子，琴筒用杏木，琴杆一般用荆条木根，顶端要大出足够雕刻琴头装饰卷书的粗坯。

公家任何一款的二胡琴头都是拼上去的，并不是整体雕刻或制作的，申丙校的不是，是整杆。

二胡受力的位置在前面，制作的时候琴杆都向后弯曲，径面要向前挺出一些。有时候荆条木根用时还要上火烤，拉向需要弯曲的一面，但要掌握度，过分挺出会使二胡在正常演奏中失去弓学的作用，使琴杆失去有效弹性，琴杆在演奏中会向前弯曲，就像拉弓的原理，形成弹性，也是二胡音色丰富的主要因素。

做二胡蟒皮极为重要，蟒皮的厚薄对二胡整体振动，音色的优美起着决定性的作用，最好是鳞大皮厚的蟒蛇。

申丙校有时在夏秋交接时就回山神凹休探亲假，那时候上山最主要的就是抓蟒。抓了蟒剥皮晒在柴上，很是吓人。

申双虎有时候不让他在山神凹晒，申丙校就在耐受河的岸上晒。

做二胡要马尾，马尾的数量通常是一百六十至二百二十根，马尾都是从城市里带回来的。二胡做下了不卖，或者说没有山神凹人买，认为他做下的二胡不能用，结果是就申丙校能拉出音来。申丙校卖土枪，打了猎物卖皮，卖了钱做二胡，年年就这样耍着过日子。

申丙校背着猎枪不知道能够打下啥，这一声响把山神凹人唤醒了。

先是炎帝庙里韩谷雨听见了，快速穿好衣裳抓两个窝头往外跑，他想跟着申丙校出山打猎。跑过耐受河，果然就追上了。

一路上往后山走，走着走着就发现了"三寸金莲"，是狐狸的蹄子印，两个人顺着蹄子印往山里走。

十七

山神凹的年来了，大人和孩子都等着换新衣裳，走外的人一年不回故乡，到了年关那是无论如何也要赶回来过年的。

出现在山神凹街道上的一群娃娃中，年龄最小的是申双鱼的晚生儿子申芒种，跟着的还有申白露的儿子申大暑，申秀芝的儿子申宝红。申大暑提了录音机，叽里哇啦的录音机里唱的是流行歌，一群娃娃跟着凉腔走调唱，小一些的孩子们跟在他们的屁股后闲窜。有跟着的娃娃学着抽烟，一般都是躲开大人走到背角旮旯里时才抽，再小一些的娃跟在屁股后捡拾他们的烟屁股也学着抽，烟屁股抽得干净利落，地上都找不见烟灰的痕迹。

　　申大暑提议打扑克牌玩升级，一时找不见地方，申芒种提议去申寒露的窑，那里养着小队的马，应该不是太寒冷。

　　一干人往申寒露的窑里走。

　　录音机的电池快没有电了，里面的女声开始扭曲起来，有人摁了一下快进键，那女声跳跃出乱七八糟的音符。

　　山神凹街道上碰见了山神凹打蛇人宋栓好。宋栓好和申丙校不一样，宋栓好是专门打蛇卖，申丙校是耍。

　　宋栓好是一只眼，另一只眼坏了，坏眼也睁着，不聚光，黑眼珠子偏向鼻子方向。那只坏眼睛看似睁着，其实什么也看不见。

　　宋栓好舍不得说自己的眼睛看不见，总说有恍惚。

　　宋栓好早年跟剧团帮厨会做饭，山神凹红白喜事都是宋栓好垒灶做饭。有一阵子公社陪了县里领导来山神凹蹲点，就住在宋栓好家，住宋栓好家能吃好。

　　有一次来了个驻队干部，这个干部是县里下来的挂职干部，住宋栓好家染上了虱子不知道，吃宋栓好做下的饭时，裤腰上痒痒，摸出一看是个虱子，想着那是从宋栓好身上跑出来的虱子，指不定是从宋栓好的裤裆里跑出来呢。

一口饭没有咽下去，肚子里的全部翻腾了出来。

那驻队干部一刻也无法住了，叫人找了自行车带着他回公社了。

山神凹生产队队长王怀让住葛岭上，专程从葛岭赶过来痛骂了宋栓好一顿。宋栓好伤了自尊，站在自己窑院里不说话，眼里有泪往下流，山神凹人看稀罕，看见宋栓好的眼睛是一只眼流泪，一只眼不流泪。

宋栓好不流泪的坏眼睛斜着看热闹的人，说：

"我是割了鸡巴敬神呢，人都疼死了，神还嫌腥气呢！"

这句话让山神凹人说道了很长时间，说起来就笑。

那时宋栓好的老娘还在，窑洞里收拾得干干净净，宋栓好身上的衣着穿戴总是打扮得利落得很，因为一个虱子惹得山神凹人笑话，宋栓好老娘很不高兴。

不过山神凹人不觉得宋栓好有什么不好，谁家窑里不长虱子？虱子是皮甜的人才长，皮甜的人命好。

说皮甜长虱子命好的人，是在外当工人的山神凹人王书堂家的儿子王学军。他一回来就给山神凹人讲故事。王学军一年回一次山神凹，也是赶在腊月天回来过年。

只要王学军回来，他家的窑里就不间断人。他们家窑墙上贴着去年的挂历，清一色的美女泳装照，横七竖八糊在窑墙上，一团一团的白肉晃过来。

王书堂咧开嘴说："你们瞅瞅，山神凹没有一个比得过人家挂历上的女人。"

王学军是工人，他父亲王书堂便穿毛衣，穿毛衣的不好处是藏虱子。就算毛衣藏虱子，王书堂也不说毛衣不能穿。大家坐在窑洞里聊天，他埋怨虱子聪明，也知道用毛线做窝。大家看，果然，那毛衣洞洞里确实是藏了虱子。

王书堂说："乡下人也能穿上城里人穿的毛衣，社会真是进步了，乡下人一旦进了城，很容易就知书识礼。这毛衣是学军媳妇织的，手巧的人能把线线织成衣裳，那要多巧的手？那是一份孝心呀。你们看看山神凹的媳妇们个个是粗关节大指头，比起我这儿媳妇来那是差着大距离呢。"

有人应和说："穿毛衣不舒服，尽藏虱子，还抠不出来，像蜂窝。"

山神凹就有人俯身在毛衣上翻着看，眼睛尖的，一粒一粒帮助找出来扔进火炉，就听得"噗噗"的响声传出来。

王书堂说："毛衣是好毛衣，就他妈这操蛋货色一直来寒碜我啊！"

王学军说："爸，不寒碜。毛主席在延安的窑洞里和外国人坐着时就一边在裤腰上找虱子，一边和外国人说话，外国人不仅不觉得寒碜，还觉得毛主席真是一个了不得的人物。"

王书堂咧着嘴看四周围的山神凹人，在座的哪个不长虱子，没有见有人成了气候，一辈子叫山神凹的土疙瘩绊住了。

王书堂说："我还以为，穷人长虱，贵人长疮呢！"

窑里坐着的或者站着的人就开始笑，不自觉地揉捏一下身体上的某个部位，那个部位痒了，似乎有虫子在动。

笑过之后，窑洞里的山神凹人真是有一脸的不解，他们甚至不知道在西方，虱子被称为神的明珠，爬满这些东西是一个圣人必不可少的记号。可见，虱子在历史上也还算一个重要角色。

皆因山神凹人生活的地盘不大，有许多暧昧难解的问题，山神凹的村名就叫死了，山神凹人不知也在情理之中啊。

山神凹的马是为学校服务的，乡村的学校教员一般都是两到三年就要换，接送教师进山总得有个车马，山神凹的车马一直以来是申白露保管，马车在他的窑院子里搁置，马养在申寒露闲置的窑内。养马需要专业人员，宋栓好就一个人，老娘也去世几年了，小队就让他来放养，每年队里给他一些补贴。

宋栓好喂养马自然就拿有申寒露窑里的钥匙，其实窑门上哪里有锁，就一根绳子拧巴着一根棍。

早些年山神凹人下地的主要劳力是牛、马、骡子，春秋两季仍然少不了用牲口来辅助，山神凹人叫赶场，赶场要追着天光，人的力气就不如马的力气大，或多或少都想借马来使唤。

不要小看了一匹马的使唤，大伙儿需要马时那是都需要，农忙紧了马穿梭在人群中，谁家使唤上了都在眼皮下晒着，常常因为使唤不上恶言宋栓好两句，说他是石头缝里蹦出来的野生货。意思是说宋栓好是捡来的。

宋栓好也不恼。山神凹人骂归骂，并没有人明确谈论他的身世，父亲早逝，母亲守着窑，因为日子穷一直没有给宋栓好成家立业。宋栓好也知道自己的身世，父亲进山采药材捡回了他，等于是给了他一条命，他很小的时候就朦朦胧胧知道了。

知道了心里并无波澜。

成长经验，他对父母的感情，朝夕相处比血缘来得更浓更真切。

从记事起，他就睡在母亲身边，手抓着母亲的乳房，一边是母亲鼾声长长短短地响，一边是黑实了的窑洞，就因为他的到来，母亲一直没有再嫁人。

待他启蒙入学，只要天阴下雨，他母亲总是早早打着油纸伞在山神凹学校门口提着雨鞋等着。

母亲是小脚，很早就一头白发，个子也小，把他收拾得干干净净，就怕雨天坏了脚上的布鞋。

宋栓好年轻时母亲还张罗着给他寻亲，一直没有寻下好人家，多的是人家不愿进山，窑里又没有劳力。

有几个愿意让他去做上门女婿，母亲也想叫他去，好歹将来是一家人。宋栓好坚决不去。山神凹不好也是他家，男子汉成家立业天经地义，丢下母亲去人家屋子那算什么男子汉。何况自古做上门女婿的人，要不是家里子女众多，无法养活，再就是父子八字相克、阴阳失和；窑里就他一个，母亲没有生育过，独子过户给人家做女婿，日子过得再不好也不能成了他人嘴上一个笑话。

有一年剧团在荫城公社唱戏，他给人家帮厨，打小在母亲教育下，干活利落干净，剧团里做饭的喜欢他。演出空隙他领着剧团里的人来山神凹耍，走时剧团有人和他母亲多了一句嘴说，跟上剧团走吧。正值夏天傍晚，窑门上的铁门环上挂着一条干艾草，点燃的青烟在风走过时徐徐进入家中。母亲坐在门墩上歇息，黄昏照着她身上的青白罩衫，半明半暗的窑门口，隐约觉得她是一道光。

这时，宋栓好从山神凹高低起伏的小石径上走来，人走得快，兴致也高，母亲觉得山神凹不能再留住她的儿了，留他等于是白受累，就怕树不起阴凉。

母亲看着进门的宋栓好说："你跟着剧团去跑码头，说不定能跑出个结果来。"

窑洞萧条，母亲的光罩着窑门，他看不见门在哪里，站在院边上的他觉得胸口有千壑，五味杂陈。他的嘴唇哆嗦了一下，不自觉地就跪下了，他也想跟着剧团走，可他舍不下母亲。

母亲的一句话给了他转身的方向，就这样他带着铺盖卷坐着剧团的胶皮轮胎马车走了。

跟了剧团两年，他回到山神凹时一只眼睛瞎了。只说是打群架打瞎了一只眼睛，跟剧团那些日子里他学会了唱戏，经常听他随口唱，有些凉腔走调，只是很少有词儿，或者他可能根本就记不住词儿，调起调落，除了他知道自己唱的是啥，山神凹人根本就听不出来。

奇怪的一件事儿是，马知道宋栓好唱啥。宋栓好的歌声就像缰绳一样，走快走慢，走轻走重，上山下坡，由着宋栓好的歌声拽着。

年轻时在外瞎乱，跟着城里人起哄，看人家风骚他也风骚，也不知道自己是什么样的家底，结果叫人打得失去了一只眼睛。

宋栓好的一只瞎眼对山神凹人来说始终是一个谜。

十八

申大暑打开申寒露的窑门，一群娃娃拥进去。

马在窑掌处看见进来这么多孩子有些奇怪，盯着门口打了几个喷嚏，蹄脚在地上踢踏了几下，似乎是稀罕他们的到来。

一群人猴急似的爬上炕，也不管灰不灰，甩出扑克牌开始大战。宋栓好待着看了一会儿，又觉得窑洞里寒凉，决定去搂把柴烧炕。寒冬腊月天不能叫娃娃们感冒了，看他们的样子是一时半会儿不会结束。

烧热炕给马添了把草料宋栓好就出门了，腊月天忙，活不重但琐碎。

娃娃们玩的是二毛战地，打得正热闹时，马在地上撒尿，尿长得叫娃娃们面面相觑，停下手里的扑克牌，走过去看马从哪里撒尿，这一看不打紧，他们就看见了马的生殖器硕大无比。申大暑从地上捡了一根棍来来回回动马的裆部。动着动着那东西就长了，越发地长了，娃娃们放下扑克牌大胆地动，那家伙慢慢就长出了一尺多长。

一开始他们都没有声张，蹲在地上，眼睛凶凶的，张望着窑门口怕宋栓好进来，接着就胆子大了，轮流动，伸伸缩缩，最后马的生殖器停滞不动了，眼睛里似乎有水，看着什么，错愕着嘴巴。

娃娃们突然觉得嘴淡兮兮的，马的生殖器像一疙瘩热沥青黏着他们的目光，有人就觉得马可以这样，人呢？四个小伙伴各自解开裤带掏出自己的小鸡鸡看。

看着看着就开始动，果然也大了起来，就有想尿的感觉，四个人开始比赛尿，看谁的尿能够射中马的生殖器。胡乱扫射的尿射到了对方身上，衣服就湿了。

人的尿似乎很短，还没有热闹够尿就结束了。

娃娃们很失落，大眼盯着小眼想着再搞点啥动静出来，有人就看见马尾巴夹着，申宝红走到马屁股上大胆拽起了马尾巴，哪知马掉了一下身子，申宝红就摔在了地上，靠墙处立着一张耧地的耙，尖尖的角一下就扎进了他的小腿，申宝红叫了一声，大家还想嘲笑他呢，就见小腿上的血洇湿了裤子。

娃娃们害怕了，事不由人，干瞪眼傻看。

宋栓好此时恰巧走了进来，看到原先打扑克牌的人都坐在了地上，再一看地上，有鲜血星星点点，就问他们咋弄的。没有人能够解释清楚是咋弄的，宋栓好脱下申宝红的裤子看，一个黑口子，不知道断了骨头没有，血继续往出渗。一时间也慌张了，叫娃娃们脱了裤子往申宝红的伤口上尿。哪里还有尿，他们都说没有尿了。

宋栓好问他们：尿哪儿了？

他们说：尿了。

宋栓好说：尿了？集体尿了？

他们应：嗯哪。

宋栓好急了。一时顾不得许多掏出自己的物件冲着申宝红的伤口就尿，尿得急迫、有力。尿碱刺激得申宝红大声哭喊，用手挡尿，宋栓好叫他别挡，旁边站着的稀罕得大笑，看着宋栓好的物件幻想着也拿一个棒子去动动它。

宋栓好的尿洗干净了申宝红的伤口，再看那伤口处不往出渗血了。

申宝红不是山神凹一般人家的孩子，而是神婆申秀芝的孩子，装神弄鬼的申秀芝怎么能放过宋栓好？虽然这事与宋栓好没有多大关系。

宋栓好叫申宝红脱下裤子，他脱下袄罩子裹住申宝红的腿，然后用饮马水洗了裤子，点燃炕洞里的火烤，这时候天色就到傍晚了。

山神凹的大人们开始吆喝自己家的孩子们回家吃饭，吆喝声最响的是申秀芝，她的吆喝声带着神的腔调，呵出的调子很是悠长。

宋栓好给申宝红穿好裤子，然后安顿孩子们，叫他们不能说出是在哪里伤了腿，假如瞒不过大人，就说在河里溜冰伤着了。

又安顿他们每天都要憋着尿来窑里冲洗申宝红的伤口，申宝红不能说，还要假装伤得不重。

孩子们走在山神凹的街道上时，发现打猎人申丙校和韩谷雨回来了。他们肩膀上吊着一只狐狸，娃娃们一路很兴奋地又跟着去了申双虎的石窑。

申丙校在矿山机械厂取回来电石，他们家长年累月都不舍得用电就点电石灯。

要剥狐狸皮了就必须拉亮电灯。趁着热乎劲儿韩谷雨开始磨刀，申丙校只坐在一边抽烟和围观的人说笑话。城里人王学军也来了，看着剥掉皮的狐狸肉就让韩谷雨给他割一块吃。山神凹人认为狐狸肉是不能吃的，酸，和醋一样酸。

王学军说："我就是第一个吃西红柿的人，不怕酸。"

心血来潮的申丙校就决定用院子里蒸馍馍的锅烧柴煮一锅狐狸肉吃。

申双虎不让，申丙校坚持煮。

申双虎说："狐狸不敢惹，成精了常迷糊人。"

申丙校冲着院子里的人喊："谁是狐狸精？"

哈呀，满院子人互相指着看对方，看着也都不太像狐狸精就都笑作了一团说，狐狸精是李夏花。

人老了拗不过儿子，申双虎挪着步回窑早早就躺下了。

听说煮狐狸肉大伙就兴奋了，缺啥调料都回家去取，肉在锅里不一会儿就煮起来。等肉煮熟的过程长，王学军让申丙校拉一段二胡曲子。

申丙校从石窑内取出二胡定弦，定好弦问："谁会唱？秀芝会唱。"要人去喊秀芝来唱。韩谷雨在灶间烧着柴火，见有人去找秀芝了，心就轮鼓一样跳，为了掩饰自己的情绪自告奋勇要唱一曲秧歌《打酸枣》。

院子里的女人们不让他唱秧歌，说他走调不成音。他说，那就唱《刮大风》？女人们觉得《刮大风》好，不过不适合二胡拉，更适合弹拨。申丙校说："我来用弦乐给你们弹拨，还省我劲呢。"院子里的人就跟了韩谷雨一起唱：

> 风娘娘起在空，手里拿着风葫芦瓶，
> 一把扳倒葫芦盖，一股大风放出来。

东南风，西北风，后面来了股老黄风，

上山风，下山风，沟里窜出鼓捣风。

刮得碾盘耍流星，磨盘一刮翻烙饼，

大山刮得没顶顶，小山刮得冒黄尘。

大树刮得连根剜，小树刮得无踪影。

有个老汉爱看风，一嘴胡子全刮净，

有个女子爱看风，一风刮在磨道中，

有个小孩爱看风，刮得烂鞋满街蹦，

有个老婆爱看风，门上开了一道缝，

门口进了一股风，把老婆刮了个倒栽葱，

脑门上碰起黑疙瘩，嘴里刮进去一嘴尘。

瓶打瓮，瓮打瓶，瓷瓶瓦罐转窑顶。

没有等《刮大风》唱完秀芝来了，这回是正经八百唱，秀芝看见儿子也在，韩谷雨也在，不推托，就欢天喜地唱。

宋栓好也来了，看见申宝红在，怕他站不长久就抱了宝红坐在腿板上听。

很久没有这样热闹了，兴奋的山神凹老小男女不禁浮想联翩，人人思维活跃，乱得和一锅大火煮肉的汤一样，都不舍得停下来。

肉煮好了，胆子大的试着拿了筷子夹了块肉尝了尝，不仅不酸而且还很香，比猪羊肉还香。

山神凹人第一次知道狐狸肉也能吃。

剥好的狐狸皮张在墙上，等好天了来人收走。

月明当空时，大伙才散，散时还约定着申丙校没有离开山神凹前再唱一场。

就在当天夜里，狐狸进村了。山神凹人觉得狐狸能进村与吃狐狸肉有很大关系。狐狸的脚印在雪地上散乱留下来，说明不是一只狐狸。

看见狐狸脚印，年长一些的就觉得有一种不安分的东西在脉搏里来回奔突。好像山神凹又要出大事了，那是一股类似弹簧或旋涡一样的风搅着人们心里的恐慌。

申丙校觉得山神凹人都被迷信了，他不信邪，第二天一早又背着土枪上山了。韩谷雨因为要放羊没有跟他。

跑了一天到傍晚时分申丙校什么都没有打着，回到耐受桥上申丙校照着耐受河放了一枪，一道火光冲开了河面上一个窟窿，算是把早晨装了的铁砂放出去了。

第三天继续上山，申丙校不相信打不住狐狸，明明看见了那些脚印，怎么就找不见它们呢？

傍晚回来的时候山神凹有一个小女孩掉进耐受河淹死了。

起因是山神凹的娃娃们下河滑冰，没有防备河面上有个窟窿，照说那窟窿不应该存在，窟窿上也结了一层薄冰，有些模糊了，不防备滑过去时冰裂开人就掉了进去。掉进去还没有办法打捞，冻实的河面上人实在是没有办法破冰，眼睁睁那娃娃就不见了。

谁也不知道那窟窿是怎么来的。

只有申丙校知道，申丙校不说。

腊月天死了娃，死者是山神凹郭淮宁的闺女，是他五个闺女中最小的一个。山神凹人觉得蹊跷了，大嘎在耐受河走了不到半年就把郭淮宁的闺女带走了，那冰窟窿奇怪，腊月天的水面咋好好就出现了一个冰窟窿呢？

山神凹人都说，过日子啊，就得夹着尾巴过，啥日子都不敢张扬，哪里容许你们疯唱一夜，还敢吃狐狸肉。

山神凹人一直到过年再都没有见申丙校上过山，狐狸也没有见来过山神凹。

十九

腊月二十八早饭罢了，平时稀稀落落的街道突然就忙乱了，所有的人都提着红纸去找识字人写对子，山神凹识字人多，大都不敢下笔，城里回来见过大世面的王学军、申丙校摆开架势写对子。对子抄在一个小本子上，密密麻麻供山神凹人筛选。身后墙上挂着写好的对子：

五更分两年年年称心
一夜连两岁岁岁如意

岁月峥嵘须拼搏
年华潇洒莫蹉跎

还有一副对子明眼人一看就是写往炎帝庙的：

三尊大佛坐狮、坐象、坐莲花

一介蚁民攀凤、攀龙、攀桂子

过年也有不写对子的，延续此前穷日子里的简单方法，用碗底子蘸了黑墨水往红纸上托圆，不过这样的对子没有几户了，也就一户，是山腰子上的王树旺。

树旺的媳妇有病，是一个半花痴。一个山里人，家里有个花痴，头发梳得水光溜滑儿，扎一根红头绳乱跑，跑到谁家门里，见东西就拿，惹得山神凹人都像防贼似的防着。树旺常常见了人不敢多话，怕别人说起自己的花痴媳妇惹下了事情问他找后账。

但是树旺也有一门手艺，会起刀磨剪子。看似没有多大意思，却在山神凹人眼睛里是一个少不得的人物。

树旺的窑洞里放着一张长条凳子，磨刀石就嵌在上面，年关山神凹人找他磨刀的人多，大多是男人去找他，找树旺起刀磨剪子是找借口看树旺女人。

树旺骑在条凳上磨刀，树旺女人就站在窑炕前，用挑逗的眼睛瞅着来磨刀的人。

王学军在山神凹街道上写对子，他妈来找他让去树旺窑里磨刀，准备剁肉包饺子。王学军提了刀往了树旺的窑洞。

进了树旺窑，王学军喊："树旺在窑里不？"

窑门上闪出来树旺女人，倚着门吃葵花子，有些恍惚，乱乱地披一肩发，风中飞过的风带一点小刺，她的眼睛就那样一眨巴一眨巴望着树旺。

王学军躲过女人的身体撩帘子进了窑，说："树旺，你能磨了铁，却治不好女人的病。"

树旺一边磨刀一边看着王学军说："药罐里没有断过药，疯劲不见好。"

王学军说："花痴是不是？是对人花还是对啥花？"

树旺看一下女人，一股赤涌上脸颊，不知道该咋回答，就咻咻笑。

王学军说："红啥脸？这是正经话，菜花黄，痴子忙。也有对春天花痴的，她要是知道花啥就有救，她要是木头一个，恐怕是靠天不靠药了。"

树旺停下来照着光看刀刃，用大拇指轻轻刮了一下，"刺刺"响，似乎还不够快，在磨刀石上浇了水，来来回回往复了几下，感觉可以了。停下手中的动作，放松了坐在条凳上看着王学军。

树旺说："不怕你笑话，她是表面花，夜里光知道瞌睡。"

王学军突然来了兴致说："那就好，不挣扎就是有渴望。你该找申秀芝去捏算一下，说不好是哪里迷住了，一旦解开那个扣子，指不定人家还不跟你呢。"

树旺说："只要她病好了，不跟我了跟了旁的人，我也高兴。就怕老天不睁眼。申秀芝是日哄山神凹人呢，我不相信她会看病。一天里装神弄鬼，除妖降魔。"

王学军说："宁可信其有，不能信其无，都说烧香磕头不顶用处，可几千年来哪个社会断了烧香磕头？"

树旺说："烧香磕头和申秀芝是两码事。我亲眼见过山神凹的五保户王奶奶，发高烧叫了申秀芝来迷信，米面馍馍放红布上

135

在山神凹街道上摆放着送神，不知是谁家的狗过来，直接就叼了馍馍走了，那时申秀芝嘴里正念着什么呢，看见了立马去追狗，你猜狗接下来是一个什么动作？"

王学军听着说："吃了馍馍呗，能有什么动作？"

树旺说："才不是，狗不跑了，在馍馍上撒了一泡尿站下不动了。"

王学军哈哈哈就笑了，突然他发现那女人也笑了，眉眼不正地笑，两只手吊在门框上盯着树旺磨好的刀笑。

吓了王学军一大跳。

赶紧上前拿过刀说："你得防着她，她太不正经了，小心动刀子伤人。"

王学军也不说"谢"字，脑后生风，起身就走。

树旺觉得今儿女人的眼神也确实是不对，大过年的，要不还是找申秀芝看看，说不好过个年人就开窍了。

申秀芝叫他准备了三钱朱砂，一个水碗，三尺红布，一把尺子，一根桃木带瘤子的棍子，八个馍馍，还特意叫山神凹的木匠李洪义在瓦片上雕刻了一对童男童女。当然还有香烛、黄表纸诸物。

不等天黑，申秀芝就在树旺家的窑炕上摆开了摊场。树旺女人端端坐在炕上，所有的东西都摆放在树旺家的窑掌深处的八仙桌子上，点亮灯火，气氛就来了。

山神凹男女老少都挤在树旺家的窑洞里外看申秀芝怎么治病。

申秀芝在八仙桌子前跺了一下脚，那响声似乎也惊动了树旺女人，她居然也仰头张望着窑掌深处的灯光。

申秀芝嘴里念叨了几句所有人都听不清楚的话，然后上香，然后磕头，然后坐在了八仙桌子旁边的椅子上。申秀芝闭上了眼睛打战，几分钟后她的脸上就挂了笑容，似乎见到了什么人，一个人说两个人话，一个是怪腔调，一个是自己。

申秀芝一说：客从哪里来？

申秀芝二说：客从江汉来。

申秀芝一说：那是大码头客。

申秀芝二说：顺风顺水路过贵地。

申秀芝一说：来则来了，为何要欺负一个女人，你奈何她做啥？

申秀芝二说：北方的男人不好欺负，欺负女人喝口汤润肠。

申秀芝一说：你是想吃了干食拿汤灌缝呢，也不看进了谁的领地！

申秀芝二说：领地上没有撒尿，我还闻不见味道。

申秀芝一说：半句不相投，你是想惹事呢吧？好，叫你来惹事，你可知道我的手下也不是吃素的？

申秀芝二说：这年月不吃素，哪里有肉吃？

申秀芝一说：看你穿一身咔其布缝制的中山装，笔挺笔挺的，兜兜里还别着一支钢笔，头上还戴着一顶垫了书纸的黄帽子，你也算是江汉的一个小干部，咋就不懂规矩，敢在山神凹上耍流氓？

申秀芝二说：你真是把我的火气架旺了，我从江汉来，来了则是客，不以礼相待就罢啦，难道还要我出手？我手心里可握着一个痒呢。

申秀芝不说了。开始拿手抓，抓不着，拿脚踢，没踢着，把鞋脱了，拿在手里对着空气一下一下抽，抽空了的地方似乎真有个什么东西。窑洞里的人神情就紧张了，见申秀芝舞着鞋底子冲着疯女子过来，照着对方的脸就打。

疯女子眼睛凶凶地张望着申秀芝，似乎是要拼命的样子，接着就缩在了墙角，指头含在嘴里慢慢地就开始哇哇大哭，眼睛寻找着树旺，树旺在炕边站着，眼睛里吊着难过，他疼啊，那是心里真疼啊，嘴上却是不敢吐一个字。

申秀芝抽身退到窑掌的八仙椅子上，打了个激灵，又打了个激灵，人就醒了。

申白露问申秀芝："江汉客走了？"

申秀芝迷瞪着，似乎刚才是真和什么人争斗用尽了力气，无精打采地说："累死我了，我刚才是去了哪里了？"

大家都面面相觑，谁也说不清楚申秀芝的世界在哪里。

山神凹人离开树旺的窑洞，四围高耸的山渐渐荒凉起来，所有都是黑，抬头看，能看见天上的星星，又似乎一阵风吹过便会像伏兵一样俯冲下来。

半牙儿月明细瘦细瘦，有轻淡的云罩着，有一层黄色的光晕折射在云上。静夜时有鸟叫声传来，有人拿着手电筒照了照鸟叫声传来的地方，黑压压的树枝晃动着，那个世界是不是申秀芝的世界？

山风吹来，风无助地扑打着山神凹的土墙，有裂缝的土墙显得干枯狰狞。有人听见谁家窑洞里在拉二胡，琴声溢出来，与月明朦胧的光交融，铺垫为山神凹的基调，一时感染得一些山神凹的妇女想哭，各自走往自己家的窑洞，不知谁说了一句：

"山神凹现在是有两个树旺女人了，要她们在一起，她们不知道有没有她们自己的世界。"

都猜出了另一个女人就是申秀芝了。

没有人应答，这样的应答是无聊的，在情绪的支配下有人开始笑，也是压着嗓子笑，分手时互相甚至都没有打招呼。

进了家门依旧想着申秀芝的世界，刚才在树旺的窑洞里，似乎谁也没有深入到申秀芝的心里秘境中，每一个动作和对话埋伏着悬念，申秀芝的魅力便如飞动的翅翼，滑翔在神秘的时空中。

山神凹人都想着这下好了，明天，树旺女人就好了。

二十

树旺在窑洞里看着受了委屈的女人，她还是那样眼神不定，在树旺不防备下跳下炕扑向八仙桌子上找吃食，哪里还有，都叫申秀芝打包走了，她代替神行使使命，她也一定要代替神享受恩惠。

八仙桌子上什么也没有了，女人啊啊啊叫着，撕扯着自己的头发，树旺抱住她走到土炕跟前时，举手从窑洞的梁上吊着的篮子里摸出一块干柿饼递给她。

只见她抢了即往嘴里塞，她还知道肚子饿，她还知道抢食。树旺一边替她脱去衣裳，一边喂她吃馍馍，安静下来的女子羞涩的红晕在脸颊上挂着，任由树旺摆弄。

风吹打着窗户，山头的风在耳边响着尖厉的口哨，窑洞里的黑吞食着他们的肌肤，但是，树旺能够感觉到他的手指开始变薄发皱，他在她耳边叫着：

"丫头，丫头，丫头，你醒来吧！"

一团白光闪现在炕上，通体闪着晶莹的白光，她闭着眼睛，她累了，似乎也老了，像一个白发苍苍的老人，失去润泽的光环，她不知道柔情，不知道迎合，有什么东西拉着她走，生命的某一部分慢慢升腾，从厚厚的灵魂铠甲中脱壳而出，飞翔不归。

她死沉沉睡了过去，树旺不忍心把眼光投向暗夜，他盯着她闭着眼睛的脸，希望她突然跳起来，他期盼奇迹发生。

听着地上的老鼠顺墙爬着，能感觉到它们昂首向上，四肢撑着身子，小眼睛放着光泽，在这眼窑洞里，它们就是这窑洞里的一员，它们无视炕上的人，似乎炕上的人也是爬行动物。

树旺学了声猫叫，惯用的伎俩。老鼠们跳着脚叫，放肆地叫，它们的眼睛突出了额际，自信地转动着以捕捉周围的动静。

树旺的猫叫声等于是和它们嘘了一口气，它们敏捷地藏进墙角的地洞里，其实，它们只是试验一下自己矫健的身姿，然后它们又跳出来，探头探脑观察，又探索向前，进两步，退一步，突然一个快速的出击，一步到位。它们跳上了窑梁悬挂的玉米上，还是原来的姿态，它们开始打斗戏弄。这是它们专属的领地，它们甚至知道窑洞里的主人也喜欢这样的声音。

树旺喜欢这样的声音，窑洞里太寂寞了，寂寞能干掉他。也让他能感觉到静伏在窗户上的飞蛾、窑檐下的蝙蝠。它们如窑洞里长大的他的兄弟姐妹，四足抓扣有力地和他玩耍，他养着它们，它们用它们的方式修复着树旺寂寞的世界。

夜沉了。

一早树旺下地做饭，看到女人舒适地躺在炕上，蜷曲成一个弓形，发出均匀的鼻息声。昨晚的申秀芝让窑洞里出现了支离破碎的梦境，树旺觉得有奇迹要发生了。他迫切地想看到疯女子卷被卧在炕上，脸上那些恐惧而僵死的表情全都丢失在睡梦中。

要是她醒来时知道了安静，那样，他愿意像祖宗一样伺候她。

树旺笑了一下，地锅里添了水，他决定熬小米稀粥，昨夜给申秀芝摆贡品时他悄悄留下了四个馍馍，喝稀粥吃馍馍，如同过年了。

做好饭时，他往灶膛里埋了两个土豆，他瞅着疯女子等她醒，醒来时土豆就烤熟了。

还睡着，他坐在炕沿上看她的睡姿。

他从来没有这么消停地看她的睡姿，她是放松和舒畅的，他发现女人的睡姿很有看头。

日头的光影漫过来，碎块似的暗影斑驳在大花被子上，他轻声叫了声："丫头哎"。似对女儿的喊叫，他这一辈子不能有自己的后代了，他的命就落脚在山神凹，山神凹罩住了他的命。

命是有贵贱的，他一直相信命是有贵贱的，他是贱命。比山神凹的蝴蝶、山羊、狗、老鹰、猪的命都贱。

他的内心开始哀戚幽怨起来。看到炕围上的画，大英雄，征战从容，走在本该如此的路上。可到最后入了寻常人家的炕墙上，过去多少年了还依旧只能看人间风月。

日头的光影贴着疯女子的脸颊，将她的身体安置在炕上，他这一辈子有女人就该知足吗？他不知足。

树旺女人此时睁开了眼睛，歪着头看炕围画，她似乎因注意到了什么而害怕，很想把身子扯过去。她用劲儿扯她的腰身，扭动的幅度让她很难受，她伸出手开始到处抓。她的嘴唇颤抖着，情绪无法控制。树旺抱住她，她开始抓树旺的脸，指甲的血印子一道一道挂在树旺脸颊上，如雨水的划痕。

树旺知道自己正在做一件徒劳无益的事情，他喊着"丫头，丫头，疯丫头"，那声音是那么粗重，连他自己也感到陌生，他抽出手在女人的脸上狠命地打下去。

日头透过窗户射进来，那巴掌声真是光芒四射，树旺女人不动了，闭着眼睛，咬着牙关。树旺坐起来，他眼光里有莫名的渴望，依旧盯着女人。

他下作地喊道："丫头呀，疯丫头呀，你该醒醒了吧！"

树旺女人跳起来，跳下炕，旋即如风一样打开门奔了出去。

腊月二十九，没有穿好衣服人就不见了。树旺跑出去，看见她穿过街道，街道上写对子的人看着她跑过人群，她还顺手抓了一副对子，她扯着对子朝着山神凹的山神庙跑。

赤裸着下身的女人，如脱兔一般，山神凹的半大娃娃跟着她跑，大人吆喝着他们，叫他们不敢走近了。

女人们希望有人能拦住她给她穿一条裤子，遮挡住她的羞耻处，山神凹未成年的娃娃们可都是山神凹的未来呢。

这是一个萧条并充满生机的世界，一片干树叶在红沙石板上打着旋子，接着树旺女人又发现了旋风卷来的第二片干树叶子，干黄的兔尾巴草被寒风揪扯着一团一蛋袭来，树旺女人突然用手抓了它们一下，那些毛刺刺的小尾巴在她的手心挠挖着她，她狂笑着张开手看时，狂风卷走了手心里的干草，她拍打着一双冻得通红的小手，寒风刺骨，她的拍打让她感到了暖。

树旺听到拍打声时喘着气跑过来，他想走近她，她居然知道身后来了人，惶恐地转过身，就在这转身的瞬间，不防备一个趔趄掉了下去，她喊了一声："救命啊！"树旺傻了，掉下去的是崖，崖下是乱石，那是必死无疑啊。

天底下突然寂静了，她撒手而去时居然喊了一声："救命啊！"命在哪儿？

四野荒凉中只有一座山神庙。

树旺摸着冰凉凉的石壁，深一脚浅一脚往下走，很久才见到一团光亮，日头的光亮照在树旺女人身上，落下来时带下了一棵碗口粗的树，她搂着那棵树，上衣被崖上碎石刮扯得七零八落，四处飞溅，丝丝缕缕，莫名的凄惶。一种从未有过的锐痛尖利地划过树旺的身体，他的视线开始模糊了。

他弯下腰抱起她，这会儿柔软的身子没有任何抗争。一个不知道抗争的人是不是就不是人了？

抱着她往回走，往山上攀爬时他把她捎在背上，他的心里什么也没有想，空空的装不下一丝念想。

过了耐受河石桥，他照见了山神凹的人站在各自的窑边上望着他走来，一眼眼窑洞，都贴上了"福"字，锅盖大的"福"字，他想着今年无论如何要贴有字的对联，要贴"福"字，就因为过日子过年满不在乎，他才成了没福人。

肩上的人越来越硬了，弓着身子，披散开的头发耷拉在他胸前，白晃晃的鬼一样吊在他身上。

山神凹人看到冷风没有礼数地吹乱了树旺女人的头发，这是一个野鬼啊，怎么敢叫她进凹。

申白露叫两个后生挡在桥西。

两个后生说："是人就进凹，是鬼就不能过桥。"

两个后生看见树旺脸上凝结了的抓痕，眼睛渗血的他不言语继续往桥西走。

申白露又喊了两个后生拿着镢柄迎了过来，申白露也跟了过来说："按祖宗的法度，为人妇者有两种叫法，一是树旺家里的；二是她的真实姓名。这两样她都没有，因为你们压根儿就没有结婚，何况你连她名字都不清楚，她活着是树旺女人，死了是疯鬼，你难道叫一个疯鬼祸害山神凹人的腊月天？"

树旺停顿了一下往回走，他的泪来了，他抽泣着，这时候有人取了被子过来叫他给疯鬼盖上。大人们吆喝娃娃们不叫他们往这边看，娃娃们几欲过桥，总有大人吆喝他们，说不害怕厉鬼缠身就过桥去。

树旺赚了个死妻，光棍到死如没有合葬人，一般都是出山去买妻结阴亲。以前申白露父亲申广建就卖过他妈。

树旺女人的死对山神凹人来说，大家都认为值得。树旺花了七十元买了一口山神凹先有人做下的薄棺。因了是年，第二天，年三十上午就入了山神凹罗罗山下一个废弃的窑洞里先搁置着。

出殡时有山神凹哭妇李晚堂哭送。

山神凹旧俗，若是死者无人哭送，则死者会化怨为戾，致使山神凹的晚一代人成为她的代替，一直会来讨扰，吃喝病痛，此娃娃有可能活不成大人，比如像大嘎刚收走了郭淮宁的女儿。

李晚堂的嗓音有职业特色，音质嘶哑，但宽厚，扬高时用假声也能感觉出嘹亮来，尤其是低音时，那是天昏地暗，人鬼同悲，辅之以捶胸顿足、抹泪甩鼻涕乃至撞棺等假装动作，其效果到让旁观者哭天抹泪。最有意思的是，无论怎样的死，李晚堂都能挖掘出其生前的闪光点加以颂扬。

往常哭送李晚堂都是一身素服，今儿她没有刻意打扮，就平常衣裤，她哭送的这个人不值得她打扮。她穿着棉套鞋拢着手走来，在棺材前她烧了黄表纸钱，她连头都没有磕，平常是死者为大，可这个要哭的人不是一个正经人，不值得她尊敬。

李晚堂拍着棺材叫抬棺的人起来，四条抬棺汉子闷声喝"起"，因没有子女便没有人甩砂锅引路，抬棺材的汉子风一样顺着河道走。

李晚堂的哭声也急促：

> 语不遮口，
>
> 面不见，
>
> 乱发不梳，
>
> 衣不扣，
>
> 三分怨，
>
> 二分愁，
>
> 一分凌乱，
>
> 鬼见愁。

装疯卖傻你混世道啊，

哪管人间俗世情。

走走走走走走，

走得好来走得妙，

不清不醒走阳关道，

疯疯傻傻几人明？

疯人只知说傻话，

哪知这世上事哎，

是一场凄凉话凄惨，

世间本就一戏台，

你疯疯傻傻扬长走，

不管你汉子树旺苦。

李晚堂完成了自己的哭，不等死鬼女人入窑她就掉头往回走，站在桥头上等树旺回来给她发哭钱。

今年的年对树旺来说，对子上的字依旧不写了，多一个字都是愁苦。

二十一

申秀芝三十晚给申宝红换裤子时发现了儿子腿上的伤口，她一直以为是磕碰了一下没大碍，仔细看那伤口不是简单的磕碰，是什么东西戳了一个黑窟窿。

申秀芝的心凉注注的，她先是想到了山神凹什么人害她嫁祸到了她的儿身上。急忙抱住儿子问："我娃的腿咋了？你告诉妈腿在河道里滑冰剐蹭了一下，怎么就这么大一个口子？"

妹妹小满穿好新衣裳站过来看哥哥腿上的伤，看着看着小满指着申宝红的腿说："他们都掏出鸡鸡来往那上面尿。"

小满一脸稚气，还是个小孩子的样子。

说完话小满就缩到了门后，他们的父亲韩新民在灶火旮旯烧柴，炕上和了面，放了案板，拌好了饺子馅，准备饭后包饺子。

山神凹年三十晚不吃饺子吃饸饹，地锅上架了饸饹床，和面盆里同时放了饸饹面，火炉上炒好了浆水菜，就等烧开锅申秀芝压饸饹呢。

韩新民站起来准备取了香烛、锡箔去十字路口迎祖宗回来过年，申秀芝说："你先不要急着去接祖宗。"

小满的一句话让申秀芝想不明白是什么意思。

申秀芝叫韩新民过来看申宝红的腿，那腿上的伤结痂了，但是那个洞看上去肉是从里往外长，很瘆人。

韩新民拽过小满来说："你看见啥了？他们欺负你哥哥了？"

小满惊慌地点点头又摇摇头。

申宝红说："你是胡说八道，你知道个屁。"

小满噘起嘴不让人，说："不是屁，是尿。"

申宝红说："你什么都没有看见，你再说看见了，你就不是人。"

小满说："你才不是人，你们都不是人，栓好也不是人。"

申宝红跳下炕捂住小满的嘴不让她再往下说。

申秀芝挡开申宝红抱起小满要她说看见了什么。

小满哇哇地哭了起来。韩新民照着申宝红的脸打了一个巴掌，然后说："到底发生了啥事情？尿能往伤口上射？"

小满勇敢地止住了哭说："他们在窑里要他脱了裤子，尿他的腿。他是傻瓜，不哭还笑。大傻瓜一个。"

申宝红不哭也不说，两只眼睛里射出怒火盯着小满。

申秀芝放下小满开门往宋栓好的窑里走。

女人做事就喜欢不管不顾，何况申秀芝是山神凹何等人物？

山神凹的街道上有人在接祖宗，火苗东一下西一下，又是黄昏招惹眼乱，谁也没有看清谁，都在忙乱着过年，安静的街道压不住申秀芝心里的怒火。有火气顶着，人就走得快，转眼就站在了宋栓好的窑门前。

宋栓好窑脸上没有贴对联，因他母亲去世不够三年，三年不见红是山神凹人对一个过世老人的祭奠。

申秀芝打开窑门对着黄昏里模糊不清的黑窟窿喊道："宋栓好，我待你哪里差了，你要做下作事，不怕过不了年叫鬼喊走你。"

天光有些阴黑，光听声音宋栓好就知道是申秀芝来了。

宋栓好不信神鬼，但年三十晚申秀芝的到来如神鬼降临。

第一时间里宋栓好知道申宝红出卖了他，他本来是好意，方法不对，都什么年代了用土办法做事，何况这种土办法山神凹人从来不用的。

宋栓好说："你坐炕上，我慢慢跟你说，天冷你闭上门，啥事情都有结果，你忍心年三十晚叫山神凹人看最后一场骂架？"

申秀芝翻了一下眼睛说："你做下的事情都是绝后的事情呀，难怪老天爷要叫我来收拾你。年尾巴上，骂你也是高看你。"

宋栓好很是不自在，这事情他是一番好意，不想让山神凹的娃娃们因申宝红自己不小心而招惹得申秀芝骂街，申秀芝的骂在山神凹也是有名声的。

窑门口有风钻进来，窑里越发冷冰冰的。宋栓好就想走过去闭窑门，娃娃们的事情，何况伤口已经往好里走，来窑都是客，真要吵起来，不好看。申秀芝不让他关门。

宋栓好心里摁着自己的火，想着反正是一定不能叫心里走火。

宋栓好笑着说："不关就不关。有事坐炕上说总可以吧？"

申秀芝抬手指着宋栓好的影子喊："独眼龙，你眼独心也毒，怪不得你的日子走下坡路，你心毒命也短。你为啥要害我儿申宝红？"

宋栓好说："我眼独心不毒。我害你儿我是王八。能不能不喊听我慢慢说？你叫隔壁窑里的听见了，山神凹最后一场戏年三十晚在我宋栓好窑里开场，你愿意，我还不想呢。"

申秀芝霍地转身一只脚迈出门，倾着身子冲着门外扬起胳膊喊："宋栓好，独眼龙，你脸比屁股大，癞蛤蟆插毛，你算飞禽还算走兽？"

架起来的火是压不住的。

宋栓好站在脚地上，一副没有意思的样子，显得很无辜，不能动口，也不能动手，那就任由对方骂吧。

山神凹人陆陆续续走来，申秀芝的一嗓子如火鞭捻子，女人们手上还挂着面粉就急不可耐地来了。来了的人站在院子里支起耳朵听骂架的缘由。

申秀芝开骂了："山神凹人来看看，知道我为啥来骂他？宋栓好长了一副请人来骂的嘴脸。你说是不是宋栓好？你还笑，你还好意思活在世界，你活在世界上就算了，还吓地球人。你也不照照镜子，看看自己长得和斗鸡眼一样。你长得这么丑，把你往战场上一放人死一大半。"

山神凹看骂架的就笑，等着宋栓好回骂。

宋栓好不言语，都不明白他到底欠申秀芝啥了理短成这样，一句话都不敢言语。

申秀芝接着骂："你个狗东西，虽不安分，你也该守己啊，你两头儿不占。你有理你说话，知道没有理了吧？你还走过南，闯过北呢，我看你就是茅坑后边喝尿长大的。年咋不把你在这厢收走了，收走了山神凹也少头祸害人的畜生。"

宋栓好还不搭话。

申白露也从窑下走上来，看这吵架的架势是吵不起来，可也得有人出面。一年不消停就罢了，过年了不消停那就说不过道理了。

申白露摆着手叫申秀芝停下来，问她因为啥骂。

申秀芝叉着腰喊："问独眼龙，叫他说，他还有脸说？裤裆里装不下他的脸了，他不要脸了，哪还有嘴？"

申白露问宋栓好："都准备下了？"

宋栓好知道是问年呢，紧着应答："准备下了。没啥，过了明天就过了年了。"

申白露问："做啥了你，惹得申秀芝年三十骂你？"

宋栓好答："能做啥，娃娃们打牌，一起耍，耍到兴致处不小心伤了申宝红的腿，他不敢回家，怕他妈骂，又怕他伤口感染了，我就叫娃娃们用尿洗他的伤口。我看过了，伤口都快好了，现在知道了来骂我。我出的主意，找我也对，该骂。"

申白露笑了，说："你从哪里学得用尿消毒？"

宋栓好说："小孩尿养生治病，当然也消毒，肚子里出来的哪有不消毒的道理？"

申白露说："你真是一个赤脚医生，诊病治病，不比一般医校毕业的差，你胆子大，自己做主拿尿洗伤口，洗的不是一般人的娃，骂你也活该。"

宋栓好说："没说不该骂，活该骂。"

申白露明白了来龙去脉，后悔来管几个娃娃的闲事，大过年出了这么多事，脸上就快乐不起来，话也不想多说。觉得申秀芝来骂也是有道理，大人比孩子要成熟，怎么就出了这么个馊主意。

申秀芝还在骂，没有人应，骂声也就高一下低一下只是为了应景。申白露要走，被申秀芝挡着了，中间没有人拦着等于没有一个说理人。申秀芝喜欢热闹，喜欢在人群中跳出自己来，既然唱主角了就不能泄气，这事总得有个了断，和替神传达旨意不一样，这是和俗人争理儿。此时，她迫切希望宋栓好开骂，对不声不响的宋栓好她有些轻视。她指着窑门里站着的宋栓好喊：

"你不光是独眼龙，还是缩头乌龟，你出来，出来你。"

宋栓好不仅不出窑，还妥妥坐在了火台上，两腿夹着火口，烧旺了的炭火暖暖地烤着他整个人很舒坦。傍晚的天光将他笼罩得模糊，看不出五官有啥缺失。

院子里王学军取了一张铜锣走来，一边走还一边敲了一下。有人问他，年三十晚你取锣做啥呢？

王学军说："明天一早去游喜神，取家伙试一下。"

喜神是指山神凹的家畜，人过年家畜也要过年，敲锣打鼓给家畜过年喂它们吃馍馍，也是山神凹人留下来的传统。

申白露说："你敲咋不去背角旮旯儿里敲？来栓好窑，你是哪热闹往哪走。"

王学军敲两声锣说："走开算了，乡里乡亲，抬头不见低头见，又不算啥事。"

锣声压住了申秀芝的骂声，锣声怎么能够压住申秀芝的骂声呢？

申秀芝迅疾夺过锣跺了一下脚，黑暗罩下来，一股冷风袭来，不知不觉间，宋栓好的院子里就显得窄了，所有人的心顷刻间也提了起来，摇荡不已，不知道申秀芝要做啥。

王学军轻佻地把锣槌也递过去，毕竟是城里人，像看一场戏一样，就想看接下来会演啥。申秀芝敲了一下锣，重槌落在锣眼上，响得很。王学军耳膜颤动发出呜呜的声音，他发现申秀芝浑身发抖，一时难以分辨她要做啥。

王学军走近用指关节弹了一下锣，很奇怪的，那一声响儿，让人一下就捕捉住了稍纵即逝的年味儿。人们想起烧香接回来祖宗还没有上香安神，不看了，先是女人们离开，接着男人们也开始离开。宋栓好的院子就黑了，混混沌沌一摸黑，没有走的人就有了凭虚驭空的感觉。无边无际的黑暗围上来，申秀芝突然觉得自己被丢了，她来找宋栓好做啥来了，怎么能连山神凹人都拢不住？敲锣打鼓看观众，观众走了，有理事反倒无理了。

申白露要宋栓好拉亮灯。火炉上茶壶里的水咕嘟咕嘟冒着热气，宋栓好骑在火炉上，眼看着火苗儿暗了，年夜饭吃饸饹，可他还没有和面。凹里有手电筒晃着圆照过来，申秀芝突然就灵醒了。

重重一槌下去，锣声震耳响，又一槌下去，又一槌下去，当当当当的锣声，这是要做啥的节奏。

申白露喊道："申秀芝，你是神上身了还是你一肚子恶气没有消，借锣解气呢？"

申秀芝不言语直接往宋栓好的窑内走，她这是要收场了。

王学军上去夺过她的锣，这一夺不打紧，锣甩在门框上裂开了两半儿。

王学军扶住申秀芝说："秀芝姐，你醒醒吧。"

申秀芝似乎也清醒了许多，看着王学军说："你来评评理，我来找宋栓好理论，他张口闭口不言语，他总得承认错误吧。不是我胡来，你去看看我儿的腿，他糊弄着山神凹的娃娃们不让说，集体耍流氓还不搭话，他别想好好过这年。"

王学军说："秀芝姐，栓好屋子里没有人，日子过得没精打采，你强迫他和你吵架，他哪里吵得过你！姐呀，这是年三十，不是平常日子，过罢年咱找他再来吵架，把架搁在年后行不行？秀芝姐的心肠是软柿子，山神凹人谁不知道？"

申秀芝说："你是嘴甜，事情没有搁在你头上，你站着说话

153

不腰疼。你评评理，是不是他宋栓好欺负人？"

王学军说："他欺负你我来赔不是，姐，人是打节节活的，保不住哪天太阳就从栓好家窑前过呢。过罢年我领他去城里饭店帮厨，有一天秀芝姐进了城见了宋栓好，我不信你不稀罕见了家乡人的那份亲。那时候啊，啥都记不得了就记得这是山神凹的独眼龙呀。"

申白露拉亮窑里的电灯，窑里灰塌塌的，没有女人的窑哪里是人住的窑？捡起两块炭扔进火里，听得有人放鞭炮接祖宗了，年在路上走着，即刻就要近了。

宋栓好下了火台一只眼盯着申秀芝说："我给你赔个礼，你让我今天夜里腰杆放展过个年，人人都觉得非打架不可的事，谁能说说摆平才是本事，咱不能不给有本事人台阶下。"

申白露也附和："年不等人，今年的事今年了。"

申秀芝说："你们都是满嘴跑舌头的人！"

宋栓好说："一只眼人看世界，两只眼人计较我，山不转水转，总能遇到我，咱就走开吧？"

王学军挽着秀芝的胳膊说："姐啊，咱回家给祖宗磕头去，糖儿甜，糖儿甜，吃吃喝喝敬祖宗，过年苦，过年忙，过年有个啥用堂。"

申秀芝还扭捏了几下，就被王学军挽走了。

人哪，为啥总是像走夜路要悬着个心，一辈子，速度真快，年不经过，过个年走一茬人，年有啥好过的？

宋栓好送走申白露，也准备接祖宗，祖宗在寒风里怕是站了很久了。

下　部

二十二

　　山神凹申秀芝的闺女小满十六岁了，刘海齐在眉毛上方，下面盘着一对明亮的眼睛，宛颈凝眸，分外俊秀，在山外荫城镇念初中。有些男生喜欢小满就递纸条往小满手心里塞，屡屡有消息从女生口风中而来，说小满很疯，这里的疯和傻子不一样，渲染的速度极快，不友好的气氛围绕着小满周围。

　　在荫城镇初中上学的还有申白露的小女儿申小暑，申双鱼的大儿子申芒好。申小暑似乎是越长女人的优点越少一些，常穿一件大花衫，可能是当初买布买了一匹，几年都穿一种花色。

　　荫城镇初中在半山腰上的下泊寺，两进院，明代的寺庙，出檐下的斗拱粗壮，画着花鸟虫草，教室在背阴处的西房，加上又是旧尘尘的，尤其让人触目惊心的是很粗的房梁上画着的蟠龙，带着年深日久的灵气，总觉得有一种不安的气氛。

　　尤其是上了晚自习出来，月影下庙宇挑角落在地上，说不出是一种什么感觉，总归是感到有动静在跟着自己走。夜里很少有女生在院子里走，男生常常躲在旮旯里吓唬女生，但是从来都不吓唬小满。

小满几个娃一星期回一次山神凹，主要是回家拿干粮。

小满哥哥申宝红十八岁，和申大暑一起当兵走了，当兵走了就等于从此是国家人了，能当兵走也是要走后门的，主要是申白露的会计身份起了作用。

每次小满回家相跟的山神凹女生有申小暑，男生有申芒好，小满和申芒好是叔伯兄妹，申芒好上学晚，一直都不愿意上学，申双鱼打他都把手打肿了。申芒好打成啥都不哭，那样子很可怕，最后还是通过关系上了初中，几乎就是在课堂上瞌睡，最后还是没有等上完初中就休学回山神凹了。

两个女娃，每一次离开山神凹时，总有一个家长送她们过山出沟，怕她们走山路遇见啥不好的事情。一次韩新民，一次申白露。每次离开山神凹俩女娃都不想走，总是要磨蹭到傍晚了才走，一会儿看看闹钟，一会儿望望天，不走不行了才走，过了耐受桥，两个女娃回头望着各自招手的妈开始哭。

上了坡翻过岭头看见山神庙了，大人让她们俩拜山神这才忘记了难过。

下了山出了石佛沟，看见大路，大人该回了，安顿她们俩说："快快走，路上不要贪玩。"两个人回头答应着，再回头招招手，很高兴地扭头走了，又走了几里路才到了荫城镇。

那时候她们俩正长身体，特别是申小暑，走这一段路肚子就饿得咕咕叫，常常是不回学校就在镇上买个烧饼吃。热烧饼好吃，几下就吃完了。

这样吃太快，小满就想了个主意，先是买上烧饼把里面的糖取出来团成蛋蛋慢慢舔，掰成两半的烧饼放河边的石头上冻，冻得硬邦邦了慢慢啃，吃的时间就比较长。当然，这也只是适合冬天用的手段。

上初中，其实她们也不好好读书，夏季中午不午睡跑到庙背后踢毽子，课堂上打瞌睡，一溜烟初中就读完了。

她们俩不想上高中，大人也觉得瞎花钱，来了背着她们的铺盖卷往山神凹走。

离开学校时心里有说不出的空，小满收到了一堆笔记本，也送出去一沓拇指大小的单人相片，小暑的笔记本就少一些，似乎也没有多少照片送出去。

各自的家长扛着她们俩的小木箱，箱子上了锁，钥匙挂在她们俩的脖子上，和同学们道别时又是一次哭，相互约了再见的话就分手了。

申小暑妈李水香觉得小暑不念书了都是受小满的影响，很长一段时间不让小暑和小满来往，而这时候小满妈申秀芝给小满定下了一段亲，对方也是在外当兵，只是不是山神凹人。

小满和一个她从来没有见过的人定了亲，在小满的人生中这个人的存在挡住了许多对小满有意思的人的念想。

回到山神凹，小满不喜欢种地，定下亲了，当兵的对象比她大十岁，连面都没有见过，听申秀芝说是一表人才，可不一定是她的标准。心里从来就没有放这个人，一心想着往山外走，想不出去哪里，做啥，有事没事就和申小暑往山里去挖药材。

山里成了小满自由发挥的天地，所谓发挥是因为小满继承了母亲申秀芝的好嗓子。只要四周有萋萋旺盛的野草，小满就唱，虽然没有方法，但是嗓子高，唱得鸟扑啦啦飞。

春天过去了，山神凹街道上不时出现一些黄白相间的斑点狗，风吹得它们的毛发晃动不止。行人很少在街道上走，都忙着下地，春天是播种的季节。

申老七拉着十岁的小孙子申俊杰，掮着镢头的一头挑着篮子，老婆的腿越来越无法走长路了，孙子留在山神凹上小学，看孙子就成了申老七的事情了。

申俊杰走在山神凹街道上，正是对世界充满好奇的年龄，或者说已经把问题和答案看成了瓶子和瓶盖的关系。

申俊杰问："爷爷，鸟为什么会飞？"

申老七说："因为鸟有翅膀啊。"

申俊杰问："鸟为什么有翅膀？"

申老七说："因为鸟要飞。"

申俊杰问："鸟为什么会飞？"

申老七打了申俊杰的头一下说："打破砂锅问到底，鸟天生就会飞，你念了个啥书？"

春天的田里有许多粮食要往土里种，农家过日子盘算得多，申老七的镢头挑着的篮子里放了许多种子，大小不一的袋子都是入了春天的计划的。

山神凹街道上的狗是申国祥从城里带回来陪伴儿子玩的，结果把山神凹的狗都搞得变了样子。狗们呼吸着山神凹的空气，感受着山神凹流动的时光，看着那些成长的人们厌倦了山神凹的日子一个个都走往了山外，狗们则平静地张望着别处，只要有人在，似乎快乐对它们来说是永远的。

狗们拖长的身子投在寂寞的土墙上，阒无人声的云朵占据着天空，笼罩了整个山神凹。树枝泛青，在令人不适的冷清中，不知道是阴霾的空气中出现了幻影，还是就走着一个人。无端地狗叫了起来，一群狗往耐受桥上跑。

有女人指着耐受桥上的幻影说："那是申寒露牵着个啥回来了。"

申寒露是作为山神凹一个中年人回来的，他手里牵着一头种猪。

他离开山神凹十年了。

现在申寒露牵着一头种猪回来了，嫂子李水香站在院边上正准备下地呢，看见一头长嘴猪，和牛犊子一样进了院子，吓了她一跳，再一看牵着绳子的人是申寒露。

她发现申寒露的变化大，两个鬓角都白了。

李水香还不知道这是一头种猪，指着猪说："你这是弄了啥回来了？一走十年，连个口信都不往家捎，还以为你咋了。"

申寒露说："活着呢，嫂子，种猪。咱要发财了。"

申双鱼的儿子申芒种站在旁边说，猪要死呀。

这是什么话？申姓两支本来就暗地里有不谐和的东西，这一说让申寒露很是不高兴，走近了悄声说了一句："滚你个王八犊子。"

这句话叫小满听见了，拉着申芒种走开并把这话告诉了她三姊樊迪。当时樊迪也没有说啥，笑着说："那猪就是要死呀。"

听说申寒露回来了，没有往地里走的人就都往内窑院子里来看他的种猪。

岁月熬着人们的视觉和感觉，申寒露怀疑时空的滞缓，倒是墙壁上的白灰标语透出了一点时代气息：

"女孩男孩都是民族的希望。"

"谁脱贫谁光荣，谁贫穷谁无能。"

申寒露说话还是那样儿，特别是笑时牵动着错愕的五官，看的人会觉得他的笑还保留着山神凹人的生动样。

有人当下就算了一下申寒露的年龄，申寒露今年应该三十八岁了，三十八岁是男人的一个坎。这个坎一过就是四十，假如还没有成家立业，人就有可能一辈子打光棍，多聪明的人啊，生生叫李夏花毁了。

也说不好申寒露在外面成家了呢，就有人问："寒露，你媳妇呢？"

申寒露笑着说："在丈母娘家住着呢。"

山神凹的女人们还以为真是在丈母娘家住，等寒露安顿了接回山神凹住，就有人接话问："娃几岁了？"

申寒露笑着说："丈母娘还不知道在哪个村子里呢。"

噢，这才知道申寒露还是光棍一个。

狗围着院子里的猪叫，这么大一个活物狗还没有见过，不过很快稀罕劲就过去了，狗跟在猪的后面看猪吭吭哧哧寻吃食。

地头的申白露知道弟弟回来了，还牵了一头种猪，赶紧从地里回家看。

看见院子里哼哼哼的种猪，当院就吆喝说："这东西对山里人没用。"

申寒露蹲在窑檐下的石头上说："现在不是十年前了，配种，发家致富快。眼光不能停留在从前，山外这东西管用。"

联想到走时和李夏花的事情，山神凹人觉得申寒露是一辈子走了邪路。申白露一看这走了多少年的人回来牵了头种猪，比一般猪大两倍，人猪都要吃喝，也不知道寒露这几年在外是咋混日子的，就冲着这开销，那不是一般的消费水平，他是养活不了他们，就要李水香去收拾开申寒露的窑，给他准备上锅碗瓢盆和铺盖，要他分家单另住他自己窑。

申寒露也不急，也没有反驳。从手提包里拿出一套旧衣服换上，从窑内拿出脸盆倒了白广告色拿着刷墙刷子搅匀，拖着两条长腿往耐受桥边走。

在进凹的宣传生男生女的广告下写了：青山绿水觅知音，山神凹寒露种猪。

山神凹的新一茬娃娃们看寒露写下的字。这时候山神凹的小学已经换了三位老师了，学校也不是原来的学校，换了地方，现在的老师申寒露还不是太熟悉。

小学老师是一个男老师，姓王，王老师站在院边上看着申寒露写下的字笑了很长时间，是那种不发声，想起来就要笑的样子。

申寒露给种猪起下一个名字，叫"来财"，他让韩谷雨和他给种猪修圈，韩谷雨不住炎帝庙了，说是大队要修庙，他搬出来住在了原先宋栓好的窑。

宋栓好在城里当厨师，钱多得在城里买了房，还娶了一个比他小十五岁的女人，独眼龙的本事大着呢，人家不常回来，回来也不住，也就是清明节或者七月十五烧纸才回山神凹。

韩谷雨还那样，放羊，只是小队的羊归了自己。

两个人修猪圈说猪羊的事情。

申寒露说："猪这玩意儿喜污秽，食糟糠。我在外面给人家锔瓷时住在宾馆，宾馆里养了猪，猪吃的油水比人还好，结果猪不长，毛长得水光溜滑，养了两年的猪吃起来肉不香，肉也难嚼烂。"

韩谷雨说："羊喜干净，食净草，肉虽说腥膻那是吃了饲料，我的羊肉是吃山上草长大的，肉好吃还不腥膻。"

申寒露说："社会变化太快了，以前一年吃一次肉，现在城里人几乎天天吃。"

韩谷雨试探着问他见着李夏花没有。

申寒露说："不要问，爱情这东西是要死人的。"

猪圈修好了，就等着有人来叫他牵了猪出山去配种。申寒露这些年怎么在外面活着，他和李夏花还有没有联系都是山神凹人的一个谜。

有一次李水香问他这些年来是咋过来的，赚下钱没有？

他只说这头种猪是花了五千元买的。吓了李水香一大跳，竟然不知道接下来该说啥话。

看来，哪怕最艰辛、最苦难的生活都充满了秘密的幸福。

申寒露由锔缸到配种猪变化也算是够大了。

二十三

申双鱼当了山神凹小队会计，虽然都是申家一族，但是因为申荫富和柴青娥的矛盾，两支申姓人虽然大面上还能过得去，却始终分得很清。

申双鱼三个娃，大女儿申飞燕，二儿子申芒好，三儿子申芒种。申飞燕嫁了大坪沟大队支书家儿子，女婿和葛岭大队支书走了后门就把申白露换下了。

职务一换，两家的矛盾又加升了一层。

申芒种有时候有些迟钝，也说不好哪里有毛病，反正说出来的话日怪。

要说申芒种抛粮撒种也是一把好手，做的活路比他们的爸爸申双鱼和哥哥申芒好还要苦累。每餐饭时，山神凹的人都会看见申芒种捧着一只比头还大的碗串门儿，那碗上横担着一长条黄米窝窝头，端碗的小拇指上钩着一个缺了把儿的瓷杯，用细铁丝绕瓷杯一大圈，在缺少把儿的地方拧着一个小圈，正好是钩着小拇指的环，瓷杯子里放着几根腌咸菜。

他一边走，一边和碰面的人说话，再一边就一口菜咬一口黄米窝窝头，节奏卡得很好。

他和人打招呼的样子有些过分亲热，山神凹人总觉得他有些怪异，却也说不出问题来。申芒种串门不往人家门上走，只走到有石台阶的地方，坐下后边吃边笑，看见鸟也笑。

一碗饭要吃很长时间，总是听得申双鱼喊他快回家挑水了，他才要起身。

耐受河不如从前的水大了，依山而住，水在凹里，一长溜高坡，自古吃水靠挑的时代据说是要结束了，最近山外又传说要安装自来水。

申芒种还是比较听话的，自从不好好念书后，屋子里吃水就他承包了。现在，爸爸一喊挑水，他便躲开那些好的物事端着空碗回家。

沟里的水纯得如空气，石子枚枚可见，小鱼小虾游动时一跳一跳，荡起一星浑浊，瞬间即逝，干净的水让申芒种不忍心搅乱，一时坐在水边如龟背的石头上想心事，河柳笼罩，四野无声。随手钩过一粒石子弹入水中，一群小鱼笔直逃逸。

此景真是叫申芒种着迷，一时就忘了下河的任务，微风拂在他脸颊上，他开始想那些自然间的事情，清晰连贯的画面难得地就都涌现过来了。

他觉得活在世上真好，尤其记事时在妈妈抱着的怀里。

有人来找申寒露配种猪，牵了种猪走在耐受桥上的申寒露正好碰见了山神凹人申宝山，他在山外买了豆腐机，以前山神凹的电常常断，限制用，现在正常了，吃豆腐已经成为日常，老办法磨豆腐太累，该换电器了。

山外都用机器磨面了，碾子、磨，石器该退场了。看着申寒露牵着种猪出山，宝山打招呼说："能不能赚下钱？"

申寒露说："啥东西都有开始，开始了就有机会，走在路上才有目的地。"

申宝山看着山神凹进凹墙上的种猪广告笑了。

河边上挑水的申芒种都看见了，也笑了半天。

淡泊的阳光下，树身树叶黑褐，并不茂密地向空中延伸伸展，辅助申芒种记忆的是地上那些公鸡和母鸡，它们表情茫然地走走停停。

还有他们家窑窗上的那个蜂窝，一开始是拳头大，慢慢就长满了一格窗户，再慢慢就挡了半个窗子。有阳光的日子，那些蜂们舞扰扰飞。

妈妈樊迪不让屋子里的人动它们，说："那不是蜜蜂，是马蜂，蜇人呢。"

窗户多少年都没有糊新纸了，雪白的麻纸几年光景就糟烂了，有新麻纸糊上去，像衣服补了补丁。天气好的日子马蜂横竖成行落在窗户上，密密麻麻像文字。

申芒种大约五岁时，姐姐常常拿了小马扎坐在院子里看他，他好看，只管坐在窗前让他看马蜂就行。

山神凹人从院边上走过去时回头看见了说：

"看双鱼家芒种，看不够窗棂上的马蜂窝，几天几天看，你到底看见了啥？"

申芒种头也不回地说："是字是字，是说山神凹的秋天要涝了。"

那些走过的人就互相会心一笑，笑申芒种有意思，话也不像是五岁娃说的话，还看出了秋天要涝，瞎胡扯淡呢。

秋天的时候山神凹果然就涝了。只是没有人会记得是申芒种说过的话。

风从窑垴上吹下来，把一些树上的黄叶子带下来，树叶的手势和风的呼号声打在申家窑院的厦房上，拐弯而走，扑在申芒种的脸膛上如流水拂过，脸膛和鼻孔里就灌满了尘土的痒。

申芒种打了一个喷嚏。厦房是敞着的，垒了灶火，灶火上是一口一桶水深的大铁锅，不是做饭时间，申芒种就坐在铁锅里玩耍，听见姐姐打喷嚏，坐在锅里的申芒种笑得如有人挠了他的腋窝。

姐姐申飞燕瞟了一眼申芒种，那笑声让她莫名其妙。突然地申芒种就哭了。此时他们的父母都下地了，把申芒种放进铁锅里是申飞燕的主意，她负责看申芒种。申芒种的哭，是因为他坐在锅里看不见马蜂了，申飞燕起身走过去抱起他看锅里，水汪汪一股尿。

很多日子申家人的晌午饭和晚饭都添加了申芒种的童子尿。

申芒好比申芒种大十五岁，一直在山外读书。申芒种是申双鱼的晚生子，樊迪生申芒种时四十多岁了，那日正好是芒种，申双鱼就给晚生儿子起下了芒种的名字。

申芒种成长的岁月里，姐姐申飞燕已经嫁到了山外。

申芒种常常满怀奇异地想：一个人的变化，会不会过段时间就变回去啊？如果一个人一辈子看不见自己或者能够不知道自己是谁，或者说绕开自己而行多好。

燥热的天气，潮湿的雨水，他说不上自己是谁，心里堆积的欲望因不能轻易达到，而挫败感好像生锈的铁一样层层剥离，达不到顶点，他能够感觉到的东西，被琐碎的生活一点一点腐蚀掉了。

申双鱼有一天趁着都下地了，屋里没人，烧着火把窗户上的马蜂给熏走了。申芒种从地里回来发现马蜂窝不在了，人一下就憋傻了，坐在院子里哭了三天三夜，哭得山神凹人心烦意乱。

从十岁起，申芒种就开始莫名其妙地妒忌生活，包括一些对人和事的不适应，有自己的看法和想法，有时候也会说，总有一天山神凹会没有人了。山神凹人觉得他说话有问题，和正常人不一样，要申双鱼领着娃去大医院看看。

申双鱼感觉也找不出大的毛病来，又觉得是花钱的事情，也就一直没有当回事。

清楚地认识自己目前所处的状态并有能力改变它，这可不是申芒种能做到的。

不过有一点倒是越来越明白：他觉得人生并不是一件很严重的事情，至少没有别人说的那样严重，用不着摆出一副比人低下的样子来。

他喜欢一个人看一种清清爽爽的景色，喜欢孤独，不喜欢和人打交道，或者说和人打交道让他很难过。

他更不喜欢他的父亲申双鱼，人太计较了就是算计，算计得一小份一小份的。

为了当会计写告状信告人家，告了人家还出来说是看见谁往荫城镇走了。仗着是山神凹申姓大户，欺负人家外姓人，常常半夜出山不空回，不是把人家门前晒着的衣裳拿一件，就是顺手牵羊摘一袋子玉茭扛回来。

申芒好还没有成家立业，申家的事情申芒好要比申芒种重要，这样申芒种的成长就相对自由些。

说来也怪，某些时候，申芒种自觉不自觉望一下闪过的山神凹女子，原本黧黑的脸膛突兀多出一层惊喜，就想学当了会计的申双鱼对着人家迎面走过来的脸一样，吹几声口哨，人家骂一声"土狗子"，眼睛望着别处闪过去，那样子反倒深情得叫申芒种突然有一种早孕反应般的惊喜。

申芒好到了娶妻年龄，申双鱼担心错过年龄会和申寒露或者韩谷雨那样单着，这是他最不愿意面对的事实。

农村有许多村庄一辈子单身的人很多，但是，这种事情不应该在自己儿子身上发生，他不敢面对这个现实，就让女儿在山外替申芒好物色一份工作。

申芒种常常想，一个人变成两个人就那么重要吗？界限原来不甚分明，走着走着一个人变成两个人就分明重要了。

山神凹人越来越纠正着往前走的生活，女人选择自己的婚姻好像早有结论，并且目标一致：往山外嫁，嫁个有房有工作的人，绝不留在山神凹熬。

山外人不傻，更没有人愿意嫁入山沟里。

山神凹人见了申芒好，表面上显得很热情，一说话就扯到介绍对象上，常常拿申芒好调侃，调侃过后却没有下文。

申芒种知道山神凹人当他哥哥是笑话，笑话就一定要拿申芒好来开心，申芒种真是痛恨自己不能即刻改变命运变成哥哥申芒好。从前面对马蜂还能看到别人看不见读不懂的东西，现在被现实强大的吸附力影响，他是越来越看不明白了，心也变得混沌。

无法重来的选择，只能眼睁睁看着柳条泛青，小草吐芽。

时间久了申芒种被生活弄得学会了调解自己，并且明白生活只能选择其中的一种：好还是坏。什么是好？什么是坏？申芒种都弄不明白，弄不明白也就无所谓，两手插在裤口袋，跟碰面的人照样打招呼，但是真正停下脚步、满腔热忱地要和对方交流时并不多。

看到人家停下手中家什搭讪着将要和他说啥话时，申芒种就怅然想起要做的事，他找人家的话茬儿，又把人家的话茬儿掐断，年月久了，山神凹人都知道申芒好还行，申芒种和他爸申双鱼一样是一个虚头巴脑的人了。

二十四

山神凹对申小满和申小暑来说如画卷一样无声，她们已经不可能在土地上一锄一锄翻地了。绵延不绝的山川很美，但久看之下，已结痂的伤疤，偶尔也会从某一处山巅像火山一般喷出旧痛。躁动、扑腾、挣扎，在夜深人静的晚上，面对青白的月光，四野的唧唧虫声，她们是多么不甘一生就这样简朴地生活下去，想到同学们一个个凭着各种关系纷纷逃离乡村，看到那些山神凹人停留在不断重复自己的日子里，她们就想到了粗糙、愚昧、肮脏、落后，平静的日子里就有了被狂风动荡了的感觉。

七月间，宋栓好骑着摩托车回山神凹来给母亲上坟。

申秀芝找着宋栓好说小满的事，希望能跟着他进城去找个生活。

曾经宋栓好和申秀芝因为申宝红伤口的事干过仗，不过当时就化解了，只是觉得有些事情真就是印证了当时的话，山不转水转，宋栓好答应下了此事。

仿佛是一夜间的事情，听说小满的事情后，申白露也找宋栓好说申小暑的事情。宋栓好也一口应承下了。

两个女娃决定坐着宋栓好的摩托车离开山神凹，这次离家俩人居然都没有哭，似乎都觉得山神凹和她们已经没有多大关系了。

反倒是两家的大人幽怨得很，宋栓好不让她们拿什么，说去了城里他的饭店管住管吃，衣服都是现成的。两家大人准备了一夜的铺盖和吃食全部都搁下了，这次回来宋栓好还和韩谷雨说了一个合作项目，就是买韩谷雨的羊。

人进了城变化这么大，山神凹人很是眼红。

申斗库说自己的豆腐，现在用机器半手工做，产量就高了，做下的豆腐供大于求，也想买个二手摩托车，那样好骑着出山去卖豆腐。

宋栓好，独眼龙，拍着胸脯给大家保证，凡是山神凹人要求做的事情，他都一一满足。

要走的头一天，小满和申秀芝睡在一铺炕上，母女俩说话。黄土窑洞的老墙基，倚着老墙壁和屋后的山坡，前面怕潮湿抹了水泥，脚地上也铺了瓷砖，窑里没有一件像样家具，除了炕，一只两米高的立柜在窑掌竖着，半窑墙上做了一块横板，上面摆放了菩萨像，每天秀芝都要跪在像前磕头祷告。

申秀芝坐在半明半暗的光线里兀自轻轻晃着身子，清爽的风吹着她时，似乎是想着什么心事，看着躺在炕上的申小满，就那样勾着头，背柔和地弯曲着，脑后的头发披散在枕头上，眼睛忽闪忽闪，她知道小满没睡安顿就说：

"出了门照顾好自己，比不得家里，要长眼色，活在眼睛里，人家都喜欢。"

小满说："瞌睡了妈，你能不能不叨叨？"

申秀芝顾自左安顿右安顿，小满不听她的把头缩进被窝。小满的世界里已经没有母亲所说的那种生活了，她觉得该是和山神凹老土的人告别了。

申小暑和李水香反倒有说不完的话，一想到要离开山神凹，思维就变得异常敏锐和活跃，各种美好的图景也纷至沓来，同时心里面也产生了一种暖暖的感觉。

小暑和妈说，以后赚下钱就回山神凹起楼，看人家荫城镇的楼起了多高，亮堂堂的高楼，人住在里面不憋气。

直到这一刻，申小暑才明白，山神凹在她心里有很大的位置，虽然她也和申小满一样不断诅咒它，为它的破败和寒酸而羞愧和烦躁，但是骨子里肺腑里其实已经和自己的情感连在一起了。

这个感觉让申小暑绝望又快意，思来想去，和妈的对话里虽然不得要领都是梦幻，但是心里却充满了力量和自信。她甚至坐起来做了几个扩胸运动，当看到妈累得瞌睡了，自己才恬然地挨着枕头睡了过去。

清晨，七点刚过，摩托车轰鸣声似乎是要提醒小满和小暑要走了。宋栓好戴着墨镜，腿架在摩托车上等俩女娃出门。申秀芝抹着眼泪，李水香也抹着眼泪，两个闺女嘻嘻哈哈地搂着坐在宋栓好的摩托车上，回头摆了摆手算是再见。一溜烟，摩托车就过了耐受桥往山坡上去了。

碎石土路颠簸不平，弯多，摩托车或起或伏，感觉他们仨像醉酒一样。

有人担心宋栓好的独眼看不清路，还戴了墨镜，心就悬悬的。看着，听着远远的轰鸣声，好眼人在山头上还能看到一股尘腾起，翻越过山头时就什么也看不见听不见了。

山神凹送女儿的两个女人心里说不出是啥滋味，各自回到院子里，手脚不是地方，做啥都觉得心里空落落的。

快中午时宋栓好他们进城了，摩托车慢下来，三个人身上披了一层土，说话时觉得嘴里也是黏稠的，互相扭头看了一眼，头发变了颜色，像是从尘土里钻出来一样。

通往城市的街道上人影晃动着，做小买卖的，扛着风啪啦车蒙蒙走着，架子上的风啪啦在他的走动中朝着一个方向转动，红绿黄蓝紫煞是好看。有小车穿行在街道上，车上有打扮鲜艳的女人故意摇下车窗，不看外面，似乎是让外面看她。偶尔也有一头捆着的猪、几只鸡由三轮车带着走过，女人的手扇着鼻子下方迅速拉上窗户。

小满扭回头和小暑悄声说："看人家打扮得多好看。"

小暑没有注意女人，她关注的是道路两边的小摊子上的货物，有些水果她都没有见过，看见那纸牌子上写着"榴莲"，咋吃？真是不知道。

宋栓好的酒店不大，名字叫得响：四海为家酒店。小满和小暑在酒店里报菜端盘子，两个人领了一身饭店服务员穿的衣服，又见了宋栓好的女人。

宋栓好的女人没有山神凹人传说的那样好看，就是年轻，有股子说不出的刁蛮劲头，住的地方在酒店后面的仓库内，上下铺，一屋子四个女人。

　　宋栓好的女人叫李书堂，她领着她们俩，让她们到对过街道一个巷子里的澡堂子去洗澡。

　　长这么大两个人从来没有洗过澡，更没有在这么多的女人面前脱过衣裳。两个人脱了衣服，背转身捂着私处，惊悚悚看所有人，人家根本就不看她们。

　　两个人占下一个蓬头，当蓬头下的水笼罩住了她们的头发时，低头瞬间，混杂着酸涩、霉臭的气味扑鼻而来，小暑挤出洗头水揉洗头发，想用洗发液抵挡那一股霉臭，没想到挤多了，分给小满一些，两个人揉搓着头发，泡沫越来越多，蓬头下铺天盖地的泡沫埋葬了她们，水声，脚步声，热水烫了女人一下的尖叫声，澡堂里弥漫着的热气包裹了她们，也迷蒙了所有人的视线。

　　她们俩正式上班后，王学军来过一次，喊着几个城里上班的人来吃饭，宋栓好介绍小满和小暑说都是山神凹人。

　　王学军没有想到申秀芝的闺女小满长得如此好看，就和小满说："你该叫我舅舅，我叫你妈是姐呢。"

　　小满就叫王学军舅舅。小暑按着山神凹的辈分应该叫叔叔，只是小暑很少叫，总觉得王学军当叔叔还有点不够稳定。人熟了才知道山神凹人所说的王学军在城里当干部，啥是干部？就是管着几个人，每天坐在办公桌子后喝水熬时间，每月还不少拿钱的那种身份，并且还可以往上再升。

小暑一走，内窑院子就灰了，山神凹也不像从前热闹了，有几户想往山外走，走的人中间就有申斗库，说是豆腐做下了光凭山神凹人吃根本就不赚钱，想往荫城镇，先租个屋子卖，等赚了钱就落户在荫城镇。山神凹人一到夜里就往申斗库的豆腐窑里去，听申斗库对未来的设计。

　　夏天天气热，豆腐放不住，豆腐做得少，也不舍得用电，就还用驴拉磨做豆腐。

　　山神凹人觉得还是驴拉磨磨出来的豆腐好吃。

　　申斗库的窑里被蒸汽罩着，蒸汽遮住了人影晃动的脸，一眼磨在窑脚地当央，驴捂了眼罩踢踢踏踏转着磨，挨窗户的地方还有两盘炕，炕上放着做豆腐的家什，来的人就找旮旯坐下。

　　似乎来聊天的人也不像从前了，从前不分老少，现在都是按年龄分时间来，来的人看不是自己这一茬人就觉得话说不在一起，照个面就走了。

　　敞开的窗户外有空气灌进来，坐在炕上的人有韩谷雨、申寒露、申宝山、申芒种。

　　芒种虽然比他们小，但是芒种也只能跟着这一茬人聊天，申大暑那一茬人当兵的当兵、进城的进城，人就显得稀稀落落的。

　　铁锅里的豆浆在炉火的温度里，开始翻腾起来。

　　申斗库手里操着碗把石膏粉舀起来，小心地放进秤盘，石膏粉增增减减，终于秤砣吊在了合适的秤心上，石膏粉倒进塑料桶里，再冲进去一些水，搅拌几下赶快洒进锅里，然后用长木勺使劲搅拌。宝山妈桂花来来回回忙碌着，汗水从她脸上流下来，在蛋黄色的灯光下，闪着湿润的光，看着的人，烟雾从他们嘴里哈出来，等那碗最后的豆浆。

从前是用老浆水点豆腐，现在用石膏粉。

空气里豆腐的气息越来越重，豆腐的味道微涩，还有石膏的苦，就觉得不如从前的豆腐了。

做罢豆腐，一人喝一碗豆浆，喝豆浆就是喝水，一边喝豆浆一边才要开始聊天。

申芒种有些无助和绝望，说不好是因为什么，他越来越觉得自己的脑子不清爽了，他用怜悯甚至狐疑的复杂眼光看他们，似乎又不想知道那么多事情。

不知又从什么地方冒出一句话来：引蛇出洞。

申芒种自顾自笑了一下，又回头看窗外山尖上挑着的月明，黑的山影，那些光在天空闪亮，温暖、多情、浪漫、色彩斑斓，但又有些微弱，显得力不从心。

一大片云走过来挡住了月明，他突然看见了什么，或者说他要失去什么了，是什么他一时还不知道，便起身走出了窑，让自己站在月光下。

一个迎面走过来的人问："吃过饭了没有？"

他很认真地回答："喝了豆浆了。"

这对话没有意思，自说自话，没有意思，就是挂在嘴边上的一句话。他站在那儿不言不语，只是一种姿势，像某个人的背影。申双鱼年轻时候的背影。

走过的人又扭回头来问：

"你站在那里想什么呢？"

申芒种说："想山神凹要发生一些事情。"

那个人没有听他把话说完，走了。

真是没有什么意思，说一句话都没有人认真听，以后说话可能就更没有人听了，还是要学会藏话。

申芒种往自己家窑里走，街面上的青石板路面泛着一股青光，走过山神凹翠红的院子前，听见她的窑洞里有动静，传出来的动静让申芒种耳热心跳。

翠红是山神凹郭海亮的儿媳妇，她丈夫郭金鑫在城里当小工，平常就翠红一个人住，难道有人和她一起住了？

往前走，走到自己家院子里，窑洞一扯三眼，申芒种和哥哥申芒好住，芒好去城里当小工不在家。

芒种推开门时隔壁屋子里的樊迪冲着窗外说：

"你爸没有和你一起？他说去斗库豆腐窑找你了。"

申芒种癔症了一下，他想着，要不要告诉妈答案，他想出了答案。他走到妈和爸住的窑洞窗户前，看着马蜂窝挂着的地方，那地方什么都没有了，蜂巢也叫他们做了药引子喝了，只有蜂巢的痕迹在。

望着那一片黑，他说："爸爸出汗了，很累，他站在地上，撅着身子，直接骂祖宗呢，他专和自己过不去。"

樊迪说："瞌睡吧，话也说不清楚，你叫咋办呢，怕是长大了招女婿也没有人要你。"

申芒种说："让申芒好招女婿吧。妈，李夏花回来了。"

樊迪说："你见着了？"

申芒种说："没有。"

樊迪说："又说疯话呢？"

申芒种说："不是，在路上走着呢。"

樊迪说："世上哪个人不是在路上走着呢。疯死你呀儿。"

这句话申芒种认为不是说自己是说爸爸申双鱼。

申芒种回了自己的窑，躺下后又想那些马蜂都去了哪里了。是不是应该去找一找，找见它们就好了。

这样想着就睡着了，恍惚还听见申双鱼回来，门环响了一下，他睁了一下眼，太困了，闭上眼断了想又沉沉睡了过去。

二十五

日头红艳艳照着山神凹窑洞，窑院里，辣椒一片，蒜苗一片，韭菜一片，葫芦和南瓜的枝蔓儿乱伸胡爬，盛开的花儿招来许多蜜蜂和蝴蝶。

申寒露的种猪在圈子里嚎叫，有好久他的来财没有出山去配种了。

当初买种猪是想着能发大财，结果是小财都难发，有限的几次都顾不住来财口粮。这么大一个家伙吃起来比家猪两个还要多，整天一副吃不饱的样子，接下来咋办？是个问题呢。

日复一日，年复一年，自己都快要四十岁了，不说娶妻赚钱抱娃的事情了，看着山神凹沟沟梁梁，山河依旧，自己没了。

山神凹真他妈的是全中国最不被人关注的地方。

几日前放种猪，吃了申双鱼地里两行谷子，他站在猪圈前骂：

"计划生育咋不把寒露计划了去，养这么一个牲口出来祸害山神凹。"

这话够难听了，申寒路觉得自己一定是在什么地方出了差错，总也走不顺当。

蓝天、白云、红日头，一个人能看多远？凭着自己对人世间的认识和判断，人还是不能永远抱定七十二行庄稼汉为王的祖训，世上说来稳当的事就是太稳当了养活不了自己。

前几年在城里赚下的积蓄也快要花完了，为什么要回山神凹？说起来还是等李夏花，死活音信全无的女人，等她做啥？

申芒种走过来和他站在一起。

申寒露觉得申芒种是一个有意思的人，聪明超越了申双鱼好多倍，可惜落生在山神凹，是金子也叫埋没了。

"人和草木一样。"申芒种低头看着地上的青草。

申寒露笑着看他继续往下说。申芒种不说了。

申芒种是一个有自己生活理解的人，人世间对他来说，最难的是求人，只有不欠人，不缺人，说话才能硬气。庄稼长得好，日子不求人，土里啥都有，有时候地和天不配合，受罪的就是庄稼人。

受了罪也不能歇着，歇着久了骨头就会散架。

看看吧，这些话山神凹人说不出来，偏偏是山神凹申芒种说出来了。

申芒种假如有一天脑子坏了，肯定是他爸申双鱼教坏了。

那天申芒种和申寒露说要去山外荫城镇买西瓜吃，回家要钱没有要上。

申寒露说，没有要上就没有要上吧，跟我出山去，我买西瓜让你吃。

申芒种不行，一定要钱买西瓜吃，一来二去话就说毛了，申双鱼开始打申芒种，打得狠，申芒种也不躲，到最后，铁锹、镢头、菜刀啥的都用上了，看着亮光闪闪的物件，申双鱼也不敢下手，最后脱了套鞋照着申芒种的脑袋劈头盖脸打。

好脑子也经不起这样打，打罢了，抱着脑袋的申芒种找申寒露要他看，脑皮往出渗血。申寒露找来一把香灰抹上去，吃西瓜的事也泡汤了。

申寒露想起申双鱼骂自己的话，又联想到了申双鱼打申芒种，就和申芒种说："你想不想听窗户？"

申芒种说："想。"

申寒露狡黠地说："哪天有情况了我叫你听窗户。"

申芒种说："李夏花回来了。"

申寒露觉得芒种的脑子真是有问题了，说啥话呢说到这上面。

结果对面的山头上下来四个人，他们就一起等走近了看是谁。

大包小裹在肩膀上扛着，走路的姿态似乎又很熟悉，却是一时想不起来是谁。

申寒露提了猪食喂猪，猪等不及了扒着猪圈墙几乎要跳出来。

两个人一边喂猪，一边看对面走下来的人。

申芒种说："李夏花回来了。"

申寒露奇怪申芒种为啥一直说这句话，很认真地冲着对面眯缝着眼睛使劲看，看着看着脸都发白了，果然是李夏花回来了，相跟着的人里有山神凹人申丙校，那两个人不熟悉，看手里拿着的家什像是擀毡人，四个人有说有笑走下山来。

申寒露忘记给猪添食，一股劲看。

山头上往山下走，看见容易要走半天呢。

申寒露不能设定什么，可以想象无边，可以想象无穷，只是就没有想消失是如何出现的，有多少细微的玄机在不防备时来了一个惊喜。

十年了，人哪里能够回到从前，就算是人能够回到从前，可中间发生的事情呢？日头高起来，风刮着树叶哗啦啦响，当一个模糊不清的轮廓走到自己眼前时，申寒露还是有些羞涩。

不会说话了，嘴巧的人不会说话了。

李夏花变化很大，烫了头发，穿的衣服也和山神凹人不一样，下身不是裤子是裙子，光腿穿裙子对山神凹人来说心里还是不能接受，这女人也该四十多岁了，这么大岁数的人居然疯得裤子都不穿了。

李夏花直接往申国祥的窑里去，申国祥领着傻女人在城市里做生意，儿子跟着申老七在山神凹念书，申国祥的窑上了锁。

李夏花就坐在院子里的石头墩子上看院子，她让山神凹人稀罕了，问申丙校从哪里见着了，咋就一起坐班车回来了？

申丙校说："在山神庙前见着了，还没有顾得上问，只是说了一些山神凹的变化。"

申老七扶着老妻走进院子，老妻从裤腰上解下钥匙打开窑门，赶紧生火逼窑里的寒气。李夏花就着院子打开提包取出一袋子糖递给站着的山神凹又一茬娃娃。娃娃们不好意思，站着的大人说："还不快拿着，给你呢，白给你呢。"

娃娃们伸出手拿过糖快速跑掉了。

申寒露站在旁边看着，不知道该咋搭话，站着傻看，发现李夏花比从前更好看了，烫了的头发显得洋气，双眼皮下一对黑亮的眸子定定看着窑洞的窗户，不时回过头和山神凹人打招呼，不说话，浅浅地笑。看了一会儿打开提包取出几件衣裳来，是给申老七和婆婆买下的，看着地上的衣裤，想象着他俩穿上的样子，山神凹人就笑说：

"穿上年轻，好好穿吧，申叔和婶。"

李夏花拿着最多的东西是儿童玩具，她一定知道申国祥有了娃。

这国祥，人丑还多妻，以后咋分配呢。

申秀芝挤进人群蹲下拉着李夏花的手说："你这是从哪里来，十年不见你了，当初说走就走了，连个照面都不安顿。"

哭妇李晚堂也挤进人群拉住她另一只手开始哭。旁边有人说："晚堂这是喜事呢。"

李晚堂说："以为我傻了，我是看见夏花亲呢，心一酸泪就下来了。"

李夏花笑着说："我明天就走，就是回来看看，山神凹的事我都知道，回来打证明，证明和申国祥脱离了夫妻关系。"

申秀芝说："这些年你都在哪里了，有人可是找你了，也是十年没有回山神凹，巧合呀，巧合呀。"

山神凹人就看申寒露。申寒露就哭了。李夏花也哭了。

申秀芝说："每年清明树旺都在耐受河岸上给大嘎和他的傻女人烧纸钱，树旺是有心人。人常说，善有善报，天道公正，可树旺是个苦人儿，老天无眼啊，人世间的好都与他绝缘。"

李夏花说："树旺还在山神凹住？"

申秀芝说："能去哪？起刀磨剪子的生活没有用处了，抓蛇卖蛇，跟着宋栓好学，我说他不敢再抓了，蛇是有灵性的，他不抓蛇就赚不下钱，种地打粮食只能养活现在，哪里能养了老？人老了不能有病，有了病没有钱，那是哭黄天也没有人可怜啊。"

李夏花说："我去看看他。"

申秀芝领着李夏花往树旺窑里走，身后跟了一群男女老少。

蛇在山神凹人的记忆中并不可怕，它们虽然冰冷无情，但与神话故事里那种红芯闪烁、昂头追人的样子似乎又不一样，山里人遇见蛇就是往死里追着打，蛇哪里敢冲着人回头。

这个季节正是蛇出没的旺季，树旺不知道去没去山里。

一群人走进树旺窑院，树旺窑院地上放着铁丝笼子，里面关了大大小小十几条蛇，院墙上放了收音机，树旺在树下坐着拾掇自行车，一边听评书一边准备骑自行车出山去送蛇，山外的荫城镇有收购蛇的蛇贩子，树旺一般都往那里送。

看见进来的人，树旺没有发现李夏花，还以为是城里来山里闲逛的人想吃蛇呢，听到李夏花叫了他一声："树旺哥，你好着呢吧？"

树旺仔细看，这下看清楚是李夏花了，就问："你怎么回来了？是从天上掉下来的？"

李夏花说："从山外回来了，和国祥离婚开证明。"

树旺说："我要出山送蛇，你一时半会儿不走吧？"

李夏花说："树旺哥，说不好。谢谢你这么多年来给大嘎烧锡箔，没有啥回报你，这是一千块钱给你留下，算是一点点心意。"

树旺不要，咋都不要。

李夏花没有办法装了起来，看着树旺绑好蛇篓子出山了。

李夏花夜里住自己的窑洞，婆婆打开箱子帮她晒了铺盖，铺盖都是新的，是她结婚时候的铺盖，不舍得盖一直压在箱底，这也许是最后一次盖了。

吃罢饭，李夏花和申俊杰说了会儿话，问了都在学校念了啥书，认识了多少字，又告诉他拿来的玩具怎么玩，申俊杰高兴得一口一个妈妈叫着。

让叫妈妈是申老七的意思，还是申家媳妇，就得叫妈妈。

老人和娃都熬不得夜，李夏花回自己窑洞睡。

洗漱完准备睡了，她觉得窗户外有个人影在动，知道是申寒露，打开门喊他进来。申寒露扔了烟走进窑坐在炕上，不知道该咋说，笑一下，身体里的浪荡气质都没有了。

一只蜘蛛从窗户上落下了，申寒露从地上捡起一个装衣裳的塑料袋，看着蜘蛛时而来一个俯冲，时而在空中盘旋，他轻轻地屏住呼吸，蹑手蹑脚，慢慢地将塑料袋子伸过去，眼看就要罩住了，塑料袋子带起了一股细风，它便如无声的箭般射向了别处，他长出一口气小声说："先修十字路，后修转花台；老爷当堂坐，吃头自己来。"

也不知道是长期窑里没有人住蜘蛛变傻了，还是被灵妙的歌谣吸引住了，抑或是想给申寒露一个没有可能的翻转，蜘蛛如一枚钉子盖先是钉在窗户上，申寒露轻轻吹了一口气，它快速脱离开窗户想逃跑，它似乎猛然发现了危险，向下一扯丝，很准确地落进了塑料袋子里。

系住塑料袋子，申寒露冲着李夏花吹了一声口哨。

这口哨声让山神凹人久违了。

二十六

十年前，李夏花在黎明前跟着那只鸟走，很长时间，她几乎忘记了死亡就跟随在身边，也许，死亡只是一种孤独，在阳光还没有出来的早晨，她走了很远，她其实就是去寻找死亡的。那只鸟很熟练地在空中飞着，她很轻灵地走在山道上，甚至没有痛苦，没有思想。

秋风吹乱了所有生命，公路铺展在眼前，无遮拦，也仿佛无尽头，除非自己有目的地，或者孤零零的一座桥，或者有一个等待。什么也没有，无处可栖，她跟着那只鸟走，有一辆大卡车如拉链一样拉开了道路来到她面前，停下来时还滑出去一米远，李夏花被吓了一跳，卡车司机下来问路，她连自己都不知道在哪里怎么知道路在哪里？

卡车司机可怜她让她上车，问她去哪里？她说不知道，没有儿子的母亲能去哪里？卡车司机让她坐在卡车的前排，她感觉是鸟衔着她走了，山峦起伏，到远方去。天和地合在一起，他们就是天地之间的拉链了。

人烟稀少的路，她想寻找一扇打开的门，没有一丝力气能够扯出她活下去的理由，那扇门打开又有什么意义呢？飞翔的鸟呢？她为啥看不见鸟了？后来她病了，高烧之后醒来看到自己在一家小诊所输液，她身上一分钱都没有，一群人看护着她。她闻到了钥匙的味道，掏出钥匙来看，那一串钥匙开过窑洞里所有的锁，她把钥匙扔进厕所里，身体又轻松了好多。

　　那只鸟呢？一群人好奇地说没有见过鸟，萧条的秋天鸟已高飞。

　　她屡次围绕鸟想一些问题，她想不明白，看护她的人也想不明白。

　　一群人中有人说："我们是青州市梆子剧团，在乡下唱完最后一场准备回家过年，拉戏箱的车遇见了你就把你拉到了剧团，我们剧团需要一个做饭人，你愿意跟着剧团做饭吗？"

　　李夏花点点头。跟着剧团开始做饭，这时候她才知道离开家很远了，剧团的住所在青州市的南门。

　　剧团统一住在一个大院子里，院子里有三层楼，灶设在院子里西排房楼下。灶房有一个做饭的师傅因为家里有事着急要回去过年，过罢年也不想跟剧团了，李夏花跟着师傅做了两天饭后剧团就放假了，她没有地方去就留在剧团捎带看大门。

　　剧团的院子里是热闹的，他们喊她大姐，她愿意做他们的大姐，在适意的心情下，甚至把他们当作自己的儿子大嘎，她愿意终身做他们的大姐。

　　童年和自己的时光倒塌了，埋葬了，她的所有的过去没有藕断丝连，连母亲都不想，她犯了错误，上苍惩罚了她，她的儿子惩罚了她，那只鸟带着她走出了曾经的记忆，其实世界上没有真相，有过的日子都是假象。

她为剧团做了十年饭，剧团还给她分了一间宿舍。山神凹人一年难看到一次的梆子戏在这里天天上演。由二胡、笛子、大锣和鼓板组成的声响，把一个女人每一个细胞都激活到兴奋状态。

武生眼花缭乱的跟头，小生粉白透红的脸膛，花旦袅娜的身段和诱人的眼波，让李夏花顺理成章进入了一个忘记过去的时代。

剧团人好吃，李夏花就把什么都给他们弄得妙不可言。赶戏的路上，拉戏箱的车和拉演员的车是分开坐，半吊半坐在车后的男演员一摇一晃，泥石路难走时他们就跳下车翻着跟头给李夏花看。赶戏的劳顿李夏花总是加倍回报他们，做菜时就油水大些，她还学会了做烧饼，椒盐的，酥脆香甜，他们饿了就给他们一个烧饼吃。

青州南门，沿着一条胡同走出去有一座关帝庙，只要剧团回了住地她就去拜神，那是一条旧街道，路两边有许多小摊贩，卖啥的都有。

饭店、商铺、菜摊子、肉铺，捎带买菜，街街巷巷和连环画似的，剧团就藏在巷子深处。关帝庙旁边还有一家电影院，剧团没有台口从乡下回到团里，有时候她也去看一场电影，和山神凹的日子比那是天上人间呀。

一个女人的十年，可以忘记许多，但不可以没有开始。

那是一个春天。一个落红成阵的傍晚，满眼的繁华，在淡淡的清风中，李夏花走在剧团的院子里。她遇见了一个人，这个人是剧团唱花脸的于喜明。也许是傍晚时分那种残红万点的景色点缀了李夏花，没有一丝风，缤纷的花瓣飘落在李夏花头发上，唱花脸的于喜明正从院子里走着台步去戏台上排练。

和往常没有异样，奇怪的是，走过去时他正眼看了李夏花，回头又看了一眼。就是这不经意的又一眼，李夏花冲着他笑了一下。

李夏花的情感之门一直封闭着，活着，活到老，不再想什么姻缘，虽然剧团尽是水媚山娇、风情万种之人，但是，这一切对于她，一个乡下农妇，她记着她从前的羞耻呢。

李夏花说："于师傅，排练呀？"

于喜明说："你站在那里想家了？"

李夏花说："于师傅，看见这花落了，知道春天已经来过了。我是一个没有家的人呀。"

于喜明站在那里打了一个云手，脑袋偏向李夏花定格一个造型，这倒不是情景撩人，是想到了他该上场了，沉浸在戏剧情景里。果然，戏台窗户推开一扇伸出一个脑袋来冲着他喊："于师傅，该你上场了。"

舞台上在排练《红梅记》，讲述的是一个叫裴舜卿的钱塘秀才与李慧娘和卢昭容两个女人之间的故事。表面看，是两个女人和一个男人的老套路瓜葛，可实际上结构得很不一般，尤其是对李慧娘这个人物，塑造了千百年来民间戏曲舞台上一个全新的复仇女神形象。

于喜明迈着台步走往剧团排练室，李夏花抬腕看了一下时间，离做饭时间还早，也跟着往了排练室。

拍戏导演是外地请来的，姓李，李导演正讲着戏，对舞台上演李慧娘的女演员举手投足一招一式抠戏。

　　李导讲《红梅记》的背景。他说，李慧娘是南宋没落时期有个叫贾似道的宰相的小妾，主子宋度宗不行了，身边的跟班宰相也便比谁都更可恶地胡来起来了。当然，也许是跟班的胡来，导致了主子的不行，反正有一天，这个荒淫无道的家伙，带着一帮水灵灵的嫩妾在西湖上游玩时，便惹出了一桩千古奇祸。那天他们遇见风流学子裴舜卿，也和一帮同学泛舟湖上，李慧娘面对英俊潇洒的裴秀才，竟然抑制不住内心激动发出了惊世赞叹："呀，美哉一少年，真个是洛阳年少，西蜀词人，卫玠潘安貌！"就这"一念痴情，十分流盼"，便招来了灭顶之灾。

　　李导此时身段柔软地示范着一些动作，眉眼表情举手投足完全就是一个女儿身。

　　李夏花看痴了。

　　于喜明演醋意勃发的李慧娘丈夫贾老先生。为了整顿姜纪，稳定队伍，他竟然将李慧娘给活活处决了。

　　李导给于喜明讲戏，他说，这不是一般的爱情故事，不能理解成寻常的强者对弱者乱施淫威的暴力，这是一个现实中全然无助的弱女子变为美鬼的故事，是人鬼相恋，演者要带着一种巫气。

　　而于喜明要演的是一个"吃不饱"的老淫棍，不仅内心充满妒忌害死了李慧娘，还想把戏中的卢昭容也霸为己有。有权有势者，就想把天下最美好的东西搂到自己怀里。

　　于喜明一遍一遍念台词，在表情和动作中不断重复，总是不到位。

戏抠得仔细，李夏花觉得当演员真是不容易。自己也不自觉地来来回回动作几下，眼睛也撩逗人似的左右瞟了几下，人就活泛了，台上的于喜明无端就心动了，这个朴实无华的女人有其他女人身上没有的好，不一样，很叫他心动了几下子。

快到做饭点了，李夏花走出排练厅，一边走一边还跷着兰花指指向前方。

她内心里有妖艳的东西被什么唤醒了，但也没有多想。

黄昏，于喜明约李夏花出去走走，两个人穿过热闹的巷子走往一个很少有人出没的地方。暮春，远处楼房和近处草木的搭配显得杂乱烦闷，有一些麻雀乱飞，如李夏花的心跳。

于喜明骂："他妈的，这么多讨厌的鸟。"

李夏花觉得这骂也和乡下人不一般，听上去有一股子韵味，就捂了嘴笑，于喜明瞧她一眼骂一声"他妈的小鸟"。

麻雀仿佛受到了惊吓一般，在短暂之间突然齐声鸣叫起来。

麻雀的嗓门各有不同，一经开鸣，很快就杂沓起落，混响成一团。李夏花觉得好听，认真听了一会儿，雀儿的鸣噪就忽地低抑下去，渐渐由稠而稀，由强而弱了。

李夏花突然觉得自己跟着于喜明出来是一个错误，孤男寡女相约来到这地方，不干一种勾当实在是没有理由解释会干别的什么。

于喜明从草丛中采下一朵花想往李夏花头上戴，李夏花躲开了。

这个躲很是叫于喜明不开心，一个演员看上一个做饭的，这本来就高抬了做饭人，怎么还扭捏着躲开，这让他不理解，站下不动了，心中的躁动停顿下来看着手中的花，一弹就弹到了远处。

李夏花不管，讲此时的乡下，任再困难再落后的荒村僻野，春天的风也照样能吹开冻土。

这时候，乡下人就要挥起锄头刨那些玉米收割后留下的茬子，或者一担担地往地里挑粪，一天下来累得连炕都爬不上去。

她回过头去看于喜明时，发现人家已经走了。人家根本就不是来听她讲故事的，人家来是看得上她，人家走是人家听不进她的话，人家就想直接进入主题，就想给枝繁叶茂的后庭"合欢树"上再添枝叶，人家就想正面下手。

李夏花看着于喜明的背影笑了一下，张开双臂吆喝了一下四下安静下来的麻雀，麻雀呼哧一下飞了起来像一块块土疙瘩似的，翻滚着转一圈，笨拙而准确地落在了树上。

李夏花往回走，想于喜明的样子，不知道见到他会给她什么脸色，她知道她就是一只麻雀，在剧团里只有低眉顺眼、踏实做人她才能长久留在剧团，她珍惜这份工作，任何多余的想法都不敢产生。

那些麻雀又开始叫了，跳跃而鸣，其声充盈着荒地，她不敢消停，装作没有啥事儿回到剧团。

吹哨子开饭了，她看见于喜明走过来，眼睛不看她，眼神里有一种鄙视。她喊了一声："于师傅，今天排练累，你演得真是好。"

于喜明没有答应她，眉头高扬很不屑她说下的话。李夏花也不恼，和打饭的人说话，都是夸奖他们的话，和每一个人都主动说，显得没心没肺的样子，和所有人笑，话出奇多。

走过来打第二碗饭的于喜明听见李夏花说："于师傅，吃好呀，你——"

没有等李夏花说下去，于喜明说："你这个乡下女人，就不能改掉乡下人毛病，话多得叫人耳根不清静，烦死了。"

李夏花也不恼，笑着迎合着于喜明的话。

没有人觉得他们的说话有什么毛病，做饭的大师傅做好饭是本事，话多不多也不能算毛病呀。剧团新来的一位女娃叫彩虹，年龄不大，刚初中毕业不想念书了来剧团跟着跑龙套，李夏花看她年龄小，格外照顾她。

彩虹听见于喜明顶撞李夏花就横在于喜明面前说："于师傅说话不留情面，剧团里大部分人可都是乡下人呢。"

李夏花拽过彩虹来，叫她不要乱说，乡下人就是有毛病。

悄悄从旁边的和面盆里拿出一袋子肉丸递给她要她快拿上走不敢叫人看见。彩虹也乖巧藏在怀窝里，急忙送到自己的折叠床上掀起褥子藏起来。

哪知这一袋子肉丸出事情了。

二十七

彩虹是一个喜欢看小说的女娃，但不喜欢念书。来剧团学戏是一个过渡，她十六岁了，正巧升高中，叛逆期，和家里人对抗找到剧团来学戏。留守在剧团的演员分男女宿舍，结婚的人都有单间，彩虹人小来剧团晚，好地儿都叫他人占了，独她成了把门儿的。

夜里读书，累了一天的女演员早早躺下睡了，灯泡亮着不能让彩虹独用，她也知趣，把门儿掌握着灯绳，看见都不说话聊天了，拽下灯绳关了灯。

彩虹点燃自备蜡烛用搪瓷茶缸屁股粘了蜡烛放在自己枕头旁边看小说，人年轻瞌睡来得早，来不及吹灯，人就睡着了。

蜡烛燃灭了自己，烛泪顺着茶缸流到枕头上，火苗也流了下来，引燃了褥子里的棉花，棉花被引燃后不是大火燃烧，是沤烟。褥子下塑料袋子里的肉丸子都是油性东西，结果助燃了火苗，火苗燎燃了彩虹的头发。

屋子里第一个被烟呛醒的人大叫着失火了，一屋子人被惊得坐起来，一时不知道发生了什么，看见彩虹枕头旁边还在冒火苗，一干人大叫着扑过来，手里拿啥打啥，一阵子把彩虹打醒了。

看见有火苗出出乱蹿，也不知是谁半夜起夜不想出门尿在了雨鞋里，两雨鞋尿泼在了彩虹的枕头旁边。

一股尿臊味儿霎时腾起。

拉亮灯看着被火苗烧没了头发的彩虹，大伙儿笑了半天。

等人们又睡了，彩虹悄悄取了泼了尿的肉丸走到剧团的女厕所扔了下去。

听到女人吱嘛忽乱声，李夏花起身出门看，看到彩虹一个人站在院子里，问了情况，又看到她被火苗燎光的头发，心疼地抱住她，任由彩虹哭。哭罢，两个人看了半天月明，亮汪汪地高悬在空中的月明，像水洗过似的。

李夏花拉着彩虹回到自己的宿舍，就着灯光剪掉了彩虹被火燎了的头发，剪成板寸头，人就和假小子似的，彩虹的肩膀一摇一晃在地上走了几下，真是酷极了。觉得离天亮还早，夏花叫彩虹睡在自己的宿舍，彩虹说还要回去收拾自己的床铺呢。

第二天一早，上厕所的于喜明首先发现了厕所里漂了一层肉丸。

因为男女厕所也就是上面隔着一道墙。他觉得这事和李夏花有关，毫不留情第一时间举报给了团长。

剧团大会是上午九点开，团长连立军端着水杯坐在桌子前，环视着所有人。他先是抬起手捋了几下不多的几根头发，咳嗽了几下，喉咙里"嗯嗯"了两声，小眼睛一翻，端起水杯喝口水说：

"今天这个会和演出排练无关，和什么有关呢？我不说大家想必也猜到了，剧团的厕所里漂了一层肉丸，厕所不是大锅，肉丸怎么丢进去的，想必大家也都猜测到了。我不说，谁做的谁站出来承认，认领下，想要剧团给自己一个什么处罚也讲好了，把肉丸下进厕所里，哈呀，我就是想不明白你爹妈是怎么教育你，难道家庭富裕到可以把肉丸扔到厕所里？"

李夏花是大师傅不参加会，但是大家的眼光全部聚焦到了彩虹身上。

团长讲肉丸时第一时间彩虹就懊悔自己没有生活经验，没有想到肉丸是漂在水上的。

既然知道了，也就不惧怕了，她勇敢地站起来说：

"肉丸是我扔厕所的。昨夜蜡烛点燃了枕头，藏在褥子下的肉丸被熏黑了，单说熏黑了也能入口，不知谁怕失火拿尿泼在了上面，所以我丢进了厕所，这事是我做的，我接受惩罚。"

有人看着彩虹的头发，觉得有点侉，看着她满不在乎的样子，个子又有点矬，白净的脸上一双滚圆的大眼睛忽闪着，有一股说不出来的嘎劲。

没有等团长开口，坐着的于喜明露出一口四环素牙先说了：

"你那肉丸是谁给你的？昨天中午刚吃过蒸馍丸子汤，你的丸子今天就下进了厕所，昨天我们有的年轻演员喝汤时最后汤锅里啥都没有了，你居然藏着丸子，这事情我看得往深里追究。"

彩虹说："肉丸是我妈给我送来的。我们家的生活质量于师傅也是知道的。"

彩虹父亲是市里一所学校的老师，当年的知青，从北京来，娶了当地女人生了彩虹。她父亲老家是四川人，会吃，也舍得下功夫做。剧团里的人大都去过彩虹家，她妈做的面好吃，尤以包子好吃。有时把包子放煤球火上烤焦，吃那入口焦香，香脆无比。她父亲有时候会下厨房弄几个菜请剧团人喝酒，也做氽丸子汤，和当地的丸子不一样。

彩虹家的生活质量还是很好的，起码比剧团所有人的家庭条件要好。

于喜明说："你父亲从来都不会做当地丸子，这是他亲口和我说的，那你的丸子就不是你家里送来的，抓贼先擒王，你小小年纪正是努力时候，还要在剧团长本事闯事业呢。"

大家都知道于喜明的矛头是指向李夏花，不明白他为什么要

196

指向一个孤苦人。

彩虹急了，想着说什么来圆场，结果话吐出来就变味道了：

"于师傅，您可是喝过我爸的酒，吃过我爸的菜，当过我爸的座上宾，但是您并没有和我爸一起生活过，我爸一句客气话您就当真了，我爸做的丸子那是天下第一好吃，您就想说这丸子是李夏花给我的，她一个乡下妇女为啥给我肉丸子？她又没有见过我爸，肯定也就不会看上我爸。这份心于师傅就别瞎操了，丸子是我丢的，丢我爸做的丸子，我想不好咋处分我自己，因为没有理由。这样吧连团长，您给啥处分我都接受。"

这话说得让开会的人都笑了，似乎应该是很严肃的会议，除了于喜明的脸色难看下不了台之外，团长都笑得嘴里喷出了水。

李夏花在外面偷听，她从来都没有见过如此伶牙俐齿的女娃，这女娃真是叫人喜欢。她喜滋滋走往灶房做午饭，不由得自己还哼了两句小调儿。本来中午吃机器面，她突然就想吃炒饼。

这边剧团的会也无法再开下去了，连团长讲了排戏情况，安顿了带新戏下乡就是给老百姓带喜悦，又让打前站写台口的人讲了最近演出情况，一开始凶巴巴的事似乎已经过去了，反倒是彩虹的样子叫人新奇，有潮流的意思，女演员就多看了几眼，想自己是否也理这样一个发型？

中午打饭时，李夏花看见于喜明依旧笑眯眯叫："于师傅，好吃就多打几碗。"

于喜明居然笑了一下，笑里藏着什么？李夏花没有琢磨透，也不想琢磨，该有的苦都受过了她不怕。

这件事让彩虹在剧团出了名，利弊相跟着来了。

最大的弊端是排不上角色，一部戏也给你主演，最关键的是排在配角的C位上，人生不能一辈子打把子跑龙套，当一回配角要等A和B角同时有事情了才轮到自己。

剧团的日常工作除了下乡就是排戏，夜里加班排练，彩虹的父亲坐在台下看，看完戏没有认出自己的女儿，连着看了几天还是没有找见，就注意观察舞台上两旁打把子人的形象，发现女儿永远都站在舞台上，永远没有任何台词。

最后一台戏演出结束后他找到彩虹，不等卸妆，拉着她的手走在街道上。

街道上人烟稀少，他们听着自己的蹬蹬足音，父亲不说话，彩虹也不说话，两人内心都很忐忑。

最后还是彩虹父亲打破了沉默。

彩虹父亲说："这是一座最适合青少年成长的城市，它与乡村联系得紧密，可以让你认识土地和庄稼，又能认识街道和电影院，你所学的戏更是让你认识历史。原本是让你好好念书，你偏不感兴趣，哪知看了几天戏没有听见你一声唱。我听说你在剧团根本就是胸无大志之人，整天跟着做饭大师傅混日子，你这样下去还不如回来重新上学去，或者去学一门技术，将来也好有碗饭吃。"

彩虹想，父亲咋知道我跟着做饭的大师傅混日子？想必是于喜明告了自己的状，有点儿看不起于喜明，老大不小的人长了一张碎嘴。

当听到父亲说："你小小年纪居然学会了说谎，我啥时间给你送丸子？古人说，近朱者赤近墨者黑，我感到十分痛心的是，你怎么可以和一个没有志向没有教养的乡下女人做朋友？"

青州的夜晚很安静，相比白天，从郊外走入市区，夜晚就是死亡的颜色。

白天走过护城河时能看到许多挑着担子的人在此处坐着卖小杂粮，也有卖小猪的，卖菜的，把逼仄的街道挤得满满的，彩虹就在这条街道中穿梭长大。

有一年夏天，护城河里溺死了一个女人，这是一件大事，女人被河水泡涨得很胖，远处看过去一团白。最后案件破获了是她的丈夫杀了她，她丈夫是一个心眼十分狭小的人，怀疑他的妻子有外遇就找了借口杀了她。枪毙那个男人时彩虹还跟着汽车跑着看过那个男人，在市里北郊广场上最后公判大会，那个站在台子上的人吓得瘫在地上，几次被拽起来。先是宣判一些偷盗抢劫案，接着就是那个杀人犯，宣判后立即枪决。大卡车拉着那个男人扬起满天尘土呼啸而去，车上荷枪实弹的警察，气氛相当浩大。汽车走远了，彩虹望见车的高处隐约有一块木牌晃来晃去，旁边的人告诉她，那就是插在死刑犯脖子上的亡令牌。

彩虹此时就想给于喜明插一个亡令牌。

彩虹父亲说："你从现在起就不要再到剧团了，这地方藏污纳垢。"

彩虹说："爸爸，我的事业还没有开始就结束了。"

彩虹父亲穿着一套西装，手背在身后，因为夜的街道，他还点了一根纸烟，烟头叼在嘴上，这样的形象很少见，说明是真生气了。

彩虹父亲说："看看你的头发像啥样子，不男不女。"

初夏了，彩虹穿着碎花裙子，露出两条健壮粗重的腿，腾腾腾大步走到父亲前头回过头倒退着走，吸一口气，气沉丹田，做了一个云手，大声冲着父亲唱：

　　　　自从父兄去考场

　　　　音讯杳杳牵肚肠

　　　　村里炊烟袅袅起

　　　　关帝庙里求神忙

　　　　供案摆上祭祀品

　　　　炉中再上三炷香

　　　　一炷香求祖先二泉山上

　　　　荫庇子孙降吉祥

　　　　二炷香愿父兄平安无恙

　　　　文从字顺出华章

　　　　三炷香盼表兄名登金榜

　　　　展才智报皇恩夙愿以偿

　　　　求帝君保佑俺三炷香如愿

　　　　到那时俺与你重修庙堂

　　听罢彩虹的唱段，她父亲站下了很认真地说：

　　"闺女呀，你不是唱戏的料。"

　　彩虹一头雾水，好出风头的她也不知哪来的冲动，还想再表演一段，让父亲听听自己的另一种嗓音，看黑夜下父亲黑色的脸，晓得事情比自己想象的要坏。

　　她说："为啥？"

　　彩虹父亲说："悬崖勒马，这碗饭再也不要端了。"

彩虹说："爸爸，是不是于喜明和你说啥话了？"

彩虹父亲说："人家学的是巧劲，你使的是蛮劲，鲤鱼跃龙门那是鲤鱼的事，你放弃吧。"

彩虹说："爸爸都不给自己的闺女打气。"

彩虹父亲说："戏剧表演的一招一式是程式，它不是空洞的肢体运动，也不是无意义的动作结构，是表现力，尤其唱词，更不是蛮唱，唱词里有才、胆、气，有抑扬顿挫，你直咕隆咚唱出来，你把戏剧歪曲成了哥们儿义气。闺女啊，咱另寻生路吧。"

彩虹的眼泪一下就掉了下来，听了爸爸老辣世故的话，人生一下就没有方向了，虽然马靠笼头拴，人拿道理管，可爸爸满嘴跑舌头的话算不算道理呢？

彩虹说："不下雨的云彩飘走了，还有下雨的云彩呢。自古少年得志不得长，缺少的就是暗功夫，功夫下到了，我也能唱成把式。"

彩虹父亲不说话了，拽着她快速走，走到家门前站下了说：

"世上有些艺道不是人人都能学到家。不唱戏了，和一群戏子混日子，迟早走不上正途。"

一塑料袋肉丸浇灭了彩虹的戏剧梦，彩虹肯定是不能来剧团了，但是她还有一件事情没有解决。

二十八

彩虹在剧团锅炉房守候三天了，她没有和李夏花说她藏在这个地方。

她在剧团里所有的行李都收拾回家了，都是彩虹妈妈来收拾的，彩虹藏的地方是男女厕所背后的锅炉房，夏天不烧锅炉，闲置的锅炉房很凉爽也少有人在，她藏在这里就是为了复仇。

几次看见于喜明来厕所，几次都相跟着人。

三天里她发现了两个秘密。

一是李夏花在垃圾堆上捡了一双高跟鞋，可能是剧团哪个女演员丢弃的。李夏花穿上高跟鞋围绕着垃圾走几下，尽量让腰和屁股有动静，自我陶醉了半天，看看四下无人脱下高跟鞋穿着自己的鞋，把那双高跟鞋藏在怀窝里走了。

二是她发现于喜明之所以对李夏花苛刻是因为他想占有李夏花的身体。这一发现比较重要。

黄昏，阳光已经不太明亮，但还有些余晖，在李夏花走过的路上，于喜明投过去的目光因为是背影无法看见神态，但是感觉他的手在颤抖。

碰巧撞见了，李夏花迎着他笑着说："于师傅。"

于喜明的目光就在这时候碰到了李夏花的眼睛，很迅速也很不屑地往地上吐了一口唾沫。

李夏花从有落日余光的地方向阴暗的也是更阴凉的地方走来，她求助地说：

"于师傅，你不敢记恨我，我一个乡下人哪敢动心思，你骂我吧。"

于喜明狠狠地说："我现在不仅看不上你，从心里讨厌你，你每天扯着个脸，笑起来又破又皱，我不可能再抬举你了。"

李夏花可怜地说："于师傅，你千万不能记恨我，我是一个乡下人，根本就不配你。"

一双闪着波光的眼神望着于喜明，有人踢踏踢踏走往厕所方向，两个人才各自走开。

目击了这一幕的彩虹，从心里更是看不起于喜明，想不出一个满嘴四环素牙，满脸皱纹，身上松懒而且泛着烟油味道的男人，自我感觉为什么会如此好？便动了耍他的念头。

彩虹本来准备了一块大石头，现在她决定准备三块大石头。

机会总是给有心人准备着。

一个人影走往厕所，是于喜明。此时的男厕所没有人，女厕所也没有人。等着于喜明走进去，彩虹迅速跳下墙头抱起地上的石头照着厕所外淘粪口子扔下去，连扔三块，哈呀，溅起来的茅粪糊了于喜明一身。

他狼狈逃出厕所，不明白发生了什么，但他的样子那可说是十分滑稽。

彩虹跑往剧团厨房站在李夏花身后说："我替你报仇了。"

吓了李夏花一跳，扭头看见跑出厨房一个人影是彩虹，她急忙撵出门，哪里还寻得见人。

黄昏，正是眼乱时分，她听见大伙都在议论说于喜明被溅了一身茅粪，她明白了彩虹说报仇的意思。心里一下就慌乱了，知道自己捅娄子了。

李夏花一下六神无主了，自己就像尘世间的一粒尘土，对剧团工作虽然有十二分热爱和认真，但对于剧团收留她这么多年来的恩情，她能做的都是一些不足挂齿的事情，有些时候都觉得应该忽略不计，事情到了这一步，对于剧团人的恩情没有报完，自己倒惹下了泼水难收的事儿，心嗵嗵嗵跳着，想做什么又不能说出口。

由厨房望着院子里的人群，虽然说是小孩子做下的事情，可与自己总是脱不了干系，她的心眼里从里往外溢的都是难过。自己便坐在火台前看着等待下锅的菜开始哭，她哪里经过这阵势。

于喜明丢丑了，又是初夏，穿戴又少，一身臭气熏天的样子，内心的火气发作不出来，端了脸盆拿了换洗衣裳和洗漱用品，走出剧团院子往对面澡堂去。路遇剧团人也不打招呼，看上去凶巴巴，大家想着还不知道接下来要出啥事儿呢。

彩虹报完仇高兴了，尬里尬气往回走，她决定好好念书，不辜负全天下人对她的期望。

路过一个小摊位，看见炸油糕，坐在小凳子上要了两个油糕正准备吃，看见一个男人领着一个傻女人一瘸一拐走过来也等油糕。彩虹站起来让那个男人坐下来，男人表示了谢意让那个傻女人坐下去。

男人问炸油糕的女人："你知道青州梆子剧团在附近哪里？"

彩虹稀罕这句问话，说："我知道，我刚从剧团那里出来。"

男人说："那麻烦你指引路线告诉我怎么走。"

彩虹问："你找剧团里的谁呀？"

男人说："找剧团里一个叫李夏花的妇女。"

彩虹说："你是她什么人？"

男人说："我是她的丈夫。"

彩虹上下打量了他一下，觉得比于喜明还要差。

男人说："我叫申国祥。"

彩虹说："你叫啥没有关系，油糕吃罢我领你们去。这女人是谁？"

申国祥说："我儿子妈。"

彩虹觉得这是一个很混乱的事情，用眼睛盯着傻女人看，女人被看羞了，站起来躲到了申国祥身后，很羞涩很温顺的样子。

好奇心把刚才的事儿丢到九霄云外了。

彩虹说："你这个样子还娶两个老婆？不简单哎。"

申国祥的脸就红了。

三个人吃罢油糕往剧团方向走，穿过夜市，彩虹看那个傻女子，东张西望，毫不遮挡自己对热闹的喜欢，见有人碰撞她了也不生气，嘻嘻笑着，继续往人多地儿去叫人家碰撞。

彩虹问："你是做啥营生的？我很好奇你。"

申国祥说："崩爆米花。"

彩虹问："你找李夏花做啥？"

申国祥不好意思了。不回答拉着傻女子穿梭着走，看一下彩虹又低下了头。

彩虹说："个人秘密不便多说是不是？崩爆米花听响儿也很长志气是不是？"

申国祥说："也不是。是一下说不清楚。"

彩虹觉得申国祥还很爱这个傻女子，和李夏花比那是没有办法比呀，就想知道全部故事，领着他们走往剧团方向。心里还思谋着剧团院子里此时应该是很热闹的，走进院子里发现和平常一样各干其事，没有多少人晃荡在院子里。

领着他们二人光明正大往李夏花的宿舍走，一路上居然没有碰见人，安静得有些心虚。

李夏花看见彩虹领着申国祥来了，一时反转不来脑子，瞪大眼看着彩虹，觉得彩虹比山神凹申秀芝还神仙。

李夏花看见申国祥和傻女子时眼泪啪嗒啪嗒掉了下来，她从一个地方拿出一个包子递给傻女子，见彩虹没有走的意思，申国祥便不说话。

李夏花说："从前的日子都走了。你好就好了，我不埋怨你。这女娃不是外人，你就说吧。"

申国祥说："她欠你一个跪，我欠你一个交代。"

李夏花说："日子都过去哩，苦日子叫人两不欠了。"

申国祥拉过傻女子拿过她手里的包子要她跪下，女子跪下，眼神不安静，高瞭低瞧，按照申国祥的要求磕了头，内心却不起波澜，磕头就是一个样子，起身时不忘抢过申国祥手里的包子。

申国祥苦笑了一下。

李夏花说："你找我是想离婚对不？这事儿我早想过了，只是没有见着你，我心里想着呢。毕竟她为申家延续了后，你不说我心里也有数儿。"

申国祥说："回山神凹打证明，打了证明来街道处就能协议了结。我不是为她，是为了咱儿子，总得让他知道，虽然有个疯娘，可总算是一家人呀。"

李夏花背转身，眼睛里噙着眼泪，忍着不叫它掉下来，还咱儿子？世上哪里还有"咱的儿子"？

李夏花打开自己的手提包取出一沓钱递给申国祥，说："我一个人，剧团管吃管住，赚了钱也无处花，你拿着，城里比不得山神凹，花钱的地儿多。我手头就这些，银行还存着有，离了婚不是一家人了，可我没有本事，没有给你生下一个健康的儿子，都是命，人得惜命啊，我要是早惜命，咱的儿子也不会走。"

申国祥也开始哭。

彩虹在旁边依旧是一头雾水，也不敢插话，光顾得听。

申国祥哪敢接那钱，想说什么，觉得说什么在李夏花面前都是多余，既然是要为自己的儿子着想，找任何理由安慰都显得龌龊，因为都是善良人啊。

李夏花留了申国祥的具体地址，打包了几个包子要他取走，钱他坚决不拿。

申国祥拿了包子拉着傻女子一瘸一拐走出剧团院子，中间回了几次头，他知道他的心不敢大了，没有福气拥有两个女人，不管看见看不见李夏花，他都知道有一双眼睛在身后，都觉得对不住她，滔天的横祸降临在了她身上，这么多年来，他把对她的思念流到了别人身上，对她的牵肠挂肚不能说，说出来都显得假，不如就这样压在心里吧。

看不见人了，彩虹问这中间都发生了什么故事。

对于突然出现的人，李夏花实在是无法接受，这么多年来，申国祥为了自己的后代并没有寻找她，现在找见了是为了离婚给他自己一个完整的家，男人的自私让她心死了。

她果了似的望着阴影的暗夜，天空像一口硕大的黑锅，扣到她头上时，她无依无靠，这个世上，她是彻底死心了。

没有一个人很认真地来找她，郭放歌没有找她，申寒露没有找她，申国祥没有找她。她一直再等待一个人来找她，娘家已经不能回去，婆家也已经易主他人。

李夏花看着彩虹一股劲笑，笑得很丑，牵动笑的嘴唇和鼻子不是统一步骤。她的这种悲恸，彩虹不曾看到过。乡下女人的悲恸，如点灯照亮什么，鼓起了彩虹的信心。

彩虹说："他是你以前的丈夫？"

李夏花点点头。

彩虹说："他找了个傻女人，然后不要你了？然后他找你离婚，然后他不后悔？"

李夏花的心一下就碎成了几瓣儿。

彩虹说："就因为她能生娃儿？"

李夏花摇摇头又点点头。

人世间的故事哪里是一句话说得清楚呀。

李夏花哀巴巴看着黑暗说：

"春天选种、开地、下种、锄地、耧地，等长熟了，收回来，在场上脱粒、晒干、扬净，入了低矮黑暗潮湿的窑洞藏好，然后一斗一斗取出来喂人的肚子，人肚子哪里有够的时候？"

李夏花看着彩虹说：

"你回家好好念书，考上大学，你们城里人不用种地，吃供应粮，省了四季，多好。做那些小肠小肚的事情不好，做那事情不用学，当下就很容易学来。庄稼人知道，背后下狠算计人跟杀人一样狠毒。看看戏台上那些历史人物，都是把苦吃尽了呀，苦尽甘来，舞台上演绎着的是帝王将相、才子佳人，彩虹，你要往广阔天地里去。"

彩虹明白李夏花在说什么，突然有种开悟的感觉，她想：翻书找答案，于喜明就吃了这次亏吧，虽然说自己做得不对，但是，我不后悔。

彩虹说："你说的这番话比我爸妈讲的道理都好，我觉得你和我的缘分结了，却是不知道该叫你什么好。"

李夏花和彩虹说："彩虹呀，我都想过认你做干女儿，可我知道我不配你，你要是不嫌弃我，就叫我一声'姨'，我也就知足了。"

这一说挑起了彩虹的性子，她反倒觉得认李夏花干妈也不是不可以，不等李夏花反应，她双膝跪地叫了声："干妈。"

李夏花吓得张开嘴说："你是开玩笑哩吧？"

彩虹说："我是一个一时想事就当真的人，我是真心的。你愿意收我做干女儿，我这女儿将来绝不丢你的人。"

李夏花泪又来了，拿起给申国祥的钱递给彩虹，要彩虹拿着回去读书，就算以后不认这个干妈了，她也希望将来的彩虹有出息。一个人给一个人一个好脸儿，那是莫大的尊重，此时彩虹能叫她干妈，那也是彩虹对自己的一份尊重呀。

彩虹推让了几下就把钱装口袋了，她也不多说别的，只说了："干妈，物有所值，钱有所值。"

此时的月，清彻高远，月光慈和温柔，照着院子里的花草，花草浮在院墙上，黑黝黝清晰，远处"啪"的一声响，声音撞在墙上，弹向高空，惊得李夏花往门口走了几步，出得院子，想着是谁在院子里走动呢，突然看见是于喜明，想上前去说句话，于喜明闪了一下走开了。

人要是能够听人说一句真心话，心不要和玻璃一样碎多好？人不能。白日里为生计劳役，说不愿意的话，做不愿意的事，在命定的囚牢内，不能多走一步或少走一步，到了夜里，仍困在黑暗中，李夏花多想上去解释一下啊，出门人哪敢轻易在自己要走的路上放个绊脚石？

二十九

窑窗被月明悠长的清辉照亮，人生仿佛又回到了从前。

李夏花想起了从前唱过的一首儿歌：

> 月明月明光光，
> 闺女下河洗衣裳，
> 洗得小手白光光，
> 蒸好馍馍你尝尝。

山神凹的月明让她看见了一种久违的寂寞，婉约而又灵秀的耐受河带走了她的大嘎，傍晚时分她去看过大嘎，放在一眼荒废窑洞里的山神凹故去人，横在窑洞里等待他们在世的未亡人。

她的大嘎在等谁？

很宽广很深厚的寂寞覆盖了她，是最令人恐怖而又无奈的寂寞啊。

曾经的窑洞里发生过多少不尊重万物的事情，她不能不善待人世间的一切。傻女人代替她给了申老七一个孙子，这都是老天爷安排好了的，我们都有一个不可知的前世。

申寒露听剧团的故事听傻了，他似乎看见自己满脸通红，就像傻瓜一样抓着那个装了蜘蛛的塑料袋子，透着灯光他发现蜘蛛在袋子里结了网，银色的线丝丝缕缕。

申寒露说："我找了你十年。回山神凹是为了等你，迟早有一天你会回来，只要你还活着，我就要像这蜘蛛一样结网吐丝缠死自己，我不怕死，我就怕见不着你。"

李夏花落寞地说："回不去从前了。"

申寒露说："你是不是在外久了，闻见了我身上的腥臊难闻的气味？"

李夏花说："不是。"

申寒露说："你视我为不见。"

李夏花说："死了。不是人的命死了才叫死，好多东西死了，最后才是命。"

峰回没有路转，一切未知去向不明。

李夏花说："夜深了，我想歇息了，你回窑吧。"

流露出渴望的眼神蒙上了一层悲凉，时光让他们相遇，却又不能相守，真是盼望时光永远停留在这一刻。

申寒露站在脚地上等待什么，李夏花打开窑门，夜黑如发，似网散开，曾经互为私有的人，只有清白才对得起从前啊。

申寒露提着装蜘蛛的塑料袋子很无趣地从窑洞里走出来，身后的门"咣当"一声合上了。这个女人对他失了温柔，距离拉开了，他的任何伸手都是伤害，巨大的黑暗，没有人诉说。

他走到韩谷雨的窑洞里，韩谷雨在地上剪羊毛。一只羊的羊头被他两腿夹住，将头拉起，使羊右臂部着地，呈半坐姿势，左手拉紧羊右侧皮肤，依次长行和剪光右侧腰部毛和右后腿外部毛后将羊挂起，毛被呈出一整张羊毛。

他站在地上傻傻看，少有的很无助的样子。

韩谷雨说："你咋了？"

申寒露说："你比较小看我？"

韩谷雨笑了："喝酒了？"

申寒露说："没有，现在想喝酒。"

韩谷雨说："喝。我炒俩菜。"

申寒露后悔为什么就忘记喝酒了，要是晚饭喝点酒，或者事情不会是这样的结果。酒壮尿人胆。

隐约听见申丙校的窑洞内有二胡响起，悲悲切切的，很适合山神凹此时的夜。

申寒露问韩谷雨："历史上的英雄，那些死了的英雄是不是很有意思？"

韩谷雨收拾了地上的羊毛，把剪过羊毛的羊赶进了羊圈，洗了手从院子菜地里摘了北瓜、豆角，一边切菜一边说："没头没脑。你听书了是不是？"

他以为申寒露是听收音机里的说书了。

申寒露说："我是狗熊。"

韩谷雨说："世上哪有英雄，英雄都不敢往深里去找出处，你天天听书，听出啥了？糊涂过春秋吧。"

炒下菜两个光棍盘腿坐在炕上，酒是从供销社打来的散酒，没有酒杯，两个人就端着碗喝。开始是喝闷酒，韩谷雨没有想到李夏花回来让申寒露难过成这样，还想着分开这多年，都是日鬼倒豆腐的事，这年头，早年的事，鬼混散时也就不惦记了，没有想到还真是有爱情在里面。

韩谷雨看到眼泪顺着申寒露的脸蛋流到领口上，他用手抹了一把，眼泪又流下来，再抹一把，眼泪没有断了的意思。

申寒露说："我怎么办？我拿我没办法，也拿她没办法。我和她最近时突然就感觉很远了，我天天想的人，我怎么办？"

韩谷雨想着怎么办，自己也存在怎么办！

申寒露决定不顾一切去找李夏花。把那些不要脸、没出息、担虑都通通找出来，放大自己的眼见，我就是爱李夏花，就是要娶李夏花，就是不想再失去李夏花。

这下反倒是韩谷雨开始哭了，说不出话，哭自己的一辈子，既没有申寒露的胆子也没有申寒露的爱情，羊皮给了无数，拿羊皮换好，可是啥是爱情还不知道。

两个人的酒喝到火候了，申丙校的院子里有人在唱戏，这些与他们俩都没有关系。

提着酒瓶，踏着月色，在空旷无人的街道上寻找什么呢？为什么月出的时候山就高？为什么月黑的时候风就高？

申寒露在街道上喊："高啊高啊高啊——"

韩谷雨也喊："高球个啥。"

两个人走到当街的老槐树下，老槐树真是太老了，树冠覆盖了街道，树干死了，七月的槐花有股股的幽香仿佛一直要延续到秋天，两个人一拜二拜三拜，拜罢了往一个方向去，去找李夏花。从街道上兴奋的狗身边走过去，走过斗库的做豆腐窑，走过哭妇李晚堂的窑，走过郭淮宁的窑，走过申白露的窑，走到李夏花的窑前停下了。

申寒露说："到了。"

韩谷雨说："到了。"

申寒露说："开门？"

韩谷雨说："开门。"

申寒露说："我恨你李夏花，我要在你窑门前立一晚上，这是老天爷的旨意，我申寒露现在是气旺神旺，我跟你不妥协。"

韩谷雨说："不妥协。"

申寒露说："我文化不高，自己知道多大分量，我不是娶媳妇说梦话，你就是我的媳妇。"

韩谷雨说："你就是我的媳妇。"

申寒露冲着韩谷雨喊："你没有资格。"

申老七从黑暗处腾腾腾走过来，羊肚子手巾扣在后脑勺上，两手插在上衣口袋，罗圈腿，重步。

"喊啥呢？俊杰干娘不在屋子里，屋子里也没有人在。"

申寒露说："申老七，你哄我呢。"

申老七打开门要他们看，果然里面没有人，人呢？

两个人在门墩上一边一个坐着，不知道要做啥，一个念头就是等，申老七腾腾腾腾走开了。

申寒露突然听见说"俊杰的干娘"，气就来了。

"申老七，你那娃是不是该叫我干爹！"

申老七回转身骂："你祸害人还不够，你个短寿的东西，迟早老天收走你。"

申寒露和韩谷雨说："他骂我？"

韩谷雨说："骂他。"

两个人起身冲着申老七走过去，走了两步就忘记了自己要做啥，站在黑夜里仰头看月明，一人一句骂老天。

李夏花被人喊到申丙校的窑洞看擀毡捎带听戏，山神凹会唱两句的都在。

申芒种挤在听戏人中间，特别是看见翠红坐在炕上，也要挤到炕上坐，申丙校让他站着，坐炕是女人的专利。

炕和祖先一样是有功德的人才可以坐。女人进窑说话吃饭都要坐在炕上，一铺炕有时候能坐下七八个女人。

申丙校叫人来擀毡，正是剪羊毛擀毡时节。两个擀毡师傅坐在院子地上的席片中间整羊毛，擀毡的主要工具是弹杖和一床木帘。弹杖用来反复均匀羊毛，如弹棉花的棉花客，弹杖被拉扯得"嗡嗡嗡"响，好听极了。

擀毡需要豆面，豆面有黏性，羊毛和豆面掺和在一起，怕虫蛀常要熬一些花椒水搅拌在一起。屋外，地锅里煮着花椒水，有花椒香味的热气弥漫在窑洞。

师傅用木帘铺平羊毛，赤着脚在羊毛上踩，申芒种看着稀罕也出去踩，脚心里痒痒就仰了头笑，不时看一眼窑炕上的翠红。

窑洞里没有人故意看他的眼神，他进来出去顾自多情着。

擀一领毡要用去两个汉子三天时间，擀毡的日子里，窑洞里显得温情脉脉，很多很多的细节都极其可爱。

从剧团回来的李夏花站在脚地上指导炕上的女人们唱《小二

215

黑结婚》，毕竟是在剧团见得多了，指导也很专业。她先是模仿剧团导演说戏，她说：

"四十多岁的三仙姑第一个出场，那是鬓插红花身着艳装，粉面朱唇老来俏，走起路来咯扭咯扭，脸上的粉都能撒一路。"

窑洞里的人听见咯扭咯扭一下子都笑了，炕上的晚堂来回扭了几下。

李夏花说："舞台上三仙姑的装扮，那额头上涂着的那块圆滴溜溜的黑色印记要分外耀眼，那是三仙姑丑角的活标签。要打扮得风流妖冶，因为三仙姑喜欢招蜂引蝶，又常常装神弄鬼的。"

山神凹人就看李夏花，心里想，当年的你也是招蜂惹蝶呢。

云手，台步，兰花指，每一句唱，眼神送出去时，腰身也跟着倾向一边。

李晚堂演三仙姑，翠红演小青。坐在地上的申丙校腿上架着二胡，旁边有敲锣的和砸梆子的，先是三仙姑对镜理云鬓，丙校说"开始"。

李晚堂来了一段道白："年似流水月如飞，朝去暮来紧相催，半世风流一场梦，春残花谢心灰灰。"

接着唱：

> 春天去夏天来从秋到冬，
> 三十年不觉到过了青春，
> 青丝发直蜕得遮不住头顶，
> 桃花面一条条满是皱纹，

当年的老相好再不见来往，
年轻人到俺家围着个小芹。
小芹像冬天一盆火，
我好像雪地里一块冰。
树上的仙桃惹人爱，
谁还要地下的老蔓茎。

李晚堂这一段戏抠了半天，翠红一直没有轮上，有人提议翠红唱一段《断桥》。翠红也不拒绝，整理一下头发，用纱巾当水袖，清了清嗓子要申丙校拉过门儿。

翠红唱：

西湖山水还依旧
憔悴难对满眼秋
霜染丹枫寒林瘦
不堪回首忆旧游

一屋人咧开嘴笑，细碎的灯光紧贴在翠红的牙齿上，偶尔的仰头牙齿便闪出光泽，眼神随着剧情变得湿润。

那一瞬她忘掉了自己。翠红是西湖中的一条白蛇，李晚堂是沁河岸边上的三仙姑，她们把炕当成了舞台。

灯光滋润得翠红肌肤如瓷，神清气爽，骨骼间飘逸着春水、寒星般的气息惹得在座的人心里乱乱的。

申丙校窑院里长着一棵梨树，遮天蔽月，有一股清香罩着窑院，擀毡的汉子咧开嘴笑，也不管羊毛会不会刮进嘴里。正听得起劲儿呢，突然就停电了，刚才的热闹立马就安静了，梨树的影子就像墨一样泼在地上，青石板泛着灰白的亮儿，远处有人声吼过来，不知谁说了句："有人发酒疯呢。"

敲梆子的重重砸了一下，申丙校扯着二胡"来米来米"拉了两声，有人要申芒种去看看为啥停电了，申芒种赖着不走。找电石灯的空隙里，李夏花说："黑唱吧。"

唱在兴头上的翠红说："就黑唱就黑唱。"

又有人提议李夏花来一段，李夏花说："反正黑灯瞎火，我也不怕丢人，来就来一段。"

黑暗中先是咿咿呀呀，抑扬顿挫了几句道白，接着就清唱了一段《皮秀英打虎》：

春光不用银钱买
春花年年为我开
与父春山把猎打
相依为命十数载
老爹爹进城去把兽皮卖
为什么日过午还未回来

电突然就来了。地上的李夏花，传神的眼睛，玲珑的骨架，抬着的手比成兰花指，她似乎有一肚子的幽怨、哀伤，她的俊俏与嗓音深入了在座人的心，她的好总是叫人看见，天生的狐媚样子，人们又开始害怕了，山神凹的日子，假如李夏花不离开，首要的是申国祥就没有好果子吃。

没有乐器，只剩下音韵了。

翠红不时甩着纱巾，纱巾甩在地上人脸上，不正经的表演让申芒种很希望那水袖一直甩在自己脸上，光脚走回窑闭着眼睛探过脸让炕上人甩。

李夏花停下唱，和窑里人一起看着申芒种的样子笑，申芒种也觉得自己是要朝着声色犬马的地方去了。

申白露在自己窑里听见窑垴上这久违的喊声，心里很不是滋味。叫了两个山神凹打扑克牌的后生，走上窑垴上，拖着两个发酒疯的醉鬼回各自窑洞里去了。

同样的错误又在申寒露身上发生了。第二天半上午，睡眼惺忪的他起床后来到李夏花门前，门上已经上了锁。

他的来财在猪圈里疯了一样号叫。申寒露扯扯嘴角，高昂了一下头，就近拖了一张锄头走到猪圈前，他还想着什么来，可人飘飘忽忽，荡荡漾漾，像遗落在现实中的汉唐梦寐，他不是他了，懊悔得想和人打架，却举起锄头照着来财敲下去。

来财一下子就哑巴了。

三十

申芒种站在窑窗前看马蜂留下的黑泊泊，说："来财死了。"

樊迪在窑里收拾羊毛，趁着擀毡师傅在，她也想擀一领毡。

听见申芒种的话，她在窑里说：

"红嘴白牙瞎说啥呢，叫申寒露听见了。"

申芒种也不回答，往窑外走。

日头灼热的光线像一把寒光凛凛的匕首，从日头升起的东天角逼出来，横亘在山神凹来财躺着的中央地带。

申寒露也傻了，让他没有料到的是，来财这么经不住打，这么突然，甚至没有任何过渡和前奏。来财两顿没有吃食了，它饿得不管不顾叫，饿着肚子就走了。

如火的七月，申寒露有着怎样的情意绵绵，他看着围过来的山神凹人傻傻地笑了一下，无所谓，不就一头种猪，人都丢了猪算啥嘛。

申芒种很热烈地看着他，看着他干瘦而又僵硬的胳膊，酸麻得没有任何拒绝的力量，申寒露一定有一种惨痛和悲凉，此时，抱怨是没有用的。

韩谷雨跑过来，申丙校也跑过来，种猪死了只能吃肉。

申寒露说："你们磨刀动手杀猪吧。"

山神凹七月割麦天杀猪，有史以来的第一次。

申白露站在猪圈旁边阴沉着脸不说话，他捡起敲死来财的锄头照着远处狠命地扔过去，惹得鸡跳起来架着翅膀跑，狗发现了情况冲着这边呵呼着跑过来。

申丙校递给申白露一根纸烟，他不接，蹲在地上"吧嗒吧嗒"抽自己的旱烟，然后从地上捡起一块石头照着申寒露打过去，申寒露也不躲，眼看要砸着头了，他歪了一下脑袋，石头砸在了肩膀上。

申白露难过的眼窝，滚动着晶莹的泪珠，紧紧地盯着对面山凹里奶奶柴青娥的坟，想着父亲卖了他的妈，灾难降落在了后人身上，出了不肖子孙，多少年过去了，时运不好，他难过极了。

大伙商量杀猪的事，决定就在猪圈旁垒了地灶，正好有一棵树也好吊种猪，这种猪实在是太大了，和牛犊子一样。

申芒种躲在远处看申寒露，他听到母亲在窑门口和爸爸说："活该，早该叫他破财。"

这是一句没有意义的话，从妈妈嘴里说出来显得很丑陋，怎么能没有一颗善良的心呢？他不知道所有的不善良会有一种怎样的后果，人总是喜欢一再开口，一再闭口表达自己内心的恶。

申寒露只重复一个动作，像夸张地傻笑，他的嫂嫂走过来看一眼又走了。

他看见哥哥申白露，腾地站起身，背着手在种猪身边走了一圈，眼睛盯着他，肚子里的气似乎比他还鼓胀。

为了实现这个蓄谋已久的计划，老天让申寒露等了十年，这所有的等待无非就一个，那就是为了说服一个女人爱他，半辈子走夜路心里总是悬着，悬着的心怎么能做好其他事情呢？

申寒露躲开申白露蹲着看杀猪，看着死过去的种猪，他真想放弃一切欲望，他不知道自己为什么这么狠。

他把头一仰，侧向一边，不吱声，过了一阵回过头来，垂着眼看自己的脚尖。

申白露就站在他跟前又是蹙眉又是皱脸，想说什么又不知道该说什么。一只斑点狗走过来，申白露照着狗一脚就踢了上去，狗没有防备叫了一声跑开了。

"一个烂女人就把你弄成这，人不人鬼不鬼，给祖宗丢人了！"

这句话是说申寒露。

是说申寒露朽木不可雕，是说他吃剩饭剩菜，幸福没找见苦了一家人。

申寒露满腹委屈，满腹委屈化作满腔悲愤。

申寒露一下就站了起来，杀猪和看杀猪的人都停下了手里的活计盯着申寒露看。

申白露的脸变得越发阴沉，牙齿像打鼓一样准备战斗，大伙纷纷腾开手准备拉架。

申白露迎上去说："一个人有一个人样，一个紫有一种紫相，你要做啥？你知不知道你是高空走钢丝，胆子大，脑子发昏，开得了头收不得尾？谁会自己断了自己的财路，人家是肚子里面没有绝活，你那点绝活都叫你自己糟蹋了。你要咋？你还想咋活？"

申寒露心里想：不能和自己的哥哥吵架，咋都不能，但是，他不会舍弃李夏花，这个女人，死都得和我在一起。

她不是在剧团吗？那好，种猪也死了，正好去学乐器，学拉二胡，跟申丙校学拉二胡，去剧团找她去。

申寒露梗着脑袋说："活人不能没有爱情。"

申白露第一次听申寒露讲爱情。

什么是爱情？庄稼人过日子，能把日子过下去就是爱情。

申白露说："拿老掉牙的故事说古今，啥叫爱情？你把这俩字还辱没了呢。腰掉肋子稀的样子，能吃几碗干饭也不低下头照照自己。"

申寒露正准备反击，山神凹学校的放学铃声响了，学生娃蜂拥而出。

这时候申俊杰从学校方向跑过来看杀猪，申老七女人多远就张开手臂很夸张地喊：

"小祖宗哎，放学了，灰头土脸一溜儿跟头就跑来了，哎呀，看看你那两只小猪蹄子手，抹得黑不拉儿，你呀你呀，奶奶的心尖尖肉哎。"

一场箭在弦上的事情就这样泄了。

申寒露觉得很没趣，起身往灶里添了一把柴，灶里噼噼啪啪燃烧正旺的柴已经快把水烧开了，两脸盆猪血放在地上，有苍蝇闻着味道来了。

种猪吊在槐树上，开水浇上去，剥完皮，开膛，大块的肉放在了案板上。

做豆腐的申斗库送来摩托车，申寒露一块块把肉放到蛇皮袋里，他得去荫城销肉，这么大的一头种猪，夏天放不住，赔了猪不能赔了肉，好坏得有点收入。

猪下水留给了申丙校。

申寒露留下一块肉让山神凹人吃，自己则骑在摩托车上狠劲发动了一下，带着情绪过了耐受桥往对面的山上走了。

这日子过得让申芒种想流泪，太阳底下的事呀，一头猪就这样结束了它的生命，人在动物面前，已经毫无怜悯之心了。

正午，日头醉唧唧照着山神凹地面上一切成长的植物和家畜，懒懒散散的鸡们躲在阴凉处瞌睡。蒙了一层灰的猪毛上落了许多苍蝇，地上摆着杂七杂八的物什，空气里充满猪血味道，两束光照着铁锅里冷却的水，有一些小虫子落在水上面，形成一层皱褶，光和虫子的影形成奇妙的组合，迷离又玄幻。

申芒种觉得那水下的影子都预言了什么，他慢慢地站到锅边上，让自己平静地把眼睛沉到水下，用心看时，发现水下什么都没有，只有恍惚着的日头影子，和许多灰尘一起飞落在水面上，才会看见那是一些讨厌的难过。

水也有难过？

申芒种觉得有意思，悄没人声的街道上很有意思，人都躲在窑里歇晌了，安静中有一些动静，比如他在街道上走着就看见了爸爸提着一刀肉往翠红的窑里去了，不过很快爸爸就出来了。

他给翠红送肉，自己家里却没有舍得割肉。

就在杀猪前一刻钟，妈妈樊迪问他割肉不，他当时说，割啥肉，等大哥洗好猪肠子他肯定要给咱几段尝尝。

当时妈妈樊迪在案板上扯面条。她不停地揉啊揉，面揉成长条形，然后很利落地挥舞扭成麻花状，爸爸吃了一碗面，等第二碗面时，他说上茅厕，就是这空当里去割肉送给了翠红。

申芒种想着想着就瞌睡了，慢慢地走往耐受河，河岸上的石板滚烫，他躺下去，热气荡漾在他的胸怀，他慢慢地睡了过去。

醒来时已是傍晚，坐在石板上，看模模糊糊的远山，像剪出的人形，袒胸露背。

似乎是月亮也潜伏在某个袒胸露背的人影间，就这样仰头看着天空，以往总觉得黄昏都是一样的，夕照把窑檐的形状扯出多边形，慢慢地又把黑影拉直了，黄昏突然就越陷越深了，他甚至听到了黄昏陷进大地时的吭哧声。

窑垴顶，围墙，有羊叫了两嗓子。

妈妈樊迪吆喝："申芒种，野哪里去了，一天不照面？"

申芒种也不吭气，看天空的月亮，云朵一样，怎么是云朵呢？那大片的云反倒镶嵌了金边，一条白道道划出一根线，是飞机飞过时留下的影子。

申芒种看痴了。

妈妈樊迪喊："芒种哎，一天不知道挑水，在哪里呢芒种？"

申芒种开始顺着妈妈的声音往回走，路过翠红的窑前，不知不觉就停下了。

翠红撩了下帘子出来，什么让她不利索了，看了看脚是鞋带开了，她弯下腰系鞋带。两腿中间倒着的那张脸无意中就看到了申芒种，发现申芒种那张脸有意思。

翠红说，你的嘴像你爸，你们申家人都长了一张枣肠嘴。

在正常的情形下，这是一句玩笑话，很容易忽略。可此时申芒种看见翠红，下滑的衣裳处露出半截子白腰，白腰下是一只大大的藏青蓝屁股，再往下是一张白脸，白脸月亮一样朦胧，和当下他看到的黄昏极其相似。

翠红嘴里吐出这句话时，那张脸倏忽一下就闪没了。

直起腰的翠红，以一副挑衅的姿态站着，黄昏衬托出她脸上瓷样的光晕，她的眼睛、嘴巴、鼻子、嘴唇、下巴，似乎都在微笑，女人的一点点鼓励，真是叫申芒种舒服呀。

更有意思的是翠红的右手拽着一角衣裳的襟子，同时左手频繁伸进肚子抓着什么，硬生生给了申芒种一个诱惑。申芒种狠闭了一下眼，睁开，断然地说：

"翠红，我此刻好想睡你一觉。"

翠红身后，红色碎花门帘晃了一下，一张老脸露出来。

那张脸和申芒种极其相似，只是一圈浓密的络腮胡遮挡了那张枣肠嘴。

那张毛发丛生的枣肠嘴里吐出一句话：

"王八羔子，一天不见你照面，你原来躲着不叫人看见，你没有听见你妈喊你？你还想做啥呢？"

申芒种一下笑了，突然无比激动。

撩开帘子的人是他爸爸，爸爸也在翠红的窑洞里躲了半下午，他还从撩起的帘子后面闻到了风带来的肉香。

申芒种说："我想吃翠红的肉。"

申双鱼说："小心我敲烂你的嘴。"

爸爸说完这句话脑袋就缩回去了，爸爸一定还有没有做完的事情。

申芒种突然就夹杂着一丝难过，一定有一种冥冥的东西存在，为什么此刻黄昏的黑就收在了撩开帘子人的那张脸上？

申芒种又有了无端的羞怯，眼前的那个人实在叫他绝望得很。

申芒种迅速转过身，暑气还在，天空暗淡，没有了晚夕，人走得急，出气也粗。

身后翠红的笑比他的出气声更剧烈。

"咯咯咯咯，哎哟娘，父子俩，一个模样，不到年龄，也想床上没女人闹饥荒的事！"

妈妈不是爸爸的女人？

申芒种尚未彻底清醒，走到无人处，心里有不快，无处发泄，一脚踢在树下卧着的狗肚子上，被凌辱的狗跳起来呜咽着，讨好地看着申芒种。紧接着一脚又飞上去，这下狗有防备，一脚踢空的踉跄惹恼了申芒种。

他没有去撵狗，而是抬手给了自己一巴掌。

一片空虚的落寞紧紧缠绕着申芒种，乏味透顶了。

那个叫申双鱼的人在翠红的屋子里呢。

李夏花一早往枣岭上找小队支书王茂才开离婚证明，走上岭头上时已是中午时分，王茂才家里有人喝酒，是说后山发现了天然气，准备开发，要占用农民土地。

一桌子人闹哄哄，茂才让李夏花吃午饭，李夏花说正事呢，王茂才笑着说，不吃午饭不打证明。

无奈李夏花就只好留下来吃午饭。

李夏花和茂才妻子边搭话边挽起袖子走进厨房帮厨，不一会儿几个菜端上来。

茂才尝了一口说："这是谁的手艺？"

茂才媳妇说："是夏花的手艺，夏花在剧团当大师傅呢。"

怪不得，剧团的大师傅伺候一群口味刁的戏子，饭菜就是不一样。

划拳如同唱戏，渐入高潮，一拳一酒，捉对厮杀，拳打胜家，渐渐地脖子青筋跳起，拳拳相会，划出了门道来。

游戏中大凡带有输赢的都具有刺激性，撩拨得人兴致高涨，按捺不住，猜拳的人开始要钱，十元输赢，输家喝酒，不一会儿，茂才的眼皮下就高起了一沓零散票子。李夏花看茂才正高兴在兴头上，得空走近了递过来写好的证明和钢笔，顾不得多说啥话，茂才提笔签上了自己的名字。

　　告别出来，李夏花往公路上赶班车，山中走路从没有一条直路。山路是柔韧的，丰富的，亲切的，但山路又是起伏不平、崎岖陡峭、逼人的。绕过山梁，走上豁口处望着沟里的山神凹，她努力辨认着自己的窑，离婚后恐怕就难回山神凹了。她想和申国祥商量下，看能否要了山神凹的窑，毕竟儿子还在废弃的窑里放着，她想着以后遇见合适的故去女娃给儿子大嘎娶一方阴亲，也算是对逝者的一个交代。

　　想起儿子李夏花鼻头酸了一下，泪眼模糊，由大嘎又想到了申寒露，这次见他，可能因为所谓时间的间隔，总觉得心里生出了隐约的陌生感。两个人的脸上已难寻昔日的朝气与活力，平添了隔膜持重和沧桑憔悴。命运，到底对李夏花是过于刻薄了些，居家的日子是需要延续后代，她知道她已经不可能了，风餐露宿，她的例假已经绝了。

　　她看到韩谷雨在山坡上放羊，四下散开的羊群，阳光灿烂，风送来一阵阵泥土的气息和野花的芳香，还有那野花里夹杂着的一股淡淡的膻味儿，它们奔跑跳跃或温顺乖巧地低头吃草。李夏花不敢过多停留，心里默念着：山神凹，再见了！

三十一

放羊人韩谷雨望着错落有致的、耳朵般支棱着的窑洞，屋顶的炊烟隐含着黛苔色的光泽，在夕阳落山时，凹里变换着深浅，那些窑洞，他多么希望有一眼窑洞里炊烟升起，那里有等着他回窑的人。

耐受河泛着白光，有一群麻雀把山神凹苍茫诗意的窑垴上的炊烟扰乱了，人神共舞的山神凹，一切悲喜都在其间发生，而这些鸟，就是上传下达的天使，它们绕匝在山神凹人看不见的地方，也只有韩谷雨看得见。那群鸟起起落落，最后落在耐受河面上，远远看去，它们就像树叶一样无边无际飘，很奇怪，十年前大嘎死后那些好看的鸟不见了，只剩下了麻雀。

韩谷雨赶着羊群，一边走一边看，看了半辈子了，看不够，寻找着申秀芝的窑洞，看着窑檐下黄黄的玉米和通红的辣椒，还有一张高挑着晒在窑楼窗户前的羊皮，那眼窑洞里的女人会做面，啥时间他也能找下一个属于自己的做面人？

过了耐受河，羊在山神凹街道上挤着，羊粪蛋儿滴滴答答落在街道上。

有好几次了，山神凹几个老年人不让他赶了羊从街道上走，搞得街道上到处都是羊膻味，落地的羊粪蛋飞溅得到处都是，可他从来都不听他们的，他就愿意从街道上走，街道上总能唤醒他内心的热爱。能回忆起从前的人事，能让他终止烦恼，能把他从一些事情中解脱出来，赶着羊群穿越街道似乎是他一天的愿望。

路过申秀芝的窑跟前他扔给秀芝从山上采下来的野果子，或者野蘑菇什么的。

申秀芝也老了，从前山神凹的女人喜聚堆儿，喜吵架，现在少了，从前喜欢挑针绣花，现在谁还拿这细活做，女人就在家想心事，捂着自己的心事不和人说，也许有一天他们中间就有一户悄悄离开了山神凹。

申芒种逆行着挤在羊群中下耐受河挑水，他喜欢羊叫着顶着他和他的水桶左摆又摇，他不由自主晃悠着走，那些羊看着他，羊眼睛像露珠在清晨的草叶上一样生动。

它们自己走路，自己回圈，它们有心，心里不想那么多，就知道感恩放养它们的人，不知道放养它们的人要让它们死。

申芒种清楚地听见申秀芝说："谷雨哎，弄张羊羔子皮，老羊皮不好，味重，也不知道是你熟得不够好还是就不好，我就想要张羊羔子皮。你弄得松软些，不要像懒婆娘搂苴，手脚敷衍过去了，回头来叫苴绊了她一脚。"

韩谷雨不知道申秀芝都卖了他给她的羊皮，想要张羊羔子皮是因为小满捎话回来说想要张羊羔子皮，对方出大价钱呢。

羊羔子正是长个的时候，不病不死舍不得杀。

韩谷雨赶着羊假装听不见，嘴里喊着羊往前走。

秀芝不依不饶跟了过去，跟着韩谷雨进了他的窑。

申芒种挑了水上来，走得欢，水桶里的水洒了一路，狗跟在他后面，他听见山坡上有摩托车的声音，想来是申寒露回来了。杀猪的家什都还在猪圈旁边放着，申芒种便挑了水往杀猪的摊场上走，他想帮助申寒露洗干净杀猪用过的家什。

半天没有见水挑回去，他妈妈樊迪在窑门口大声吆喝：

“芒种哎，你叫狼吃了吗？”

洗漱完那些家什，申寒露就回来了，申寒露在耐受河里洗了摩托车，推着车上岸把摩托车给了斗库就往猪圈走。他突然看见了一个人和翠红小声说：“天黑实了我过来。”

申寒露在山神凹当街上遇见了挑水的申芒种，说：“一会儿让你看看西洋景。”

申芒种在樊迪的骂声中挑满了水缸，放下水桶他往申寒露窑里去。

这时候天麻糊着，过一会儿天就快要黑实了。

吃罢饭大伙都要聚在一起说话，山神凹人谁在谁家串门都知道，就这会儿，麻糊的天光中，人人都忙碌着，麻糊的天光容易叫人眼乱，都忙乱着，都在忙天黑前的事，说在哪里忙乱都不会叫人担心。

申寒露领着申芒种轻手轻脚地走到翠红的窗户前。这下，申芒种听到了翠红在床上传来放荡的大笑声，细听又不是大笑，是尖叫。

他不知所措，仓皇地看着申寒露，只瞬间，比痉挛还要悲凉的黑就又降临了一层。

他听见他爸爸在里面说：“亲疙瘩蛋哎，要啥都给你，只要不要我的命。”

不着边际的一句话让申芒种的脑袋开始膨胀，不时膨胀出一种尖锐的力量，他向后退着退着，申寒露架着他的胳膊就退出了院子。

当然，申芒种很快就调整了自己的心态，在这个没有任何快乐反倒让他难过的西洋景中，他找不到可以安慰自己的理由。

申寒露安慰他说："天一亮就没事了，他们说话都和正常人似的，你走过她门前，她脸不红心不跳，见了你爸爸也喊叔，一副尊老不爱幼的样子，不过我要告诉你，翠红那笑脸可不是一块糖。"

天继续黑着，申芒种和申寒露走在街道上，月明出来了，月明在天青色天幕中穿行。

突然地一声二胡声起了，是从申丙校窑里出来。自从郭淮宁的小女儿掉进冰窟窿死了，申丙校就不再动枪，专心拉二胡，工作也不要了。

他们先是把外面的杀猪家什拾掇回窑，看着窑里的锅碗瓢盆，屋子里的箱柜板凳，它们如同哑子，挤挤挨挨站着，不作声，申寒露就想李夏花的走，狠心得没有声息。

申寒露歪好找了一些吃食，和申芒种往申丙校窑里走，并告诉申芒种，申丙校肯定煮着猪下水呢。

一路上听着二胡声，心里就难过，就想落泪，李夏花根本就是一个梦啊，她回来过山神凹没有？

这恼人的夜为什么总是要黑下来呢？黑下来的夜里人就成了一个声音。

申丙校果然煮了猪肠子，香气没等走近就冲着鼻子来了。擀毡移到了院子里，窑门上吊着一盏电灯，人们就在院子里等煮好的猪肠子，有人还穿了带水袖的戏衣，这不像是玩，倒像是要做一件什么大事情呢。

韩谷雨在窑院子里准备杀羊羔，他吃了秀芝做下的面，人真是贱骨头，明知道不是人家申芒种说的那种爱情，可偏偏就想往爱情上靠拢。

他和申秀芝说："我们俩的事情叫不叫爱情？"

申秀芝说："农村人哪知道什么是爱情，想就是好，好就是情分。"

韩谷雨说："人活了一辈子都没有经历过爱情，我是不是白活了？"

申秀芝说："淡话咋这么多呢，爱情，爱情是个啥东西哎。"

韩谷雨说："秀芝，看看我烟灰一样的日子，我有时候躺在炕上就想你，但是我不嫉妒你，我们不是爱情，我的心里从来没有像药淹了似的难受过，都怪我命不好。"

申秀芝惊讶地看着韩谷雨。

韩谷雨说："我能掂量得出来，我在你申秀芝心中有多重，我就是喜欢你擀下的那一碗面。我活在世上还没有遇见过爱情，看人家申寒露爱李夏花，爱得能把一头猪敲死，那不是一头普通猪，那是种猪啊，他真是爱李夏花，我都想帮助他，可没有人知道我没有经历过爱情。"

申秀芝说："爱情，你咋好好说出这俩字儿？都是书本上骗人的字，你也信？"

韩谷雨说："你不爱我，秀芝，你爱的是你的生活，你生活里缺东少西的时候你才想起来找我。心里有爱的人应该是没有什么事情时才会想起这个人来，你现在来找我，就是要我杀死一只羊羔子，你就是想要一只羊羔子了才来找我。"

申秀芝站在地上望着黑墨一样的门外，心情平静如水，没有丝毫波动，这才是至关重要的。

猪死了，人本来就有杀生大权，猪的死猪知道，拿一头猪哄人岂不是如挥手一般。我给人跳大神看病，病没有看好，跳了大神死了的人有的是。生活劳苦，一件事接着一件事，人累得每天都在人眼皮底下进出，硬要较真爱情，我女儿小满都订婚了，儿子也当兵走了，日久年深的日子，就做一个相好吧，一个光棍放羊人也想要爱情？

秀芝扭回头嬉笑着说："你咋的了，就一张羊羔子皮，你说下怎多话，你非要我说破了才好受，那我告诉你，给你擀面我不仅下了力气也是用了心的。"

罢罢罢，韩谷雨被"用了心"感动了，啥事情用了心都比过了脑子不用心叫人激动。他打着手电筒去羊圈里拖出一头小羊羔，俯身将羊羔撂倒，用左手摁住它的脑袋，然后掏出一把杀羊刀，毫不费力地一刀捅了进去，只是浅一刀，羊羔就像撕碎的棉花一样抖了起来，温婉的眼睛亮亮地看着持刀人，血水像芙蓉花盛开。

韩谷雨走回窑吃了一碗秀芝擀下的面走出来，看见地上的小羊羔子带着刀站起来，他弯腰又将刀往里刺了刺，冰凉的刀让羊羔再一次跌倒浑身抖了起来，它的毛发层层开来，如茸茸霜毫。

申秀芝低下头时看到它明亮的眼睛暗了下来。

韩谷雨拿刀反复刺它，它和着刀的节拍抖动，像空气中上升的爆裂的气泡。

韩谷雨迎着申秀芝的目光说："疼使它的皮蓬松。"

申秀芝捂着嘴说："我每天敬佛呢，我怕是再都不能给人看病了。人在世上要得越多灵光就消失得越快。作孽啊，作孽啊，死皮赖脸抢着来要它的命，你把那喝剩的泔水汤端过来。谷雨啊，我用麻绳子把它的肉绳子割断了，我怕是活不成一个老人了，我喝下喂畜生的吃食也许能叫我在人世间多活几年。"

申秀芝跌跌撞撞走过去端起喂羊的洗锅水仰起头喝了几口，跌跌撞撞离开了韩谷雨的窑，有一种被刀绞的感觉。

世上有的东西远比黄金珍贵，我怎么就硬要人家的羊羔子皮，这件事情逼迫得申秀芝知道了什么不是爱情。

身后窑洞里的韩谷雨，看着地上死亡的羊羔子，和以往的杀羊是不一样的感觉，他突然觉得他和申秀芝之间存在着隔膜，不厚却很有韧性，他想着是该消除的时候了，消除起来会很复杂，不过有一点倒是越来越明白，该找人说一门亲事了。

许多时间里以为就这样活下去就把一生活完了的想法肯定是不对的。他起身走进窑拉灭灯，窑和他一起黑了。吓得他快速扭转身看门外，然后快速拉亮灯。不容置疑的动作，其实只是本能反应，他想到了死亡，人不能就这样过一辈子，一辈子啊，说长也长，说短也短，人说死就死了，活着总得把人一辈子的任务完成了吧？

想到这里，韩谷雨开始拉亮院子里的电灯剥羊羔子皮，嘴里呢喃着：

"就这一回了，就这一回了，可怜的小羊啊，没有经历了四季就死了，就这一回了。"

三十二

月明从罗罗山山垴上升起来了，有什么窸窸窣窣在动，那声音撞在墙上，弹向高空，惹得夜行的蝙蝠飞起落下。走在街道上的申寒露和申芒种，两个出生在节气里的人心里有说不出的难过。

万物黑实了，天与地混沌一团，唯月明亮。两人走着看见一个人影在路边站着，看身态和行姿，知道是申寒露的父亲申广建，这个卖了妈的人，一辈子在山神凹抬不起头来。到了老年，耳朵也聋了，虽然不知道小儿子到底发生了什么事情敲死了种猪，但是，这年龄还没有成家成了他的心病。

申寒露说："爸爸，你黑灯瞎火站这里做啥？"

申广建伸着脖子用心听，"啥？"

申寒露说："快回吧，小心磕磕碰碰跌一跤。"

申广建说："啥？"

申寒露大声说："扶着墙快回吧。"

申广建说："你是咋了？你计划咋过呀？"

申寒露大声说："快回吧。"

两个人不理睬黑暗中的申广建，往申丙校窑方向走了。

身后的申广建嘟囔着："日子咋过呀，咋过呀！"

申寒露想：咋过呀？时时祈盼能面对面相逢，相逢了，人又走丢了。时光把人过得正经了，正经得都不能说不正经话了，假装正经就把人丢了。

身后的爸爸一定是知道了我的愁苦，心里焦急，可焦急又能怎样？爸爸一辈子就想让我们往南方去，南方没有去成，人落下了骂名。无论在山神凹怎样受另一申姓小瞧，他自知理屈从来都不言忧愁。眼下，憋屈了一辈子的人，站在孤零零的黑暗中，还要为我这般牵挂。想到这里，申寒露脸上的泪水不断淌下来。

　　两个人走着，走到老槐树前，风掠过树梢，枝干碰撞着掉下一些干枝来，驻足聆听四下，月明的光闪了一下申寒露脸上的泪珠，申芒种看着那闪亮的泪珠，自己便也哭了。

　　申寒露说："小孩子家，你哭啥？"

　　申芒种说："日子过不到人前去。"

　　申寒露说："女人是拴心的绳，没有女人人心就散了。"

　　申芒种说："我说我爸爸。人都是独来又独去。"

　　申寒露说："你那是说生和死，中间不行，得成双成对。"

　　申芒种不说了，半天后说了一句："我爸爸害了我。"

　　申寒露觉得这句话的意思是说他爸爸把申芒种一生的福气要折尽了，就像他的爸爸卖了自己妈一样，都是过日子的悲剧。两个人都陷入了原始悲哀，决定痛痛快快哭一场再去找申丙校耍。

　　两个人坐在老槐树前的石头上，想着人生的一切，哭着想着，结论当然是没有的。哭罢人脑子就清醒了，申寒露就想和申丙校讲讲自己的心事，就想哭不是结果，去找人才是结果。

　　两个人一起就着月明穿过街道踢踢踏踏走往申丙校窑里。

　　申丙校的目光、举止、想法和说话的口气，那是山神凹人特有的，也能说是叫一种山神凹气质，也是艰苦日子给予他的气质。

申丙校最早跟着凹里的人出山打铁，也算是学了一门手艺。那年月农民种地，农具吃香，摊铺开在公路边河荫城镇街道旁一间破屋子里。

申丙校是学徒，只能提大锤。日复一日，在师傅的小锤间隙富于节律地敲打着，锄头、镰刀便这样慢慢得来了。

有一年荫城镇过会，卡车拉来了县剧团，舞台搭在荫城镇的院子里，剧团装台需要几个铁环，有人就找到了铁匠铺。

铁匠铺里申丙校拉着风箱，炉火通红，铁在火炉里烧成红色，再被投入水中，"呲"一下，青烟散尽。剧团来人说要打几个七寸铁环，申丙校光着膀子站在风箱前开始交易。那年月公社看戏凭票，申丙校双手交叉搭在臂膀上说，打一个铁环看一场戏。剧团里的人说，贵。申丙校不说话了，夹起一块由红变青的粗铁扔进火炉里。

结果是申丙校用七个铁环做交易看了七场戏。七场戏看下来改变了申丙校的命运。剧团团长看上了申丙校一身强健的体格，约他跟着剧团打零工。

犹豫不决时他被师傅叫回铁匠铺骂了一顿。赶会期间买农具的人多，申丙校放下生活去看戏，这对铁匠铺的收入是最大的损失。

申丙校把自己被师傅骂了的事情告诉了剧团团长，这事起了逆转作用。团长要申丙校下决心走。申丙校心里隐隐地，秘而不宣地有些舍不得背井离乡，可内心深处一份与生俱来的虚荣在他的心里初萌，抽丝剥茧般的难过后，虚荣占了上风，他决定跟着剧团走。

　　剧团等级森严，一开始申丙校在剧团装台，偶尔缺人了他顶替一下跑龙套，一段时间下来，晚上熄灯前，试图在脑海里回放离开山神凹的日子有什么好？突然发现一日一日的装台卸台，是一件无趣的事情。演员看不起他，乐队看不起他，电工看不起他，多数日子，都芜杂散漫，缺头少尾，说是剧团里的人，总脱不开寒碜粗陋，演员上台前的水杯叫他拿着，人家踩着锣鼓家伙走台步，他小快步跑往下场口等着递水杯。

　　日子越来越轮廓分明，女演员对他开始指手画脚。就这样活着，钟点不过是分秒的延伸，接下来哪有出头之日。

　　每每想到这些令自己感到挫败的事情，他就想离开剧团。

　　这时候，剧团跑龙套的女演员韩瑞凤的父亲韩有堂出面了。韩瑞凤是韩有堂的独生女，在剧团跑龙套，因为她五音不全不能张口唱戏。韩有堂在剧团拉二胡，偶尔剧团拉头把的生病或有别的事情，他也顶替一下。韩有堂给了申丙校一个条件，如果他愿意做韩家的上门女婿就教他学拉二胡。申丙校想到用七个铁环换了七场戏的结果，居然有这么多的好事降临自己身上，一时觉得自己真是走了狗屎运。

　　活成一个人，想把日子过好真是一件不容易的事，可好运来了，想把日子过坏也是一件不容易的事情。

　　总归是不努力不能出人头地，一辈子在剧团装台，老了咋办？静下来认真想了此事，假如在山神凹种地，到老都和山神凹老死在田里的人没什么两样，假如打铁，一辈子起起伏伏敲打一疙瘩铁，这种笨重而又枯燥的劳作能为他换来什么样的日子？在县城的街道上，不管站在何处都是和山神凹不一样的，何况对自己来说娶媳妇还不定是哪年月的事。

找到这么些安慰自己的理由后，人就变得勤快了，尤其对待韩家父女。

那个时代的乡下人眼睛里，男子做人家的上门女婿是一件失尊严的事情，他又是申家老大家长子。可反过来想，他还有啥尊严可失？这样反倒给申家省了一份家产，指不定申双虎的嘴都要笑歪呢。

韩瑞凤对申丙校是充满诱惑的，可以说，站在一个成长中的男人角度，很多发生的事情都是充满诱惑的。

独生女韩瑞凤面对自己的婚姻她没有多余的选择，显然她喜欢的并不是申丙校。

她喜欢的是剧团里唱小生的那个叫王刚的演员。

她和王刚有过孟浪之事，只是王刚的岁数比她父亲还大。那个满脸皱纹、身体虚胖而且泛着油彩味道的小生，她站在他身边时，她觉得她应该用年轻水灵的面庞来熨帖这个身上写满故事的男人的心。

韩瑞凤惊天动地的举措，其实是把自己带进了一个无休无止的感情的债务和生活的惩罚中。

一个年老的男人抵挡不住年轻身体的诱惑，还被这种诱惑拖扯得又憔悴又疲惫。

老话说没有不透风的墙。

墙一旦透风跑气，危难四处，墙没有害人的本意，但是，闲言要穿墙，碎语要淹人。韩瑞凤的父亲降格选婿的理由也就是因为韩瑞凤的选择。

韩有堂要出手阻止此事，但一直苦于无法下手。王刚是剧团里的主演，是团长的赚钱工具，主要演员拿技术吃饭，犯下任何错误都不能叫错误，只能叫个人私情。

机会来了，有一天拉头把的演员有事请假了，韩有堂替代拉头把。

和往常一样，锣鼓家伙一响戏就开了。结果是王刚上台演出时，韩有堂的头把就高了一个调，唱者累，高音无法尖上去，台下的观众往台上扔砖头，戏被砸了场子。

王刚下场时夺过韩瑞凤父亲的二胡折成两截扔在了台下。一台戏，头顶还是全蓝的天，唱到中途，天空已经满目积云。

风穿墙而来，台上台下的都看见了，两个老男人从下场口打上舞台，幕布急急拉上，锣鼓家伙响起，都是为了掩饰观众的听觉。

韩瑞凤在后台无措地站着，突然地从什么地方找到一把小刀，来不及犹豫就划开了自己的手腕。到了眼下，她才明白，生命由自己珍惜才尊贵。

申丙校第一个上前去抱住她，韩瑞凤一身丫鬟装束，水红衣裤，绿腰带散乱在地上，腕上的血口子顺着指尖往下滴血，上了妆的脸上看不到羞耻。她突然地哭出了声，前台安静下来，韩瑞凤父亲跑过来抱住韩瑞凤，那个男人快速从人群中穿过去，他甚至连头都没回。

韩瑞凤并没有割断筋脉，只是伤了一点皮肉，瞬间，她闻到了王刚闪过身时腋下散发出来的汗酸味。她想起和他撒娇时的样子，一张老脸，激动时显得非常苦相，她拥抱他，吻他，然后要他化装，皱纹被油彩填满，在彩装后面，那张苦相的脸不见了。

她开始入戏，一个从来没有唱过主演的女演员，她要和主演同台了，她不是丫鬟、龙套，也不是衙役，她和主演彼此入戏彼此对唱彼此爱抚，她扮演的是舞台上的青衣旦角儿。

韩瑞凤感觉那汗酸味远了，仿佛一切不存在，没有丝缕留下。为什么人生要入戏这么深呢？最要命的是，抱着她的申丙校身上也有一股汗酸味，穿过鼻腔直抵肺腑，可惜申丙校不是那个反复和她一起出现在舞台暗处对唱的那个人。韩瑞凤不能掩饰自己的激动，她轻轻盘了腿，双手揽住申丙校的脖子，将鼻子凑近了，闻他的味道，尤不解馋，将整个身体都贴近申丙校的怀抱，突然激动无比，惆怅难遣，腔子里一句婉转袅娜的戏文吊出来："郎君啊，来来来，有缘人再相逢，我与你一生一世一双人。"

韩瑞凤花痴了。

承诺下的婚姻不能不履行，凤凰飞舞，喜鹊登门。申家人哪里知道发生的这些事情，虽然儿子当了闺女养叫外人笑话了，能学得一门手艺养家糊口，也是赚了，对此也就睁眼闭眼了了此事。

学艺期间用申丙校后来的话说，他拉二胡指头功夫是有来头的，那是冬练三九，夏练三伏啊，徒弟要跟着师傅练茶水功。五根指头蜻蜓点水似的在茶水上飞快地拍打，不能停一拍，不能溢出半滴，这样刻苦练出的手指在二胡的蚕丝弦上才能练成风的脊背，才能轻柔鲜活而又张力饱满。

生活中的苦他从来不说。其实人家韩瑞凤的肚子里已经有了王刚的骨血，申丙校只是应了一个虚名。申丙校入赘韩家后改姓韩。对申丙校来说，叫韩丙校是一件极度被人嘲笑的事，不敢见家乡人，凡下乡演出见了乡人，血都会腾的一下呼呼往脑门上涌。

日子过下来就成了一块心病，抽烟、喝酒、闹事，莫名其妙地难过，有些时候借着几分酒意还动手打韩瑞凤，打过铁的人动手打人，下手不知轻重，反反复复，韩有堂就提出了离婚，并要赶他离开剧团。

乡村生活贫瘠、困顿，匮乏。结婚离婚不是儿戏，都是一个异想天开的重大事情，搁在每一个有血缘关系的人脸上，不是简单的结束和开始，应该是和民间道德勾连得很紧。韩有堂要赶韩丙校走，两口子闹离婚的事情在小县城搞得沸沸扬扬，大都认为是韩丙校不对，韩家养虎为患，给你家，给你人，给你手艺，给你儿子，最后成了白眼狼，敢动手打人了。

韩丙校百口莫辩，屋子里一个花痴，每到夜晚杀戏后回家，韩瑞凤都要韩丙校化装，韩瑞凤亲自动手，画一张小生脸，才叫他上床睡。上床还要对戏，韩丙校哪里唱得来戏。日子仿佛戴着面具，有无尽的忧伤说不出口。

人嘴里生毒，韩丙校没有办法在剧团里待了，一场婚姻的开始改变了申丙校的命运，让他改了姓叫了韩丙校。改了姓叫了韩丙校的申丙校并没有拾起尊严，一场婚姻的结束好似一场淋漓的大雨浇醒了申姓儿男的尊严。离就离，带着手艺回山神凹姓我的"申"姓去。

幸福，祥云一样在山神凹申姓族人的脸上洇开，他们尽情期待着生活中的主角归来。韩丙校在一个黄昏趾高气昂地以申丙校的身份回到了山神凹。回乡见到的第一个人便是申芒种。申芒种诚惶诚恐地迎上去喊了一声"叔"。

都长这么大了？以后大伯教你拉二胡。

这是申芒种生命转折发出的最鲜明的也是最早的信号，他心中不禁一阵紧缩，觉得大伯倍感亲切。

这一年申芒种十二岁，因为母亲樊迪常年有病，读书耽搁了，一再留级，他在山神凹小学念书是四年级，他的聪明却是一个四年级孩子不该有的。

归乡的申丙校不想出山了，好名声和坏名声一样传播得很快，归乡就是带着面子回来了。后半生的帷幕拉开前，他要成立一个说唱队：也就是农村的"八音会"，走乡串村，赚个零花钱。

当时，社会对私营还没有放开，集体生活限制了他的理想，政治挂帅的年代，人人都绷着一根弦，申丙校想组织"八音会"吹打热闹的事被村干部阻止并耽搁了。

这中间他被招工到了市里矿山机械厂当工人，他的第二次婚姻是在当工人期间完成的。

三十三

申丙校当工人期间山外荫城镇人给他介绍了一个对象，叫王小丽，离过婚带有一个女儿。这些都不重要，重要的是怎么抓住王小丽的心。

介绍人介绍他们认识时，王小丽没有怎么看他，甚至是有些不把他往眼里放的那种。

认识王小丽不过几天的工夫，荫城镇就要过会，过会就要唱戏，剧团有申丙校熟悉的人，他来赶会捎带看朋友。

这些都是借口。

在一日傍晚时分，他走进王小丽的娘家。

王小丽抱着娃在门墩上哄女儿吃一块秋桃子，女儿错愕的嘴唇咬合时流下了许多哈喇水，申丙校扔过去一团卫生纸。

在农村，日常生活中谁见过卫生纸？女人用的月经纸都是书纸揉软了用，卫生纸代表了一种身份，王小丽这时才给了他一个好脸儿，那是一个很妩媚的笑。

王小丽不是很漂亮的女人，但耐看，她的迷人并不仅是因为属于青春的那份朝气与甜美。王小丽动静自若，眼中永驻着拒绝和自信。

这一笑，哈呀，这事算是成了。王小丽带着娃跟着申丙校住进了城里，但是，她可是从来都没有回过山神凹，山神凹人对王小丽是陌生的。

进了城的王小丽第二年就和申丙校离了婚，城里让她开阔眼界，申丙校又是造土枪又是拉二胡，整个人觉得是一个很不踏实的人，不好好上班整天就想着回山神凹。在申丙校探亲假回山神凹期间，王小丽看下一个人，又给了那个人一个妩媚的笑，很快，她就坚决地离开了申丙校。

对申丙校来说，三条腿的蛤蟆不好找，两条腿的女人有的是。

离婚后，申丙校干脆不当工人卷铺盖回了山神凹住。

两个人进了申丙校的院子，见申丙校穿着一条军绿裤衩，松松垮垮地卡在胯上，脚上穿着趿拉板儿，噼噼啪啪在院子里来回进出。院子里的灯很亮，一般人家的电灯泡是五瓦的，他用二十瓦灯泡，灯泡的光能照见他的胡子和腿上的汗毛。

申芒种站在灯光下开始担心终有一天那腿上的毛能长成野草样，能把他整个人吞掉。

见来了人，申双虎老汉在窑门口探了一下头，他很讨厌夜晚有人来，来了就弄音乐，吵得人不能睡，缩回头，扔出来一个扫地笤帚，又扔出来一双破鞋，接着又重重咳嗽了几声。

申丙校来来回回在火上烤一根琴杆，叫他们在院子里坐着，趿拉板的声音盖过一切，申双虎的窑门重重关上了。

人老了，对抗没有一点分量，扫帚和破鞋在院子里，很安静。申芒种看着笑了，没有声音的笑看上去很滑稽。

申寒露跟着申丙校走进他的窑，他和申丙校说他自己的事，他的难过。

申芒种在外面等着屋子里的人，一个人感觉很无聊，想起来还没有吃晚饭，惶惑听见他妈在喊他，又惶惑觉得他的爸爸还在翠红的窑洞里。肚子咕噜咕噜叫着，正准备站起来往回走，突然申双虎的窑门开了，出来的是蓬头垢面的申丙校妈，她斜着身子拽了一下墙上的灯绳子，院子里的灯就黑了。

怕浪费电。申芒种眨动着眼睛，又笑了。

一地的月光，亮汪汪的月光，望望天空，银盘似的月明，他说了一句：

"四月芒种不种，五月芒种急种。"

窑洞里的申丙校喊："明天跟我学拉二胡，不念书，瞎晃荡。"

申芒种愉快地答应了一声。

走在路上想着爸爸说的话，生你时正是五月芒种急种。

这下他听清了是母亲樊迪在喊他："芒种哎，野谁家了不回来吃晚饭？"

申芒种在大街上应答："妈哎，妈哎，妈哎！"

山神凹人恐怕都听见了申芒种的应答了，他可是从来都不应答，他的应答深情得让听见的人觉得可笑。路过翠红的窑，他毫不含糊地喊："爸爸哎，爸爸哎，爸爸哎！"

申芒种用牙齿撕扯着"爸爸"两个字，谁也不知道申芒种为啥没头没脑地应答着大人的吆喝。

山神凹现在的地头村街上常见的是申丙校拉二胡，身后跟着趿拉着破鞋的申芒种，一大一小哥弟俩走出山神凹，走往对面的山头上。

申丙校指着远处叫申芒种看：

"看见没有，那地方，看，那地方是大地方。"

申芒种一脸疑惑。

远处啥都没有，绵延着山头。

申丙校说："你可太差劲了，难道读书把眼睛都读瞎了？"

远方延延绵绵的山脉起伏隆起，在阳光照耀下一直向远方铺过去。

申芒种还没有出过山，不明白申丙校说的话，但是，站立在山头上，一种激动人心的崇高感就从这样的眺望中诞生了，他觉得世界真大，大得能把胸口的闷气呼出去。

蛇在远处蠕动，申丙校大步迈上前一脚踩住蛇头，蛇迅疾缠绕住他的腿，申丙校一下一下从小腿上绕下蛇身子，提起蛇尾巴抖了两下，蛇就瘫痪了。

申丙校提着蛇说，用肛门上的皮做二胡好，这条蛇不够粗，等找下够粗的蛇给你做一把。你跟我学二胡，将来做个手艺人。

迟疑了一下又觉得手艺人没用，学了手艺就不想下地种田了，这社会都叫手艺人搞坏了，带得憨笨人都不想种地了。

又说，二胡的声音叫你不好受，也许还会改变了你的性子。

对申芒种来讲，这些话真是一个未曾想过的崭新的世界，申芒种的世界里对社会的认知是时序飘忽的。他只知道：药不治假病，酒不解真愁。

申芒种看着申丙校手里的蛇，心房在疾速地搏着，伸手去轻轻地摸一下蛇皮，迅速弹回来，害怕蛇活回来，以复杂的感情、诧异的双眼，看着申丙校，又窥视蛇，充满了冒险、麻痒的快感。

申丙校说："蛇提着尾巴处抖，骨节就断开了，不怕，拿着。"

申芒种说："哥哥是要吓死我呢。"

飞过来的蛇挂在申芒种脖子上，申芒种大叫一声跌坐在了地上。

申丙校笑话申芒种将来的出息，同时又埋怨一个夏天都打不到一条能够做二胡的蛇，而且上好的琴筒也难找到，找来的竹节都细。还有马尾巴，现在他用的是尼龙丝，音色不正。

但凡活在人世间，凡生活就有矛盾，凡交往就有磕绊，山神凹大人们开始讨厌申丙校，尤其是看到那些柴草上晒下的蛇皮，真是令凹里人烦得很。

申芒种却无所谓，看见申丙校上山照旧打蛇的样子，见人照旧粗号着嗓子说话的样子，拉完二胡照旧讲瞎子阿炳卖艺时悠然自得的情景，他觉得申丙校有一种说不出的神秘感，尤其是那一双亮汪汪的眼睛，他就想用心跟着申丙校学拉二胡。

自从学拉二胡开始，申芒种就不想念书了。

申丙校的从前就成了他的一个神话，也是申芒种想经历的神话。

可时代不一样了，不念书走不出山外，只能一辈子当农民。

当农民住在山沟里，外面的女子不可能嫁进来，申芒种就有可能入赘山外的多女娃人家当上门女婿，可申芒种妈妈樊迪觉得申芒种还小，不过穷死也不能入赘女家，那是要叫人笑话的。

申双鱼从心里不希望自己的儿子学二胡，申芒种平常本来就有一些和常人不一样的行为，学会拉二胡的人容易变得惆怅，等于是自毁性格。

某一个日子的午后，父子俩有一次对话。

申芒种说："爸爸，我就是想学一门手艺。"

申双鱼说："呸，那也配叫手艺？"

申芒种突然抬头看申双鱼。那张脸上带着不满，有些邋遢、没有刮干净的胡须，塌陷下去的腮帮，张开枣肠嘴吹着气：呼！呼！

申芒种说："你和我长得很像。"

申双鱼说："你是我的儿呢，不像那还了得。"

申芒种说："那为啥，我学二胡，你就不叫学？"

申双鱼说："放着好光阴不念书，学那有什么用？"

申芒种说："你不怕父子反目为仇？"

巴掌"呱唧"就上来了。

申双鱼说："让你读书喝墨水，你读书喝粪水，敢拿父子反目反击我。"

申芒种瘪症了一下抬脚就往窑楼上爬。

往窑楼上爬的原因是因为申双鱼最近患病，是坐骨神经痛，连带着走路都不利索。

申芒种如果当下跑出屋门，躲了初一，躲不过十五，迟早得挨一次打，久病的人心态不健康，见不得申芒种顶嘴，顶嘴就挨打，等着挨打也许下手还轻点，跑，气怄重了打起来了更狠。

烂事不外扬，只有不离开家捂住事才算是给申双鱼面子了，因此，一打申芒种，申芒种就往窑楼上跑。

山神凹或许可以被称作快乐的村庄，但并不是所有人都感到了快乐，其实快乐就近在咫尺，在人生每个转弯时刻都会不经意地碰到它，就像申芒种在家里的窑楼上找到了半截竹筒。那不是一般的竹筒，是早些年社会上有钱人家一个放毛笔的笔筒，上面还雕着人物花鸟，可惜申芒种不知道。

政治运动把人们对传统认知的美好彻底破坏了。

又因为那些年喇叭里常广播，凡是过去的都是旧东西，凡是旧东西都是社会的敌人，应该彻底消灭掉。

等申双鱼不在家时，申芒种怀揣着笔筒离开家，跑到山神凹后沟圈羊的土窑内，把笔筒藏起来。他要给申丙校一个惊喜，甚至要给申丙校一个更大的惊喜。

激动有点冲昏了申芒种的头，他把村庄唯一的生产队的老马的尾巴剪光了。

谁也不知道马的尾巴是马用来奔跑时掌握平衡的。一个令人吃惊的事实是，山神凹人认为这件事是申丙校干的。

季节进入秋天，申芒种不敢轻易拿着东西给申丙校，常找机会待在大伯屋子里跟申丙校学手艺。

时机没有找下，就见王树旺和申白露牵着马来到了申丙校的院子里。宋栓好走时把喂马的营生交给了王树旺。

人和马还在路上，话先进屋子来了。

王树旺说："申丙校，你干下的好事。"

申丙校说："啥好事轮得到我？"

王树旺说："你手痒痒了，不说你是反革命破坏分子，山高皇帝远，这高帽就不给你戴了，也是从前了，马尾巴没了，马掌握不了平衡，你赔一匹马给生产队，这马归你。"

申丙校说："平白无故我拿啥赔你？"

王树旺说："既然都做了，那就拿胆量赔。敢作敢为。"

申丙校说："吓，谁证明马尾巴是我剪了？"

王树旺说："你做二胡，整天念叨马尾巴琴弓，山神凹就你是个人才。"

申丙校说："树旺是抬杠哩。我是人才不假，可我不是养马的人才。赔小队一匹马，拿啥东西赔？我还真愿意养着这马。问题是马尾巴不是我剪的。"

申丙校扭头问申芒种："你知道是谁剪的？"

申芒种摇着脑袋不敢说话，但是意思让他们明白了，这事，他必须不知道。

大伯申双虎弯着腰走进来，大声吼着："马不能养！"

他见不得有人欺负申姓，虽然山神凹大部分都是姓申。当知道是关于马尾巴的事情时，他很认真地问儿子申丙校是谁剪的。

申丙校百口莫辩，看着拴在树上的马，觉得养马也是好事，等于养了一个劳力，没什么不好。

申双虎极力反对儿子，申丙校开始唱反调，就说，养马是我的事情，反正也能自己使唤。

山神凹的牲口，乡里都登记备了案，追加责任人需要填表，申丙校的户口在青州，填写养马一栏里只能填写山神凹人。申双虎的心肠软了一下，觉得儿子申丙校还要找女人成家，就让申报人写成了自己。哪知道这么一写每次出山配种，一人一马都得对号，这件事情就算是申双虎的事情了。

一年中到了马发情的季节申双虎牵着马出山配种，行进在绿荫蔽天的山神凹山路上，这事情，明眼人心头都会漫上一丝难过和激动。

申芒种把剪马尾巴的事压在心里，怕事情败露了，那样申双鱼会打他半死给山神凹人看，甚至会打死他，拿人命和马事来抵销名声。

申丙校想不出是谁要栽赃陷害他，每家每户想，想遍了没有找出对手，因为没有人会把主意打到马尾巴上，那东西除非做琴弓。

三十四

李夏花回到市里在南街夫子巷找见申国祥的住处，人不在，在外崩爆米花。

循着响声她穿过夫子巷，在街口上找见了他们。傻女子坐在马扎上端端靠着他，小个子的申国祥，一身短罩衣，小平头，大概有几天没有刮胡子了，碎密的胡须黑漆漆铺满了半张脸，一些细小的爆米花碎末挂在胡须上。

爆米花的摊位边围满了大人和小孩，孩子们捡拾着地上四散的米粒，大人们站在爆米花机旁边说话，申国祥坐在被炭火烧得滚烫的爆米花机旁边，汗水流着。他一只手摇着摇把翻转着爆米花机，一只手来回抽送着鼓风箱。有规律的节奏声停下来时，申国祥说："都让开了。"

他用毛巾垫着烧得滚烫的爆米花机从火炉上卸下来，拔开栓，把锅口对着事先准备好的用铁圈撑着的大麻袋口，"嘭"的一声响，所有玉米粒瞬间膨胀成了大大小小的黄白小花，全都跳跃着钻进了麻袋里。原先只有一大碗的玉米粒或者大米，爆过以后，体积极度膨胀，能装大半蛇皮袋子。

傻女子在旁边笑，听见响吓得站起来，站着的姿态有些扭捏，侧面看发现她的肚子大了起来，李夏花鼻头不自觉地酸了一下。

每爆一锅，申国祥都用碗量着，把玉米或者大米倒到爆米花机里面，再倒入一勺白糖或者糖精，盖上后盖，架在火炉上，又开始一边拉着风箱，一边摇着爆米花机，还时不时地往火炉里加些煤块，把火烧得呼呼的、旺旺的。

刚爆好的爆米花酥脆香甜，提了爆米花的人敞开袋子要熟悉的人抓了吃，都是象征性地伸手捏两粒。女人们也是象征性地让一下，然后提着一大袋子零嘴一摇一摆地走往回家的路上。

李夏花不忍心多看，看多了想起从前的事也多，五味杂陈说不来是什么难过，这本来是她的男人，这个男人惶惑早已从她的生活中走远了。她走近，挤进人群小声喊了一声："国祥哎。"

申国祥抬起头看见是李夏花来找他，点了点头，示意她稍等。

做完手里的一单生意后他站起来接过李夏花手里的信封，他知道那里面是离婚证明，他和李夏花约了时间一起去街道办事处协议离婚，然后递给李夏花一袋子爆米花叫她吃零嘴。周边等的人多，李夏花不要他动，自己退出人群往剧团走。

剧团又来了一位大师傅，两个人轮流做，李夏花人就闲了。第二天她和申国祥去街道办理了离婚手续，出门时李夏花和申国祥说自己的户口还在山神凹，想把山神凹的窑留下。申国祥满口答应下了。

分手时看着傻女子，李夏花从口袋里掏出一串手串递给她，傻女子也不含糊，巧笑着装进了口袋。

申国祥站着看着，眼泪就掉了下来，男人的有些痛是说不出口的，放着一个好女人，正常的女人，要离婚娶一个傻女子，和谁说都认为是讲故事，他哭过好几回了。人的生命是弱小孤独的，家庭也是弱小孤独的，谁能知道自己一辈子会遇见什么命？什么命都不能无后呀。

李夏花看着傻女子的肚子说："几个月了？"

申国祥说："快五个月了。"

李夏花从申国祥嘴角扯起的皱纹里看见了自信，她不知道该恨他还是该厌恶他，奇怪的是，此刻的她心里酸酸的，有一股妒忌生起，直盯着申国祥说："日子长着呢，好好受吧。"

活在婚姻里的李夏花没有一点尊严，是什么人给她当月老，撮合了一对怨偶，落下许多不是，罢罢罢，半辈子活得精疲力竭，把为数不多的幸福留给他吧，不留下又能如何？

和申国祥道别后，李夏花看着一个拐子挽着一个傻女子走往人群中间，她还想说句什么话，抬了手想吆喝一声，却看见他们俩在人群中一摇一摆，像鱼没入了水中一样。

许多的从前都来不及细想，细想都是难过，人家有足够的时间去争取幸福，自己的心却已经没有了力量。走在辽阔的人间有多少无奈，飞鸟栖宿在舞台的屏风上，化作一幅万古长青的图画，帝王将相被演来演去，无非是为了坐稳江山，能坐稳江山那也是帝王的后代呀。她敌不过一个傻女子，或者说有本事的女人最该有的本事就是能生出一个正常娃。

她突然想起刚才想招呼中国祥停下来，她就想说，假如又生下了儿子，她想做他儿子的干娘，此时已经不想自作多情了，走开就走开了，心明了，人也就累了。

在剧团门口遇见了于喜明，李夏花笑迎上去，打远处喊了一声："于师傅。"

于喜明听声音就知道是谁在喊他。他根本就不想有任何表情抬头去迎合对方，或者说，他的心里一直在酝酿着仇恨。

李夏花快步走上前，在人世间她不能再制造仇恨了，她喊道："于师傅，有没有要洗的衣服，我来帮你洗。"

于喜明停下脚步，脸看着大门前方，对侧面的李夏花他表现出了厌恶，他浓重地咳嗽了一声，冲着远处吐出一口痰，然后快步走过去。

脚步是最实际的东西，它不折不扣响在远处。她笑了一下，觉得男人的气量咋这么小呀，她看着走往远处的于喜明，想不出怎么可以让他开口和自己说话。

天色傍晚的时候，李夏花去买了一瓶酒，路过熟肉铺她买了半斤驴腱子肉、半斤猪头肉、半斤猪肠子、半斤凉菜，她用塑料袋子提着这些在夜黑透时分走进于喜明宿舍。剧团明天要下乡，今天晚上不排练，李夏花的用意就是想和于喜明和解，她不想和剧团里任何人结怨。

李夏花进门就说："于师傅，我是来给你赔不是来了。"

李夏花说："我这一辈子做过太多的蠢事，我就是不想和剧团里的任何人结怨，我一个乡下人，剧团收留了我，剧团就是我的家，剧团里所有人都是我的亲人。于师傅，你要不介意，我拿了酒菜来，我陪你喝两口儿，算我来给你赔礼道歉。"

于喜明说："你出去，你不配进我的宿舍，更不配和我说话。"

李夏花眼睛里噙着泪，颤声叫了一句："于师傅？"

于喜明怒气冲冲走出宿舍大声吼着："剧团里的人都来看看，这么一个下三烂的人也敢提着酒拿着菜来和我喝酒，她的用意何在？是想做啥？是想要做啥？"

李夏花脸色苍白，她的心紧紧揪着，心中懊悔，有理说不出口。看见剧团里的人都走出来看稀罕事，她傻笑着居然说："我拿石头往厕所扔溅了于师傅一身，我来赔不是，我就是来赔不是。"

剧团里的人面面相觑，不明白为什么要往厕所里扔石头，这不该是正常人做的事，也不该是像李夏花这样的人做的事呀。原来往茅厕里扔石头是李夏花干的。不能够明白但是十分好奇。

李夏花也吓了一跳，为啥找了一个这样的理由？

正巧于喜明的妻子从家里赶过来替他收拾明天下乡要带的行李，看见做饭的李夏花提着酒菜要和于喜明喝酒，听说往茅厕里扔石头是李夏花干的，再看李夏花的样子和当下的做派很让她不舒服。指着李夏花开始骂："泼妇呀，剧团咋养了这样没有教养的人。"

于喜明老婆上去扯过那些酒菜一股脑儿扔往当院。

"你往这里一站我整个人就觉得院子里的空气很污浊，既然不知道怎么做人，就不要做了，还是去做一个看门的土狗，像你这种没品没貌没德的乡下人敢往著名演员身上溅粪，我看你都应该住监狱了，滚出剧团都嫌罪轻了，我看你现在就应该吞粪自尽。"

于喜明的老婆是城市郊区人，不管咋说都是和城市挨得最近，也算半个城市人，对乡下人看不惯，眼下一个乡下人敢欺负一个著名演员，那可是不得了。他老婆以前是商店的售货员，现在在家经营小卖铺，讨价还价，一来二往，口才那是了得。

李夏花说："嫂子，你骂我吧，想打我我也不会还手，千错万错都是我的错，我就是不想和所有人结怨，人生不容易，我一个山里人，剧团收留了我，我感激都感激不完，你狠狠骂我吧。"

于喜明老婆还没有见过这样的对手，吵架遇见了软柿子，一下还没有反应过来，想想于喜明被溅了一身粪的样子，气不顺，继续高腔大调子骂："你这种残花败柳也配和著名演员说话，我想起你做下的事就一肚子气，我，我……"

于喜明老婆上去照着李夏花的脸给了两个巴掌。

"别人废品还能回收用用，你就是一个不能回收的垃圾！"

院子里剧团人看不下去了，可也觉得李夏花做下的事情龌龊，无论中间发生了什么事情都不应该往厕所里扔石头，这不是大人做的事。

有人故意助兴拉亮了院子里的灯光，吵架不能黑吵吧，实际的高腔只有于喜明老婆。

年轻人过来拉走了李夏花，年轻人不热衷这件事情的真假，热衷于这件事的形式，很有想象空间。

回到宿舍门口有人问："姨，这事真是你干的啊，往厕所里扔石头，想来就很刺激。"

李夏花整个人的皮肤都是紧绷的，脑子惶惑着，还是很决绝地说："不是我做的，我做不来那事。"

几个年轻人笑了，很是奇怪。

"不是你干的，为啥要说是自己干下的？"

李夏花说："省得他怀疑别的人。"

"这越发说不通道理。到底发生了啥事情？难道说姨是喜欢上了于师傅？"

李夏花摇着头，摆着手，想解释什么，似乎又觉得这事情解释起来很麻烦。

几个年轻人便觉得这事的开始是李夏花喜欢上了于师傅，于师傅没有喜欢上李夏花，虽然表面看于师母丑了点，但是，丑妻家中宝。要说于师傅是著名演员还是欠缺了点火候，算是三流演员，可是看刚才于师母抬高他时他那份得意劲儿，就明白了于师傅最适合的人就是于师母。李夏花对于师傅有感情也说得过去，乡下人用这种手段表达自己的喜欢也是可以理解，总之，李夏花是一厢情愿喜欢上了于师傅。

几个年轻人打趣逗弄着说："姨，我们找机会成全你。"

李夏花一下子呆了，这哪里是事实啊？切断了从前的日子，咋好好儿又要回到从前？可不能，从前坏过名声，现在说啥都不能叫世人小看了自己。

发生了这样的事情，团长不想让李夏花再做饭了，做啥事儿还没有决定，但是，人还是要跟着下乡，就让她拉拉幕布，帮助大衣箱给演员穿穿衣服，其他事情暂时就不让她做，闲着也好醒悟醒悟。

剧团里的人都知道李夏花看上了于师傅，李夏花百口莫辩，见人不多话，笑也少。

于喜明反倒常和人打趣说起此事，说李夏花约他去剧团后面的荒草地，真是脚大脸丑什么心事都有。就看那双冬天开了裂口的手吧，咋都想不出是一双女人的手。

李夏花透过幕布看台子下黑压压的人群，这么多人，没有任何人可以分担她的悲凉，人生独自面对的一定是无法推却的，事情的开始和结局总是不一样，不容说出不一样的理由，说出去谁又会听？她走到台子下看舞台上涂抹得光鲜靓丽的演员们，明亮的灯光、如血的胭脂、兰花般玉指、黛青的眼眉、巧笑的美人、震天的锣鼓、如泣的二胡、登台又下场的古人……这似乎有点戏梦人生的幻觉，她便陷入这种幻觉中不能自拔。

她突然地想起了申寒露，他在山神凹的炕头上笑，只闪了一下念头，李夏花就捂住心口不让往下想了，她这一辈子不能祸害人了。

三十五

山神凹学校在90年代，也就是郭放歌走后没有多久，由三眼窑洞扩建成了五间瓦房，五间屋子隔出一间做教师宿舍，剩下四间做教室。四间屋里长条桌凳上坐得满满的学生，甚是热闹。

黄昏是山神凹最热闹的时候，翠色的山崖和远岭，村庄上空氤氲的炊烟，申丙校牵着马出山和懂音乐的人切磋技艺，学了手艺的人看不上种地人，他既不想回城里当工人，也没有明确定下目标，每天就这样挂着二胡浪荡出山找人探讨音乐。

申丙校把马拴在学校门前的杨槐树上，自己在学校门前的条石上盘腿坐下来，解下二胡很专心地揉弦，他很想给学校开一门二胡课，将来成立八音会好有后继人。山神凹学校的孩子们围在他身边，申丙校黑干细长的手指来回滑动，二胡声就在山神凹上空仙雾般缭绕开来。

学生们知道申丙校拉的是《二泉映月》，并且知道这是道家音乐人阿炳的杰作，而阿炳又是一个瞎子。

拉完二胡的申丙校开始给学生们讲阿炳，已经是烂熟于心的故事了，可每一次讲似乎都有新意。讲到阿炳身世坎坷处，申丙校插讲道家始祖老子的《道德经》。

"万物负阴而抱阳，冲气以为和"，说《易经》中的"一阴一阳之谓道"都在二胡的弦乐中。在琴弦的内外、音乐的高低、力度的强调、揉吟的疾涩、速度的快慢中，体现阴阳之"道"，乐人之"心"，炎凉之"世"。

学生们哪里听得懂，一时听得是云里雾里，眼看得天黑下来，岭头上自然村的学生不敢耽搁要回家，教书的王老师吼着申丙校，说：

"你整天不干正事，就会拿尖声浪气的东西误人子弟。"

申丙校也不恼，嬉笑着用二胡声拉出：学生娃快回家，各人回家找各妈。

一群围着的学生"轰"就散了。

遇见刮风下雨天，他也让学生骑着马往岭头上送他们一程。

山梁的腹部，树底下，草丛间，不但多了纷乱的脚步，也多了二胡的音乐。

弯弯曲曲的盘山小径上，山神凹的路宛如一条散乱的绳索，缠绕着山脉臃肿的身躯，将马蹄串起来，当返程的申丙校拉着二胡迎着风和黄昏走下山，走过耐受桥时，扑面闻见山神凹牲口味儿和山神凹人汗腥的气息，他突然觉得自己形单影只，这一辈子就这样过下去显然是不可以的。

乡下学校有几天秋假，秋假收完庄稼后王老师就调走了。小队要申丙校驾了马车去山外驮新来的张老师。

申丙校备了草料赶着马车背着二胡出山去拉人。

到了山外才知道是一位女老师，还带了一个五六岁大的女娃。接了张老师，和当地的后生把要拉走的家什装了车，女娃坐在最高处的铺盖卷上，张老师坐车帮，申丙校勒着缰绳赶着马开始上路。

走了一村又一村，一路上女老师几乎没有和申丙校说过一句话，只是不停安顿高处的女儿抓好了绳子。

一路上，收获后的秋天里大地一片安静，有风携带着烟云缥缈而过，马儿撂开蹄脚奔走，因为没有马尾巴，马不能够掌握平衡，车上的家什和女老师颠儿颠儿地晃荡，有一阵子女娃儿在高处吓得哭鼻子，申丙校还接下她骑在自己肩膀上走了一阵子，张老师觉得这样子很累申丙校，就叫女娃还坐在马车高处，慢慢习惯了，高处的女娃被颠一下还要笑一阵子。

本来应该叫拖拉机拉张老师，实在是山神凹的路不好走，泥土路，路面坑洼不平，进山路，陡，弯多，急，拖拉机根本就发挥不了作用。

马车行驶中，老马像喝醉酒一样，摇来晃去。张老师的体质看上去很弱，胃显然也很娇气，几次见她想开口说话，几次捂着嘴不敢言语，害怕申丙校笑话她马车也晕车。尤其发现马尾巴没挂毛时更敏感，因为马没有尾巴毛，挡不住屁股发出来的腥膻味儿，太厉害的颠簸和太冲的腥膻味儿搞得张老师很不舒服。

张老师在马车上不停调换方向，满目青山一时无法分散她的注意力，胃部的痉挛和疼痛依旧不能缓解，终于憋不住了，高喊一声：停车。

来不及"吁"，女老师胃中的秽物便一口喷了出去。

申丙校勒紧缰绳停下马车想叫女老师下车走两步，车上的女老师用手绢捂着嘴摆手要申丙校快走。

申丙校心里不免有些惴惴不安，拉着缰绳不敢叫马走快了。

不敢说话，又觉得自己是贱骨头，想做些什么事情分解一下张老师的难受，发现张老师一路上从没有正眼看自己一下。

他自己看了一下自己的装束，上身一件发暗的腈纶蓝秋衣，袖口撕烂了，他用打火机烧了一圈，半挽在胳膊上。一条黑布裤，裤扣掉了一颗，还有一颗剩下半边了，全凭它扣在扣眼里护着前门，脚上一双牛皮鞋，鞋带子不是原配，赤脚，脚脖子处发暗。

什么时候自己变成这样一个人了？

马车走上山顶，申丙校的胃突然也不舒服了，不敢想自己的光景，怕自己也吐。风刮着张老师的头发往后飞，她用手拢了一下头发，似乎山上的风让她舒服了一些，她突然就说要下车走走。

车上的女娃儿也喊着要下去走走，申丙校抱下她，她跑往了车前头。

申丙校勒住缰绳招呼张老师下车，下了车的张老师快速照直走到了马车前边拉住女儿的小手。这下，申丙校看见了女老师的背影和侧影，她挺起了胸脯，高抬起屁股拉着女儿一跃一闪往前走，脚上穿一双半高跟皮鞋，一条浅蓝料子裤，因用力往前走，屁股分明地凸显了出来。

小屁股绷成了两瓣瓣蒜。

申丙校的脸像谁抽了一鞭子似的难过地笑了。

他不能控制自己，从背上取过二胡，扯下布套子，坐在车帮上，就着胯骨头开始拉。

张老师和女儿突然回过了头看他，那两张气喘吁吁的脸真是春波如潮啊。

申丙校血压开始升高，明显感觉一颗心扑通扑通直往嗓子眼里撞。到这个年龄了，走出山外又走回来了，这日子混的，说还说不出口。

申丙校拉的是《父老乡亲》，张老师放慢了脚步，停下来跟着哼唱，一首曲子拉完后，张老师显得很兴奋，等着马车近到身边抱着女儿，抓住车辕一下就跳上了车帮。

动作利落，身轻如燕。

张老师激动地问："你叫什么名字？"

申丙校说："申丙校。"

女老师说："我叫张玉棉，你叫我张老师。"

申丙校说："张老师好。"

张老师说："你还会拉什么曲子？"

申丙校说："多啦。《江河水》《二泉映月》，还会拉戏。你会唱啥我就会拉啥。"

张老师说："想不到山神凹还有你这样的人才。"

张老师跳下行走的马车，放下女儿，走了几步回头又说："你以后给山神凹学生拉二胡教他们唱歌，算是替我上音乐课。"

申丙校听了这句话，没有激动反倒一点欲望的期盼也不敢，对自己产生了根本性的质疑，甚至怀疑自己在做梦。

他这一辈子学了手艺，不仅没有抬高身价，反倒被山神凹人小瞧，家没有成下，日子过得普通农民都看不起。许多问题在他心里绞缠着，闹腾着，找不到头绪。

他为自己的破陋而羞愧而烦躁，先前思来想去不得要领的事情似乎一下子又全解决了：这社会就是男人和女人碰撞的社会。

他很想说说自己内心的苦，说说这么多年来就想成立一个"八音会"，就想要锣鼓家伙，因为公家不支持，屋子里又没有人，光棍当久了，经常外出和人切磋手艺，居然忘了自己还是一个有手艺的人，忘了会啥吃啥的道理。

张老师是老师，念书多了等于是见过大世面，见过世面的人内心都藏着一个诱惑，刚才，在他骨子里肺腑里其实已经被张老师这句话诱惑了。

山神凹有史以来迎接了第一位女老师来讲课，从马车在山神庙炸响了一声鞭声起，山神凹人就兴奋了。

先是几个上了岁数的老年男女坐在学校的院子里望着对面，

申广建、申双虎、申双庆、申双鱼、申斗库、郭淮宁等，一群耳背的人，眼睛却是望得很远。

早早就望见了马耳朵竖着。

申丙校赶着马车走过耐受桥，走到学校院子里，双手举高抱下张老师的闺女，张老师直接走进学校。

有人在外面吹了一声哨子，山神凹的学生拿着扫把、灰斗跑过来，申芒种急忙回家挑了水桶下河挑水。很快，张老师就把教室和她自己的宿舍打扫得干干净净了。

张老师站在学校院子里看着山神凹的山山水水，很抒情地伸展了双臂。

一个晴朗明丽的秋日，天空一碧如洗，从学校的院子里可以望见对面高处红彤彤的落日，无垠的天际，鸟儿在高空展翅，天空可以任由小鸟飞翔，但是，天空会不会让小鸟迷失？在得到自由的同时，也许它就失去了安宁和温馨。

张老师的女儿喊着妈妈跑过来，指向一个地方，那地方长着一捧黄灿灿的黄菊花，张老师走过去采下黄菊花，看见教室窗台上有闲置的罐头瓶，添了水放进去黄菊花，一下就明丽了教室的窗台。

申丙校收拾罢车辕，拿着二胡走来，就着晚夕扯开了弓。

鸡们踮着脚尖跑过来，走近时伸长脖颈，四处招呼着，喉咙里发出低沉的鸣叫，像是极度的欢喜，又像是发现了不一样的山神凹人。

二胡的弦乐布满了天空，申国祥的儿子由申老七追撵着跑过来，鸡们架着翅膀跑开。

申丙校突然转了弦乐拉了一连串鸡叫声，公鸡、母鸡的叫声，混合着鸡飞墙落草，母鸡下蛋鸣叫主人。申丙校可以说是把自己的音乐天分发挥到了极致。

新学期就这样在人们的新奇欢快中开学了，申双鱼看申芒种闲着，而且也很喜欢女教师就叫他也跟着去听课，虽然有些课本已经学过了，总比晃荡在山神凹的街道上有收获。申芒种也很乐意。

山神凹没有几个学生了，滥竽充数吧，反正学校越来越不正规了。

开学的第一天，学生在学校院子里排队，一个跟着一个地报名，张老师站在教室门口翻阅着什么，头也不抬，一边问一些基本情况，一边在本子上飞快地记着，轮到申芒种了，张老师问：

你妈妈是芒种那天生你？

是。

你和申丙校是什么关系？

兄弟关系。

你叫申丙校啥？

兄。

日常你就喊申丙校"兄"？

喊哥。

申丙校大你多少岁？

不知道。

哥弟关系你不知道啊？你多大了？

十六了。

十六岁上小学？十三岁就应该上初中了。

张老师抬起头来看申芒种，比起其他学生高出人家一头还多。

申芒种开始不安。有一种被嘲笑的感觉。

情绪开始弥漫，学校院边上，有阳光照不到的地方有些潮湿，看着潮湿他就想尿。

手里拿着新学期发下的新书，崭新的书页在他的手指底下翻过，发出如同马尾巴试弦却并不明亮的声音。

申芒种脑海里反复想那匹马的尾巴，它被剪秃后如蛇一样挂在它的水门上，有飞虻嗅着腥膻飞过来，马尾巴来回晃荡着，马觉察了，没有披挂的尾巴起不到刷扫功能，马不停抬着屁股左掉右扭。

申芒种哈哈大笑着。

想着笑着，申芒种跑到学校院子边角处掏出鸡鸡就尿，他的脑海里反反复复出现马屁股扭捏的景象。

张老师看见后喊：

"申芒种，你十六岁了，怎么不知羞耻到处大小便，看你傻笑的样子，你真给你哥哥丢人！"

申芒种认为这句话伤害了他的自尊心，自己和申丙校有啥关系？

山神凹因为来了一位女老师，人们一下就提了心劲，尤其是申丙校，人也精神了，居然换上了中山装。

开学没有几天张老师就托付往山外的人把女儿送回了婆家，女儿走时哭得叫山神凹人心痛，有人说，就留下闺女吧。张老师还是把女儿送走了，说是婆婆捎信来要孙女回家住几天。

按照一星期的课程，张老师特意给申丙校安排了两节音乐课，都安排在下午。只要是音乐课张老师就领着他和学生们到对面的山头上学唱当下的流行歌。

每一次唱得最起劲的是张老师，羊肠小路铺展在眼前，无遮拦也仿佛无尽头，歌声千回百转，申丙校不时纠正她的音准，张老师唱到深情处顾不上学生了，学生们被放了羊，山上成了他们两个人的世界。

韩谷雨和他的羊群铺在山坡上，申寒露这些日子因为想不明白一些事就也在山神凹等时机出山，早晚跟着韩谷雨放羊。

傍晚的夕照下，像云朵卧在山坡上，羊听着学生们的乱喊声吃草，吃饱肚子的羊互相兴奋了顶角打架，学生们就喊"一二，加油！"

申寒露听得喊"一二，加油"觉得很有些意味，嘴里咀嚼着一根草，满嘴绿沫子闪着白牙笑。

秋天，日头短，来不及学成啥歌就落山了，张老师唱得不尽兴，学生们玩得也不尽兴。其他村庄的学生要回家，张老师不得不宣布下山。

下山的路一拐接着一拐，申丙校伸手拉着张老师的手，张老师一边意犹未尽唱着，一边虚弱地东倒西歪，又不时对下山路充满表情上的抱怨。

申芒种觉得哥哥兴奋得有些过头了，不时借着羊肠小路的艰难拉张老师的手，有几次拉着的手不想丢，两人的眼睛还对视一下。

突然一阵子蟋蟀声，只见申丙校支棱着耳朵听了一下，他弹簧般跳到前方弯腰捡起什么，抡圆了臂膀"嗖"地一甩手，一条青蛇在空中划了一个黑弧飞到了远处。

张老师吓得脸儿煞白站着不动，哼唱也被吓唬断了。

张老师眼巴巴看着前方不动，心里慌着迈不开步。谁知申丙校二话没说上前一蹲一弓腰把张老师背在了脊背上，然后叫申芒种招呼学生跟在自己的身后往山下走。

这些动作让山上放羊人韩谷雨和申寒露看见了，他们觉得申丙校的爱情要来了。

这个动作本身就惹下了闲话，更有意思的事情还在后头呢。

秋天很快就过去了，山风涌动，树叶乱飞，天说冷就冷了。学校生了火炉，木格子窗户上，桑皮纸被吹得"呜呜"响。张老师坐在教学课桌前拿着红笔判作业。

青砖火炉缭绕着淡淡的暖气，半明半暗的光线下，张老师兀自轻轻摇晃着自己的身子。一会儿手伸到火炉上正反两面烤一下，氤氲的热气温暖着她时，她似乎是想起了什么，笑了一下，想一会儿，然后低下头判作业，张老师的背柔和地弯着，脑后的头发寂寞地垂着。

这时候学校的门轻轻被推开了，进来的是申丙校，他手里拿着一个包裹。张老师站起来，申丙校不说话把包裹打开，搪瓷茶缸里装着什么，打开盖子，一股肉香四下窜开，是山鸡肉。山鸡是用网子网下的，猎枪早就被公家收走了。

两个人好像早有默契似的，张老师兴奋地站起来拿筷子，申丙校从口袋里拿出一小壶酒，学生的作业收起来搁置在一边，两个人开始坐下一边端酒杯抿一口，一边小声唱着什么，指关节还敲着课桌。

这一幕被申芒种看见了，他贴在张老师卧室的窗玻璃前，正好有个斜角可看见教室里的两个人。教室里的两个人却看不到有人偷窥。

申芒种自从被张老师点名批评后，就开始琢磨张老师的日常生活，一举一动，每一次琢磨都莫名其妙地高兴，就按捺不住要走到学校门前最隐蔽的地方偷看。

他是第一次看见申丙校进了教室还拿着酒。

接下来发生的事情是那么平常，那么迅速，以至于申芒种事后什么也不敢去想，而每一次想太阳穴处的血管都会剧烈地跳动。

天黑下来的时候张老师站起来拉灯，却发现停电了，她从什么地方摸出一支蜡烛点亮，然后插在一个空着的酒瓶口子上。灰暗的烛光下，张老师的脸显得天真无邪，更加娇弱，两腮发红，不停咬着嘴唇。突然地张老师抓住了申丙校的手，把脸埋到他的胸脯上，久久不动。

申丙校半张着那张枣肠嘴，轻声唤着张老师的名字。

这个舒适的教室里有某种既让人高兴又让人不安的东西。

申芒种听到有板凳响了一下，有书本掉在地上的声音，那些声音都让申芒种感觉到不安，他的脸颊开始发烧，他不明白为什么发烧，斜睨着屋子里发愣，顾不得向周围左顾右盼，他一下觉得他的脸皮被什么人剥下来了，疼痛，滚烫。

申丙校突然抱起张老师，抱进里屋，居然连窗户上偷窥的人脸都没有看见。

张老师半裸着身子坐在床上，申丙校跪在地上，一口一口吸吮她的乳房，张老师精巧的鼻子翻着鼻孔朝上仰着，申丙校变换了一个动作，吸吮一下乳房又吸吮一下她的嘴唇。

申丙校还有一些更下流的动作，这些动作农村人不用，都是申丙校跟韩瑞风学来的，现在全用在了张老师身上。两个人突然着了魔似的互相把对方的衣裳扒光，赤精着的身体发出白瓷缸一样的光。

外屋的蜡烛突然熄灭了，木头床吱吱呀呀的声音传出来。

一切都是黑。

申芒种紧挨着窗户上冰凉的窗台石，他很是惶惑，觉得屋子里两个人纠缠在一起的身体是如此耀眼而生动，但是，黑把他与周围的世界隔开了，他再都想不出什么了。

屋子里的声音让他很不舒服，他讨厌申丙校，甚至也讨厌张老师。

突然地听到他妈妈呼唤他的喊声：

"芒种，你野哪里了？快回家来挡鸡窝！"

申芒种不想挡鸡窝，也不想应声。

"芒种哎，狼吃了你了吗？"

申芒种被什么鼓舞了，大声答应：

"报告老师，我要回家挡鸡窝了！"

屋子里的两个人一动不动了。

张老师的鼻尖上生出了一片细密的小汗珠，头皮一紧，好像那汗珠妨碍了她什么，她皱了一下眉头，推了一下申丙校说：

"外头站着狼呢，你快走。"

申丙校推门走出教室，人在黑暗中环视，他知道申芒种也在什么地方站着环视。

就这样对峙着，申丙校想：申芒种这个小畜生，一辈子别想让我教他学艺！就叫他活成傻子算了。

张老师站在窗户下望着屋外黑实了的寂静，难以抑制自己的情感，她开始流泪了。她做下的事情是不道德的，可她身体里揣着一只兔子，她需要抚慰，虽然她不喜欢申丙校，可相对条件下申丙校是她最好的选择，因为申丙校会拉二胡。

喜欢一个人，就这么简单也就这么矛盾。

命运安排她来到山神凹并遇到了申丙校，一场奇怪而又矛盾的邂逅，是什么让她心动呢？她借着酒劲回忆，一定是二胡的弦乐声感染了她。

此时，她仿佛又听见了二胡的弦乐声，果然是，是申丙校在黑夜的屋子里拉。是要告诉她，他回到了自己的窑洞里。

有时寂寞会让人的心灵承受折磨，她哭了，深夜怎么会这么黑呢？嘈杂的树叶、杂草，不知名的鸟飞过，风起了，不停地旋转，旋转着写满了她过往的日子。

张老师是师范毕业生，当年毕业分配本来想留到县城，因为父母亲身体不好又要照顾弟弟妹妹，只好回到了乡下。女人在乡下找婆家和城里找婆家是两种待遇，对权力的欲望自古就是一个人幸福的判断标准，她由父母做主嫁给当地支书家儿子，对丈夫既没有爱也没有恨，算是平常夫妻。丈夫花心外面也有相好，这让张老师心里恨过，很多时候把女儿送回家就是为了看住丈夫，让他有羞耻心。

此时，她反倒没了羞耻心，清旷夜色，随夜色消退的弦乐声，起起伏伏，如同神秘的诱惑让她无法防备自己的内心，那弦乐是潜伏在她身体里的一种渴望，无以名之，但始终鲜活。

二胡的弦乐再一次盈满了她的耳鼓，她往火里添了煤，蓝色的火苗舔着黑色的夜，她看着火苗轻声地唱，惶惑有彩蝶翩飞，满山遍野的花，轻盈纤巧，她很投入地唱，唱着唱着就睡着了。

第二天一早，上早自习的山神凹学生们发现教室门没开，以为不上自习了，学生们不敢走就在学校院子里等。等日头老高了，上地回来吃早饭的人觉得不对劲就趴在窗户上看，看见张老师光着身子不动。吆喝胆子大的敲门，撬门，进去一看张老师一副桃花容颜睡梦中走了。

山神凹女人们给张老师穿好衣服，男人们蒙了花毯子用门板从学校抬出了张老师，都知道张老师昨夜中了煤烟，死了。

事情发生得蹊跷，申芒种站在人群中想着昨夜的事情，有一种惨烈的痛，秤砣一样搁在他心里。

人群里有人说：张老师光着身子，真是应了一句老话，生不带来，死不带走啊。

申芒种知道张老师的衣服是申丙校扯下的，他就为了趴在张老师身体上满足他自己的流氓行为。对了，一定是申丙校害死了张老师。

申芒种挤出看热闹的人群，他寻找着申丙校。一个熟悉的影子蹲在路边上一棵桃树下哭泣，他，申丙校大把抹着自己脸上的泪甩在地上。

申芒种停下了脚步，有些惶悚不安。

申丙校站起来想一把抓住申芒种，申芒种躲了一下，感觉申丙校也在找他。

仇恨一来就没法控制了，申丙校到底抓住了申芒种，宽大而充满烟草味道的手掌举起时却照着他自己的脸打了上去。

申芒种被弄得目瞪口呆，流着泪看着申丙校一下一下打自己的脸，脸被甩得和枣肠似的紫红。

申芒种内心的疼一下爆发了，他大叫了一声狠狠地劈头盖脸打申丙校，打得手痛了仍然觉得不够解恨，脱下鞋打，打够了趁机挣脱申丙校的手跑了。

申芒种跑往后沟藏马尾巴的羊窑，站在黑暗的窑掌深处，似乎此时只有黑暗可以掩饰他内心的疼痛。脚下的羊粪蛋发出刺鼻难闻的味道，他看到门口的亮挤进来，某种东西让他发抖，又使他的脸开始炽热，他小声叫着张老师。

他蹲下开始哭，觉得自己特别委屈，他的破坏欲来自于无端的羞怯，他恨申丙校，也恨他自己。

张老师的丈夫从山外赶过来，看看教室里外，发现有鸡骨头，还有酒，知道是有人和她喝酒了。问山神凹人昨夜谁和她喝酒了。

申丙校勇敢地站出来说："我和她喝酒了，但是她不是酒精中毒。"

张老师男人脱下上衣上前一下摞倒了申丙校，张老师男人的拳头重如鼓槌，一顿暴打，打得申丙校鼻青脸肿。申丙校不还手，似乎是抱着必死的信念叫人打。申双虎拄着棍走近张老师男人身后照着他的后脑勺举棍一下就敲了下去，张老师男人直起身看，发现是几个老头站在他身边，每个人头顶都耷拉着毛，老皮疙瘩的脸上，眼睛燃着火焰，有点像刀锋从晴空劈下来。

张老师男人吓得起身站在了一边。申丙校站起来冲着自己的爸爸说："我该死。"

这时候乡教委的人从对面山坡上骑着摩托车下来，还跟着乡派出所的人。

申双虎拄着棍敲着地说："没用的东西，终于生出事来了！"

一干人调查了学生和村上的人，知道张老师是中煤烟死了，至于昨夜喝酒的事没有再往下引申，人已走了，现场也被破坏了，最后结果算是给了张老师一个因公死亡交代。

小队让申丙校赶着马车拉着张老师和她的丈夫往山外走，又怕路上发生啥事情喊了申寒露作陪。

一路上走得闷，风吹着马脖子上的鬃毛，淡栗色的鬃毛一耷一耷的，申丙校不由得想起了秋天拉张老师进山。又想起那天夜里的热情，做梦一样，什么都没有了。

但此刻的头脑却很清醒，他突然怀疑马尾巴是申芒种剪掉了，他的家族中这个弟弟是有来头的，所有的事情发生时，他都在，却又似乎都是为了二胡的弦乐声。

申丙校茫然地看着捂得很严实的车上人，阴阳相隔，他的胸前还残留着她的体温，可眼前的这个人已经不能叫人了。

如果能够为她吹打一场八音会就好了，也好最后送她一场热闹。

是啊，八音会，就是这个死去的人跟他说：一定要让你学下的手艺走个正途。

申丙校取过背上准备好的二胡，用绳子套在脖子上，申寒露牵着马，张老师男人坐在车帮上。申丙校开始拉《二泉映月》。

绝望的弦乐满山铺开，走过一村又一村，分散在村外的人和牲畜，因为收秋，脚步匆匆朝四面八方走去，有停下脚步来回头看的人，当知道拉的是一个死人时，有人就一定要马车停下来，他们要音乐冲淡走过村庄的鬼气。

申丙校扯着二胡的弓，头仰了老高，这样才能宽慰自己。

凄凉的弦乐高出云端，风声卷着灌入人们的耳鼓，看的人居然流下了眼泪。

他是一个活着的人，没有人知道他拉着的二胡弦乐是给死人听的，那个不能坐起来或站起来的人，他在她身体上是下过死力气的啊！

张老师的汉子不知，一路上走过村庄都要点燃一挂响鞭，死者不回，路过已经成为鬼魂。从此，在地下挖开的墓穴里，只有她一个人了。

来年的清明，坟头上会长出青草，只是张老师已经望不见星空了。

三十六

山神凹的学校因为死过人，外村的孩子不来上学了，山神凹有亲戚在山外的就说合着把孩子送到了山外的村庄去读书。

山神凹的学校又挪到了小队放杂货的窑洞里，空了的学校没有人进去，生产队把没用的东西都放进去，学校做了仓库。凡是下地走过的人都要看一眼学校，毕竟死过人，还是赤身裸体的死亡。

夜黑的时候大人小孩没人敢去，就连路过也都紧张得三步并两步快速走开。

申芒种不读书了，申芒种妈樊迪也认为，申家坟脑上没有长那根秀才草，读书读到后来也改变不了种地的命运，不如让申芒种学一门手艺。

学啥手艺呢？应该去山外跟人学木匠。

申芒种想学二胡，申双鱼认为二胡性格里有一些暗疾，只适合于山野，独处，很不适合人群中的喧哗。学会了拉二胡，人就凄凉了，不光是曲子拉得凄凉，人的命也凄凉，瞅瞅申丙校，心强命不强，人生下场不好，下种下得早没有见最后有收成。学木匠好，人间生老病死，一路走来都离不开木工活计。

申芒种不想学木匠，哪怕学吹唢呐也行，只要和音乐沾边。

人间凡事天性里大都喜欢热闹，吹吹打打，过年过节，跑旱船，耍高跷，锣鼓家伙中唢呐仰脖子一吹，那是天崩地裂。

申双鱼不容许申芒种所学和音乐沾边，音乐不是啥好东西还祸乱人的性子。张老师就是被申丙校的二胡祸乱走了。

学手艺一定要和日子连在一起，比如木匠、石匠、泥瓦匠，说什么都不能绕开过日子那份热闹，穿衣吃饭手艺应该走的是家常路。

申芒种就是不想学木匠，就是想拉二胡。

他想张老师，张老师喜欢听二胡，山神凹走了多少人，没有一个人叫他怀念，他就是怀念张老师。

对抗的时间中，人就闲在家里。

申丙校闲暇找申寒露说李夏花上次回山里他们说下的事情。那时节爸爸申双虎要他出山去找擀毡人时，他在山神凹的岭头上碰见了李夏花回队打证明，相跟着走了一段路，知道李夏花在剧团，当时就和她讲想贱买剧团退下来的戏袍。李夏花也答应了他回剧团落实此事，并且用一个入城人的眼光告诉他，剧团下乡演出，常常能撞见娶亲送丧葬事，吹打乐器助兴，以后说不好八音会要流行起来。

两个人便决定往城里去，当然最迫切的人肯定是申寒露。

走在高楼林立的城市，看见满大街夹着皮包疾走的人，城里人行走的姿势完全像好斗的鸡。城市是把人从战场上收拢回来的驿站，士兵们不上战场了，居住在城市里，为了生存，他们每一种表情都要揣度管理者每一丝神色变化，因此看上去他们个个儿心事重重，那些脸好像套了一张皮似的看人很陌生，并且少了热情。

他们俩找到剧团后，看门人说演员都下乡了。问他们找谁，他们说找李夏花。那看门人从他们俩的气质上发现是两个完全的乡下人，先是问了是不是定台口，听说是想跟着剧团下乡走一阵子，看门人整个人都厌恶地叫起来，让他们快走开，赶乞丐似的。

申丙校觉得人一辈子就这样过下去那肯定不行，总得张扬一下自己的个性，不然看门房的和咱应该都算是一个嫡系部队，居然也敢这么小瞧咱。

申寒露已经张扬不起来了，都是为了爱情，越来越少了胆气。从前申丙校还笑话他，为了一个女人犯不着。现在他也是，甚至暗下决心，这一辈子不再为女人心动了。

返程的路上，坐班车坐到岭头上，两个人路过山神凹山神庙前，恰巧风起了。临风而立的那种感觉，一下来到了申丙校和申寒露周围，风推送着他们，不用主动抬脚，人就往前走了。万里行舟遇顺风，这不正是自己一直希望和期待着的感觉吗？

风推着他们朝着山神凹的方向走，两个人轻脚快步走，风并不是属于所有人的，它是属于山神凹人的。

他们看见了山神凹当街的老槐树，那百年之久的空空的树心，有几年都以为枯干已尽，却偏偏又都在每年的春天抽芽发绿，在风风雨雨中度着自己的年轮。那树心里坐着的石菩萨，年年享受着山神凹的人间烟火，走过的一代一代人亮着嗓子发泄着对日子的不满。在心事重重的人世间活着，石菩萨永远不说话，永远冷眼看着热闹，看着走的人走了，走的人再没有回来。

耐受河水哗啦啦流着，河水洗涤了黄昏，金色的晚照铺在河心，闪着金色光芒的河水刮走了山神凹多少少年男女？河水在黄昏里把所有往事搅起。有浓重的咳嗽声，那是赶着羊群下山的韩谷雨想提醒山神凹申秀芝他的存在。

两个人看见了炎帝庙，风铃声响起，风铃声如一盏灯挂在了黄昏的肩上，那些捅着秋天回窑的人们，他们忙碌得把笑声隐起来，他们匆忙的脚步走过，没有表情，没有语言，他们走在山神凹街道上是幸福的。

真快，又是秋天了。

秋天真是快。

他们都是不舍得下力气种田的人。

学了手艺，手艺废了人的初衷。

两个寡汉条子走在山神凹对面背阴坡上，有落叶从他们头顶袭过，向阳坡上的山神凹尽收眼底。抢秋的人捎着丰收在街道上穿梭，窑顶的院子里堆满了收回来的秋粮，四面环山的梯田里透射出一种生命蓬勃和迈向成熟的激情。山垴上的草旺得不可遏制，疯狂到一定时期就该衰败了，如同一个农民的一生，扎扎实实的一生改变不了自己的后代。如同龙生龙凤生凤，老鼠生子会打洞一样，天生的贱骨头，只要看见山神凹，头顶就增添了一种缥缈而清晰的云气，眼神穿透山山脉脉就能看见穿黑衣黑袄的山神凹人，拢着袖，日升日落下不慌不忙走在山神凹街道上，就会想到心酸而努力地活着有多么重要。

那时候，当一个人没有成长时，谁会珍惜那时候呢？

两个人不说话了。

风开始缓下来，日子过得如此快，既然承诺了学艺要用到正途上，就算日子极快，诚然，对一个人的纪念就一定要做一个优秀的人才对得起他的过早去世的青春。

他们俩走到老槐树前，申丙校很慎重地对菩萨做了承诺。

申寒露觉得申丙校是遇见爱情了，张老师一个去世了的人，申丙校都如此痴情，想想大千世界有多少男男女女，不是所有的男女都能够互相入眼。他自己也暗暗承诺，求菩萨保佑自己的爱情早日实现。心里对寻找李夏花的决心又落实了一锤。

申丙校初步想了一个计划，先是招呼几个山神凹人在炎帝庙舞台上练习说唱。山神凹几个能唱的人里，李晚堂是一个可以在任何虚幻的情节里沉醉的人，只要一上装，给她一个环境，她就能沉溺于一片奇妙的风景。

只见舞台上的她从遥远的地方款款走来，眼神被古老的风沐浴了，一派闺门旦做派使她游历于现实和传说的廊檐下。

可惜的是，李晚堂一张口就拐到了哭妇角色上去了。

初听时还觉得空中有音，接着就凄风如雨了。看见她把欢喜也唱得泪在她眼里打转，虽然找不到出口往外流，水袖飞舞、莲步轻移的时候更是该活泼呢，看见她是身形俱忘，唯有一脸凄迷的悲凉。

申丙校觉得李晚堂只能唱哭戏，只能给人出殡送葬。人的天性，要顺其自然。

舞台上试验的女声里就翠红唱得好，天生妖媚相，台步走得像模像样，踮着脚尖儿，在向上的欲望支撑下，打出的兰花指像一朵金针花，唱出来的曲牌虽然嗓子有点野，繁复的地方也能唱出丝线的盘绕来。

炎帝庙台子下山神凹老年男女拿着板凳儿坐着看年轻人热闹，大多数人还是黑衣黑裤，男人蓝帽子，女人围花头巾。狗也来了，猫也来了，鸡也来了。看着台子上的唱，老汉们眼睛里也开始起电，说一些好听的话，台子上的山神凹演员们脸上就腾起了桃花般的颜色，叉腰，并腿，立在舞台边上，让山神凹人检阅她们。

日头把黄黄的稠稠的阳光泼在炎帝庙的荒草地上，秋天的黄菊花占了四季的末尾，一尺多高埋了人们的脚，风不时摇动它们，它们也不甘寂寞地抚弄着人们的裤脚，老汉们随手拽下一枝插到旁边坐着的老伴儿头上，女人们捂着嘴笑弯了腰。

申丙校指挥着舞台左侧的乐队，说是乐队，就他一人拉二胡，其他都是拿着锣鼓钹镲的重家伙，都是小队从前的存货。台下的老汉们看着炎帝庙荒凉的样子，有人就喊了：

"丙校哎，赚下钱了可要好好修庙，指望小队修看来是没有戏啊，修了庙，山神凹人就旺了。"

得空儿申丙校就耍了一个花弦儿"赚了钱修大庙"。

台子下的人就稀稀落落地笑。

申双虎开口骂："日你娘，一辈子就会耍，看你能弄出啥气候，妻没妻，子没子。"

这时候，申芒种小跑步走进炎帝庙，他喊着说收购古董的来了，是小满带来的人。

山神凹人第一次听说"古董"，啥叫古董一时还没有明白。

既然是小满回来了，申秀芝也在，急忙要赶回家，舞台上练习的人就散了。

申寒露跟着申丙校学二胡，对古董没有啥兴趣，就留在舞台上跟着申丙校学习四六版式。

小满是坐着吉普车回山神凹的，走了快一年的小满人长得越发好看了，一身碎花连衣裙，高跟鞋，卷头发，走路提着裙子小心翼翼，很不熟悉山神凹道路的样子，抬头撩发瞬间里，眉眉眼眼白雪雪的，厚厚的小枣肠嘴很是性感，十分的引人注目。

吉普车停在耐受河对面山头上，山路陡峭，吉普车无法下山过耐受桥，下山路不好走，耐受桥也太窄了。小满一路很疲倦地走，一路骂，骂山神凹是一个鬼地方，不适合人居住。

跟着小满一起来的有两个男人，一个约莫四十岁，一个和小满年龄差不多，手里还举着小喇叭。

过了耐受桥，其中一个就举着小喇叭喊：

"山神凹的人放下手头活，竖起耳朵听听我说啥。谁家里有旧东西，拿出来看看。家里长期放那些旧东西，对家里人可不好啦，因为旧东西都沾染了死去人身体上的坏毛病，鸿运低的人家里有旧东西闹鬼，鸿运高的人家里虽然平安，但是，一辈子命运不顺畅。"

申芒种站在街道上大声说："哈呀，放屁崩出屎来了。"

喇叭里吆喝的话还是让山神凹人有些激动。

申双鱼想起了楼上有一节竹子，那是当年打土豪分田地时爷爷拿回家的，落在了他手里，也算是一个旧物件。扭头喊申芒种回楼上去找。

申芒种听说竹筒能卖钱拔腿就往藏着的羊窑里跑，不一会儿拿来给了申双鱼，申双鱼随手递给古玩贩子，要他看看值多俩钱。

古玩贩子从笔筒里拽出一揪马尾，问："这是啥东西？"

申双鱼拿过来看，看着是牲口尾巴上的毛，要扔。

哪知申白露就瞭见了，说：

"这明明白白就是马尾巴，当年生产队的马尾巴果然是你们家的人剪了，贼喊捉贼。那时还撅嘴发狠誓说，谁剪了马尾巴谁断子绝孙。可都是一个祖宗唯，咋忍心叫你们的大哥牵马出山配

284

种，马尾巴能做啥？不就是能做弓毛，这邪乎事情也只有想拉二胡的人干得出来。"

申白露算是报了夺走小队会计之仇，就想看下一步怎么发展。

申芒种觉得自己是真糊涂了，怎么就忘记掏出团在竹筒里的马尾巴了呢？这事情除了和当初一样装不知，什么话都不能言语。

申双鱼真是愤怒了，他让人去喊申丙校。

张老师走后，申丙校就像丢了魂似的，整个人不讲究吃穿，虽然在筹备成立八音会，但是完全就活在一种糊涂状态中。

从炎帝庙走来的申丙校，胸口上挂着二胡，一边拉一边骚扰跑着的鸡一下，掉转身子又骚扰跑着的狗一下，惹得山神凹人和收购古董的人大笑，觉得申丙校真是一个人才。

申寒露也吊着胯骨头从炎帝庙走过来，虽然不是一个祖宗，但是远古时祖宗的明显标志都遗传到了后代身上，两张肉嘴嘟嘟着都能挂一个油瓶子。

申双鱼见走过来的申丙校，气不打一处来，多远就艰难地伸出手臂举着马尾巴问：

"认得不认得？"

申丙校斜睨着看了看，露出了笑。

他做二胡很想用马尾巴做弓，可是他买不起，用下的料都是尼龙丝。只他自己的二胡是马尾琴弓，还是当年从剧团拿回来的。

"小叔呀，哪来的马尾巴，正好做二胡的弓毛。"

申双鱼瞪着眼吼："弓毛个球。你欠下债了。我看你拿啥东西赔，你日子过得刷锅水一样，你赔啥？你剪了马尾巴，你还藏到我家楼上，要是早些年，你犯罪我还得跟着你犯包庇罪知道不知道？你把脸丢大了知道不知道？"

古玩贩子急忙说："不丢人，你们说你这破竹筒多俩钱卖吧？"

申双鱼咬着后牙根叫嚣着："换一匹马！"

古玩贩子说："按你说，你这破竹筒能值一匹马的价？你们不要吵了，指不定也许真值一匹马。"

小满听见外面吵吵，从家里出来看，坡上坡下之隔，穿着高跟鞋，走路一摇一晃下来，看见是自己家小叔和大哥申丙校，还有二叔和小叔家的芒种弟弟。

她指着古玩贩子说：

"这都是我们家的人，他们要啥你们给啥。"

半上午，正是清闲的时光，年长的，蹲地晒暖阳的人，听说值一匹马，立马起身互相招呼着走了过来。

这时节，女人喂猪打狗，屋里屋外，手脚不闲的，手里拿着生活舍不得放也急急走了过来。天气干爽得很，下地的汉子们多远看见凹里聚了人，也都扛着农具从四面八方奔回了村庄。

三五成群的鸡被飞跑过来的孩子们扰乱了秩序，咯咯咯咯叫着，架起翅膀却舍不得跑出人群。

女人们笑着，汉子们咧着嘴，老人们背着手，所有人脸上充满了惊奇。孩子们被大人制止得大气不出，盯着古玩贩子，说："快听快听，拿不准是欺哄山神凹人呢。"

古玩贩子看了一眼小满说：

"马有老马，也有马驹，更有壮年马，就像你们山神凹人一样，老中少三代，要说值一匹马的钱，那也要看是一匹什么样的马，马驹？老马？青壮马？看在你们申家人小满的面子上，这匹马的价钱我出了。"

小满看着小叔，又看了一眼年长的古玩贩子，那人挠了一下头又点了一下头，似乎是一个暗号对接。

古玩贩子说："我是亏大了，这个小满，太看中自己人了。罢了，你们赶紧商量出一个价钱来。"

看见他们仍然在吵架，他假装和小满说："小满，他们一定是说到你们家过去的伤心处了。这样吧，山神凹的老少爷们，你们谁家还有旧东西，都拿出来，说不定也有值一匹马的价儿呢。"

山神凹的人们你望我一下，我望你一下，还想等着事情有进展呢。结果心思都往自己家祖上留下了什么东西上去想了。

申双鱼急着说："你先说这东西是个啥？"

申芒种插话说："就是做二胡的琴筒呗。"

申丙校搭话："屁，人小鬼大！"

古玩贩子觉得山神凹有高人在，又是小满家的家事，不敢乱打牙口，纠正说：

"这东西呀，是一个读书人用的花器。现在的读书人谁还用这东西，倒是可以做放筷子的筷笼子。"

然后自己下意识地笑了起来。

申双鱼长吁了一口气，觉得小满起了很大作用，就说："嗯，我瞅见上面还有人物花草。这么小一个东西换一匹马？哈呀，你敢给一匹马我就敢卖你。"

古玩贩子说："我给你一匹小马驹的钱，不为了赚钱多少，图的就是山神凹人认得我是小满的朋友。其实你这个东西哪能值这么多钱哟，给你这么多的钱，是因为你做了我接下来要在耐受河上下大量收购古董的药引子。"

小满慢悠悠地说："成年马的钱，小马驹咋算账？这可是我小叔家哎。"

古玩贩子很张扬地一挥手："小满的话就是祖宗的话。"

古玩贩子来山神凹收购旧货这件事情，仿佛让长期生活在灰暗隧道里的山神凹人遭遇了炫目光芒的照射。山神凹每家每户的生活都被摊晒在公众的目光下。

一开始一些人家还有些不适，经不住古玩贩子的嘴忽悠。

有人取来了家里攒下的旧东西，有人要古董贩子回家看。一天时间里，山神凹就不太平了。

儿子要卖老子不让，两口子干仗的中间段，儿子拆卸了窑门头上的木雕刻花。

一凹人居住的老窑，几百来年的光景，只一天时间，就把石雕和木雕，门楼和照壁等装饰性的东西都拆卸光了。

看上去柔弱的小满，领着人做了一件很不柔弱的事情。

知道小满跟着宋栓好在城里饭店工作，怎么做起这档生意来了？

有人就问申白露，可听你们家小暑说了啥？

申白露说："小满早就不在饭店干了，嫌弃饭店受罪，现在干啥不知道。你看这回来的架势，把山神凹搅得鸡犬不宁。"

小满这次回来，山神凹人觉得她看上去虽然很像一块美玉，但是却闪着迷离的寒光。

她和山神凹人不多说话，一副高出山神凹人的样子，见谁都是浅浅的一笑，却笑得人无言以对。她的身后似乎铺着绫罗绸缎，她只是绫罗绸缎前缓缓移动的一片云朵。

拆光了重家伙还要送到山头上，山头上不光有吉普车还有一辆工具车，又没有卖下几个钱，还要费力气送到山顶上，可山神凹人也说不清楚，人人的脑子突然就进了水了，迷迷糊糊跟着人家指点，人人都想一天时间里卖了自己的家藏。

送往山上的人返下来时，看着山神凹的样子，突然觉得山神凹一下子就空了，怎么突然地就开始跑风走气了呢？

山神凹无宁日反映到申丙校脑海里时，他第一时间跑到老槐树下看那尊石头菩萨，结果没有了。

一定是小满一伙人顺走了。小满是他的妹妹，他说不出口。

申丙校呆傻了似的，这一门申氏家族他是长兄，他活成这个样子，怎么去说服弟弟妹妹？申芒种从他身边走过，看见申芒种就想起来申芒种打他。活该，于情于理都该打。他招手叫申芒种过来。

申芒种假装没有看见，或者说看见了怕他说马尾巴的事，不想理他，晃荡着两条长腿走了。

哦，能化解矛盾的时间段就这么错过了。

申寒露看见申丙校像是霜打了似的坐在老槐树前。

申寒露说："你都平反了咋还如此不高兴？"

申丙校说："天下的家事，最终反目的都是自己人。"

申寒露想了想这句话，觉得也对，想想山神凹的两支申姓这么多年来互相对抗，中间并没有外姓族人参与，人辅人高，人说人低，人与人之间交往一直惶惶不安，计较人的短处，都想争得一个不失体面的自己，可从来都没有想过得理饶人。

申寒露把手里的二胡放到老槐树根下，弯腰的瞬间，他也突然发现了石菩萨不见了。

事情发生的当下，等于是山神凹一个最好的朋友不见了。一个陪伴了山神凹人多年的朋友，它不仅窥视着山神凹人的心灵秘密，也分担着山神凹人的各种不幸。老槐树上的乌鸦突然嘎嘎嘎叫了几声，沿着鸟儿鸣叫的声音，申丙校扯开二胡的弦拉了一段《江河水》，凄凉的弦乐，申丙校冷冷望着远处，那目光中有反省有无奈，也有不容反抗的决绝。

一个老太太走过来，她的猪下了猪娃，母猪老得没奶水，小猪拱着母猪肚子要吃奶，母猪嫌疼咬着小猪娃不让近前。她来求菩萨让猪喂养猪娃奶水，申丙校怕她看见菩萨不见了，挡着老太太说他去看看是怎么回事。

走近猪圈，申丙校跳上猪圈墙坐在人家猪圈上拉二胡。

真是无处话凄凉。申丙校脸上挂着浓重的阴云，悲凄绝望的弓扯出去收回来。突然地，母猪受了什么感染似的号叫着忍着疼让猪娃吃奶。

申寒露看着这一幕眼泪哗哗往下掉，彻底明白了张老师为什么喜欢申丙校。

三十七

秋老虎热过了，对山神凹的懒汉和闲人来说，正是找借口什么事也不用做可歇息几天的日子。

申寒露把自己放在凉席上，自清晨躺到晚夕，院边上一棵老榆树，有三五只蝉趴在上面，泼妇似的鸣叫，他陷入了巨大的空洞中，无能为力，把所有从前的事电影一样过了一遍，觉得自己是个失败者，一时绝望得很，竟然忧伤得流下了泪。

黄昏时分，他拿着二胡往山神凹对面山头上找韩谷雨，自山腰往凹里看，田埂上的谷子杀倒了，等待切谷穗。风在树尖上掠过，一切不再宁静，也无法宁静，带着秋燥的气温笼罩了视野的山神凹，一份劳作的欣慰弥漫在所有人脸上。那棵老槐树，那座炎帝庙，黄昏里更见苍凉。

一群羊在山腰上，疏疏落了半坡。羊为黄昏的到来而叫，韩谷雨浓重的咳嗽声传来，咳嗽也是语言的传递，是告诉申寒露，他在此处。攀爬中间脚不小心碰了一块石头滚落下山崖，滑过草皮时惊吓了一只兔子，兔子没入了灌木中。

申寒露觉得这一幕怎么和自己的人生一样呢？他走近韩谷雨，很默契地坐在石头上拉曲子，不知为什么一抬手想拉的就是李晚堂唱的哭腔，恼扰人心，真是不能动二胡了，一拿起二胡，那些曾经的岁月便咕咕冒出来，让他胀满一腔的不快乐，索性不拉了，就让它空留惆怅。

羊在山坡上香甜地吃草，两个人有一搭没一搭地拉话。

没办法，带着一双脚来到世上，人不走脚要走，脚和心连在一起，不能一辈子在山神凹等着老死。

不老死咋，还想换一种方式活人？

申寒露说："谷雨，你卖了羊咱往城里去吧，活在山神凹真是叫人不痛快。"

韩谷雨说："我不想离开羊。"

申寒露说："我又要离开山神凹了，我不离开没有办法活。"

韩谷雨说："你要去找李夏花，对吧？"

申寒露说："对。"

韩谷雨说："找爱情去？"

申寒露说："对。"

韩谷雨说："爱情是什么东西，我心里老是别扭着想这东西，比如我和申秀芝，我们不是爱情。"

申寒露说："想一个人死都愿意为他，那就叫爱情。"

韩谷雨说："过的是叫花子日子，耍的是管家牌子，恐怕爱情也不是说想找得见就能找得见的东西。"

申寒露觉得韩谷雨是乌鸦嘴。

耐受河的水流着，人常说独柴难着，独人难活，要想找回李夏花就得把脸皮舍出去。这世上谋事就像是拾粪，弯得远总能拾一泡。

又坐了会儿，看着日头要落山了，两个人赶着羊往山下走，只抬了一下头就发现山神凹很有意思，原先窑门头上的雕花和窗台下的压窗石被卸走后，豁豁溜溜的看上去说不出有多丑陋。

韩谷雨期待的那种热闹没有出现，听见樊迪在喊申芒种，樊迪的身影虽苍老，但执着，她冲着一个方向喊，那声音绕道而过，看见申芒种在耐受河岸上坐着，站起来答应：就回。

衰老就像蛇一样不能避开，樊迪的声音没有了从前的脆生生，倒是申芒种的答应显出了粗重。申寒露突然觉得山神凹在下陷，山高出许多，他把感觉说给韩谷雨听。

韩谷雨说："三五年走一户，山神凹空了很多窑，还有，没有了学生的打闹和女人的骂架声音，所以就空了。我每天都想这个问题，在山头上看得清。我发现山神凹这几年没有出生过娃娃，相对的是只有老死的老人，你说土里假如不长草了，土地是不是就空了？"

山神凹的破缸烂锅到处丢弃，从前还有人找他锔缸，现在没有人再稀罕一口破缸了。走出山神凹的人都轻浮得不见回来，走得那么随意，原来世界上到处漂泊着不想归家的人。

反倒是山坡上潜伏着洋溢的生机，栗色的山鸡扑啦啦飞起落下，发出一声尖叫，倏忽不见。肥壮的兔子呼扇着大耳朵，一纵身就跃入了草丛。大老雕在低空盘旋，它舒展双翅的姿态傲慢而凌厉。然而最拥挤的是灌木草丛，风走过，它们大笑，会不会有一天山神凹敞着的窑洞里只有它们的笑声才最响亮？

申丙校在老槐树下拉二胡，羊群穿过山神凹街道时盖过了二胡的声音，这时候，天就黑了。

山神凹的冬天来了。

过年时，小满接走了她父母，申小暑也接走了她的父母，他们都去城里过年，留下申寒露陪伴父母过年，多年来走出山神凹的梦似乎是实现了。申广建跪在祖宗的牌位前大声说了三声"好"。

申寒露扶他起来时，他指着小儿子说："你为什么走出去又

293

回来了？"

申寒露张开嘴空洞地笑，不知道爸爸的这一指为什么带了许多仇恨。

"因为爸爸和妈还在山神凹，总得有一个儿子陪伴在你们身边吧。"

申广建呸一声，说："我和你妈宁愿孤独死，只要你们都能走往城里，申家这一支算是给祖宗脸上长光了，可惜女人是人家家里的主妇。天啊，你为什么要留在山神凹，你难道还不如山神凹一个女人！"

祖宗的牌位上写着申秋宏和柴青娥，一个在南方，一个做了别人的新娘，死亡已经把祖宗支离破碎了，祖宗在哪里啊？年富力强的爸爸已经步入暮年，妈妈的耳朵已经背得什么都听不见了，对祖宗敬重只剩下了一口争来的气。

申寒露说："爸爸，过罢年我也走。"

申广建重重跺了一下脚地喊了一声："走，就算在城里活得不像样子，山神凹人也会高看你，祖宗也会高看你。"

申寒露吓了一跳，扶爸爸坐在炕沿上，他也坐下，像很久以前一样。原来扎扎实实在山里过一辈子的人是要叫人笑话啊。

漆黑的门"吱扭"响了一下，他的妈妈抱着柴火"咳咳咳"呼着粗重的气进来，申寒露接过柴火放到灶火前，点燃柴火前他抬头看了一眼窑洞，什么时间里窑洞的神采就叫日子抽走了？灶膛里的火苗蹿出来，他往后挪了一下板凳，妈妈要蒸馍馍了，过年了，年还是年，但已经不是从前的日子了。

从前的冬季孩子们是最快活的，人人手里都拿着弹弓，他们瞄准那窑檐下的冰凌凌打过去，落地那声脆响惹得窑里的人撩开帘子出来骂。歌谣一样的骂声流水一样长，现在那些窑檐下的冰凌凌被日头暖得滴滴答答，少了的那份乱，让山神凹人想到了走下去的日子是否真是要慌乱了。

走出窑，漫山遍野铺着干烈的阳光，寂静的山，寂静的窑，有阳光的地方坐着山神凹的老人，他们静静坐着，脚跟前放着收音机，收音机里永远播放着的是评书和国家新闻。

云彩挡住了日头，风起了，他们想所能想到的从前，人的回忆被引发被禁锢，想象所能想到的，不动不移，总是那些不厌其烦的几件事儿，说够了便不说了。

分手前他们各自往自己的家走，一路上说评书里的历史，历史有声有色从人嘴里讲出来，那各色英雄的性格，让人听得耳目清朗。

有老人说到了"武松杀嫂"一段，说评书把人的日子拉得很长，仅"挑帘裁衣"能说好几天，看那王婆为西门庆设计勾引潘金莲的所谓"十分光"就能说两天。杀嫂时，武松邀请四邻，他说四邻是酒、色、财、气四家，各有所好。

有人就从开酒铺的第一家说酒。山神凹人知道了清末崇文门外的十八家酒店，还有那街上的大酒缸、黄酒馆子，胡同里的小酒铺，以及贩卖私酒的如何半夜过城，兑水掺假，喝醉了的酒客怎样撒酒疯。由此引出了炕墙画上的《贵妃醉酒》《醉打山门》等戏剧。

第二家色，是妓院，由此说起从前的妓院，历史上的义妓"柳如是""董小宛""李香君""杜十娘"。说到翠红窑里光体女人挂历，有人说没有进窑看过，毕竟没有找下借口，仅仅是为了看墙上的挂历，这年龄也还是说不出口。

第三家财，是赌局，由此说起押宝、摇摊、推牌九、斗纸牌、打麻将、掷骰子和赌博骗局。有人说城里的小满打麻将，输赢都是大把掏钱，钱来得容易的怕都不是正路，就提说起山神凹的石菩萨不见了，请走的人肯定是小满，小满这娃叫钱毁了。

第四家气，是一位挂着"善观气色"招牌的相面先生，说到算卦、批八字、灯下术、揣骨等命相之术。停下走路的人回头问申秀芝算是气了？她算个屁。哈，屁是一股气。

老人们张着豁牙漏风的嘴集体笑。

开春后，申寒露和申丙校一起相约出山，他们出山找的人是同一个人——李夏花。

剧团又在乡下演出。他们不能再等了，坐班车坐到乡下指定的村子，远远地就飘来一阵吹打声，唢呐的音色高高地挑着，弯弯曲曲挂在树梢。

申寒露的心咚咚咚跳着，一路上见面想好的话全都忘了。

李夏花在舞台后场接待了他们，她在舞台上打杂事，见着山神凹人有说不出的高兴。

后台上有演员在化装，不时过来和他们打招呼，一些演员上着粉底，涂抹着凡士林，贴着面红，擦着胭脂，戴着齐眉穗，盖着水纱，别着假发，插着鬓泡儿，你走过来我拽你一下，他走过去你拍他一下，那份热闹让申丙校久违了。

李夏花领着他们见了剧团团长谈妥了旧戏服的事，基本上没有出什么钱，等于白捡了。两个人抱好戏服，申丙校说想看会儿戏，等于是给申寒露一个解决爱情的机会。

申寒露约了李夏花到没人的舞台背后说话，两个人都不开口，是不知道该说啥好。

戏台上咿咿呀呀，抑扬顿挫的道白，遥远的故事，人们依据一些蛛丝马迹合理想象出来，山环水绕，充满了离奇，舞台上唱的是《玉堂春》。听得台子上的人念道白：

潘必正　　我来问你：玉堂春三字是何人与你起名？

苏　三　　玉堂春本是公子他起名。

刘秉义　　我来问你：鸨儿买你多大年纪？

苏　三　　鸨儿买我七岁整。

潘必正　　在院中住了几载？

苏　三　　在院中住了整九春。

刘秉义　　我来问你：这初次开怀的是哪一个？

苏　三　　十六岁开怀是那王……

潘必正　　王什么？

苏　三　　啊啊啊……

刘秉义　　王什么啊？

苏　三　　王公子啊！

刘秉义　　那王公子他是甚等样人？讲！

苏　三　　他本是礼部堂上的三舍人。

王金龙　　住了！本院问你谋死亲夫一案，哪个问你在院中苟且之事？

潘必正　啊大人，谋死亲夫一案也要审。

刘秉义　院中苟且之事也要问。

潘必正　有道是树从根脚起。

刘秉义　水从源处流。

　　舞台上的剧情起了作用，申寒露脸颊上挂着的泪开始往下掉，这玉堂春似乎就是为他们幽怨、凄凉的伤痛而演的。

　　李夏花也开始哭，哭命。

　　申寒露说："我就是苏三，你把我从一个童子变成了男人，你就不要我了。"

　　李夏花哭笑不得。

　　申寒露说："我要跟你领结婚证。"

　　李夏花说："不能。我们走开十多年了，走开就走开了，我不想从前，我活该是来还债的。"

　　申寒露急了说："我的种猪来财死了。"

　　李夏花说："为啥死了？"

　　申寒露说："我敲死了它，你走的那天早上，我害怕我失去你。"

　　李夏花不说话了，两人一前一后往舞台上走，舞台半中间休息，她要看演员需要什么，不敢耽误了他们的需要。

　　台下的人群叽叽喳喳，走到舞台上时，申寒露自己也没有防备自己，他勇敢地拉开了幕布，"扑通"一声单腿跪在了舞台中间，用手弹拨了一下话筒，发现有音儿，他横着话筒说：

　　"观众同志们，麻烦你们，请你们停下你们的话，我要宣布一个重要声明，青州人民剧团的李夏花是我一生追求并恋爱的女人，她就是我的农田，我种我收，从今天起，你们都可要给我做主，你们就是我的婚姻见证人，我要娶她！"

舞台下的小年轻人哪里见过这种阵势，架秧起哄喊："这是演戏呀还是真求婚？"

申寒露清清嗓子说："我是山神凹人申寒露，我妈寒露生我。寒露的意思是气温比白露时更低，地面的露水更冷，快要凝结成霜了。有算卦人说我是节气里生人，按照节气我的命孤苦无依，我不信命，可是命不离不弃我。李夏花一个苦女人，我就是爱恋她身上的苦命，我们门当户对苦，人常说苦味补心，好啊，我见着她了，我就想有个苦尽甘来。"

台下的掌声呱呱呱响起来，就像是一出戏的高潮，这是谁都没有想到的事。

李夏花急急和台上的演员说快把他弄下来。

申丙校说："勇气可嘉，这个媒人我来当。"

演员们不上台拉申寒露，李夏花急了，又不好意思抛头露面，团长走上台拍着申寒露的肩膀说：

"古代将寒露分为三候：一候鸿雁来宾；二候雀入大水为蛤；三候菊有黄华。春为秋用，百花如同黄花遍地，我来给你做这个媒人，李夏花是你的田，你种你收成，好不好？"

申寒露反倒扭捏了，拱着拳说："对不起，对不起，对不起。"

为了怕再生出啥事端，申寒露求团长留下他打临工。团长笑着答应了。

申丙校扛着戏服离开剧团时李夏花和申寒露脸上都挂出了杏花红，送到村口上等班车的时间里，申丙校说："难得苦人知苦事，不等了，成事吧。"

申寒露看了一眼李夏花，李夏花鼻腔里哼了一声，有几分情意呢。

看着申丙校上了班车，车走出老远了，两个人才往回走。走到剧团所住的大队院子门前碰见了于喜明，李夏花主动上前恭敬地喊了声："于师傅。"

于喜明没有停留，一脸不屑。这中间的事情，上回申寒露隐约听李夏花说过，他一步迈到于喜明跟前说："于师傅，抬头不见低头见，于师傅我只要你一句话，一个笑脸。"

于喜明下意识地停下脚步说："呵呵，没啥，没啥。"

李夏花的眼泪断了线流下来，一个女人的身后有一个男人护着，世人谁还敢欺负？

三十八

春风能风人，夏雨能雨人，风雨浇灌，该行正经事情了。

申丙校大包小裹回到山神凹，正式组织了"山神凹八音会"。

申芒种这一年十八岁，个子比申丙校还高。看见申芒种远远地走过来，申丙校恍惚看见了自己的青年时代。先是一张刀条脸，再是一张枣肠嘴，接着就看见穿着牛仔裤的两条长腿。

触目惊心的是申芒种裤裆前，紧绷的裤裆藏着一疙瘩秤砣。

最能显示雄性的家伙，和这世界宣战似的，这小子真长成人了。

申丙校怀疑自己的目光，把申芒种从头打量到脚，又从脚打量到头，有一股说不出来的难过。

申丙校举着二胡说："哥送你。你突然就长大了。过去你做下的事情都走没了，不追究你了。哥想成立一个八音会，人活着总得做点啥事吧，日子真他妈快，什么都还没有做，什么都做不成了。"

申芒种面无表情，脑海里突然出现了申丙校打自己的脸。

申芒种说："嗯，你看看身后是什么地方。"

意识到是荒弃的山神凹学校时，一只乌鸦正从头顶飞过。有某种东西弹拨了一下申丙校的心弦，他站着发了一下愣，向四周左顾右盼了一下。

申芒种取着二胡扭头走了。

风旋着小旋风走来，把申丙校的头发旋起，他努力瞪大眼睛去琢磨申芒种的背影，张了一下嘴，并使劲用手搓了一下脸，他的头脑里飞快掠过许多忧伤的想法。铁匠铺、剧团、马尾巴、配种站、韩瑞凤、张玉棉，许多无益的、已经无用的记忆，还有他曾经拉着二胡调戏家禽和家畜的日子，岁月是由季节和天气积累起来的，而永恒的过去和无法纠正的命运不自觉地让他出现了一个对手。

"呸"一口唾沫飞出口，他大声地吼了一句：

"我早就知道是你剪掉了马的尾巴，只不过我喜欢养那匹马，对我这懒人来说，它就是我的劳力，我背着断子绝孙的恶名儿，不是我救下你，你的名声早就坏了，要明白，兔崽子，一辈子走路就得时时刻刻修正自己的脚步，不然一辈子就是往悬崖边上走啊。"

走着的申芒种听见了这句话，话从后面传过来显得很清晰，但是他假装没有听见。

申丙校开始收集八音会的吹奏曲目，每天在窑门口大声唱抄来的曲谱，有紧长皮、慢长皮、四起头、急急风、节节高、戏牡丹、四十八梆、老花腔等。八音是：鼓、锣、钹、笙、箫、笛、管、镲，这就逼迫得申丙校除了二胡之外还得会摸其他乐器。

八音乐队，太早了不清楚，申丙校童年时听老一些的人说八音会的来历。大约在明隆庆年间（1567—1572），沈潞宣王朱恬烄在潞州为官，他喜爱音乐，把昆曲、皮黄等戏由南京带到潞州，与当地原有的音乐进行了杂交。当时，不仅每年农历正月十五在潞州城内大街小巷大闹灯会吹打，还为集市生意、婚丧嫁娶、满月祝寿、庆功贺典热闹。八音乐器中吹打乐占多数，技艺所学除了天长地久，还讲究跟过师傅——鼓佬。

申丙校吹打乐器上没有跟过师傅，这样盲目成立并演出很容易就叫别的团体挤对没了。

他决定再一次出山，奔往曾经学二胡的地方，去找县里"乐意班"八音乐会的师傅学艺。一个学艺人不跟师傅学，其他艺人是不买账的，真要成立一个正经八百的"八音乐队"，在乡间演出，就一定得跟过"乐意班"掌鼓板的"鼓佬"。

申丙校要活着挽回他丢掉的名声。

晨鸡叫过不久，暗淡的天光下，灰暗窑檐上的片石鱼鳞般排列着，早雾飘浮着淡淡的湿气。通往县城的班车上，有许多认识的不认识的人。听说申丙校要进县里学艺，大家都笑话他，哪有黄土埋脖子的人了要出外去学艺？

申丙校心里明白，学艺不分老少，心中生事了，就得把这事弄成。

一路上，申丙校嘟着厚嘴唇不说话，也不和人搭腔。

车过一个叫河西镇的地方，有许多人影晃动着，尘土荡起来，车窗玻璃外遮天蔽日的样子，透过玻璃飘进来一阵吹打声，唢呐的音色高高地挑起，接着就看见一支八音乐队吹打着走过来，紧跟着八音乐队的是高头大马，马上骑着新郎，新郎一身蓝色中山装，新娘的装束是彩面装，一身红，再后面是娶客、送客等家眷。

这时候街道上的人群急剧地稠密起来，有人挡了前行的路，不外乎是要看一场吹打乐器的高潮表演。

贴在窗户玻璃上的申丙校先是看到了文场表演。文场突出唢呐吹奏技巧，吹奏者不仅大、中、小唢呐和老咪（口哨）都能运用自如，而且还要吹奏出喜、怒、哀、怨等不同的感情色彩；一会儿吹奏出各类歌曲，一会儿又吹奏出地方戏文。

独奏，联袂吹奏，唢呐、丝竹、梆、鼓、锣、镲。这阵势让申丙校热血沸腾，坐车的人里有人开始用激将法：拜师还用去县城，申丙校，赶快下车找见鼓佬磕头去。

申丙校瞪了对方一眼。

对方说："瞪啥呢，就等着你学成了，看你的瞪眼家伙呢。"

八音乐器演奏因为伸胳膊蹬腿激情四溢，民间也叫瞪眼家伙。

文场演奏罢，武场开始了，瞪眼家伙明显。

武场突出鼓、锣、镲，"鼓佬"不仅负有指挥职责，掌握演奏的节奏情绪，而且击鼓花样迭出，令人心动才算高手；鼓佬手中的锣镲节奏有致、嘹亮利落，一起一落上下翻动，锣镲金光闪耀。

人越聚越多，大车小辆全都挡着走不动，索性司机就打开车门叫旅客都下去看热闹，下了车的人反倒看不清楚了又返回车上。

高潮处、忘情时，鼓佬将手中锣镲抛向数米高空，随手接来，继续按节奏敲打，引得观众鼓掌喝彩。

演出结束后，有人看见下了车的申丙校朝着掌鼓板的鼓佬"扑通"跪下了，四十多岁的人下跪，那一跪惊吓得新娘的马趔趄了一下，大惊失色的新娘正要张开嘴喊叫，听得申丙校从腹腔里粗声低气地叫声"嘚儿"，马鬃左晃右荡了一下，马就安妥了。

申丙校的出山给申芒种一种沉重而无法排遣的迷茫。

山神凹发生的太多事情让他越来越不灵醒，剩下的日子怎么过？迷茫中山外一个叫王怀让的唢呐艺人进山来找申丙校，他们想成立一个八音会演出团体，想叫申丙校牵头。

这件事情的重要性启示了申芒种，他特意把来人请到自己家，和父亲申双鱼说明了王怀让的来意。

申双鱼锅着腰从窗台上摸过一包烟扔给王怀让，叫他自己抽。

304

日头被窑檐挡住了，使它不能全部落在窗户上，屋子的四处都是暗，偶有一丝明照在门口的脚地上，有几只蚂蚁沿着申芒种的白运动鞋在爬行。

王怀让抬头看申芒种，这样的小伙子如果在山外，等不得这年龄就叫女人收拾了，山神凹，谁家姑娘愿意进山里来，连日头都照不进来的阴潮窑洞里是不能住人了。

王怀让说："还没有说下媳妇？"

申双鱼说："还小呢，倒是我老大该了，你操心打问一下，看有没有条件可以的给芒好说一个。"

申芒种心里不悦，说："怀让叔是来商量成立八音会的事情，申丙校不在，我愿意和你们合伙成立，我还有新想法呢。"

王怀让抬头等申芒种说想法。

申芒种说："咱把说唱融进来，婚丧嫁娶来客有个看头，不仅是锣鼓铙镲闹得欢，有女人在中间唱，是亮点，也热闹。"

王怀让很赞许申芒种这一点，就等申双鱼发表意见。

申双鱼说："我老了，老不中用了，让他学个家常手艺，他偏偏跟丙校一样喜欢拉二胡，只要能有事做，也算是好事，我让他姐夫支持他。"

申飞燕现在发达了，本村有煤矿，村里人都不种地了，下窑挖煤，支持一个把场八音会那是小菜一碟儿。

申双鱼又说："要成立就要抓紧不能松懈，丙校一回来就没有芒种的戏了。"

申芒种和王怀让商量，咱们先召集民间艺人回山神凹集训，在申丙校没有回来前笼络人心先入为主干起来，等他回来粥已煮熟，叫他接手也不晚。

申双鱼不能说和自家侄儿有过节，只能赶快叫芒种收拾东西和王怀让往山外走。

年龄的增长给了申芒种一种空间移位的幻觉，好像置身人群中，他的位置越来越有申丙校的影子了。

一星期后，申芒种和他的团队抓住暮色氤氲之前那最后一抹光明站在了山神凹的山头上，人手一种乐器：鼓、锣、钹、笙、箫、笛、管、镲、二胡。站在山头上的他们开始看山下。

此时的山神凹又到了打场晒粮收工时分，男人的木锨一下一下地向上挥舞，高粱、玉米、豆子被木锨抛向半空。草屑、尘埃连同所有轻飘飘的沙土被风刮往远方。

扬起落下的尘土不知不觉笼住场上弯腰叠肚的山神凹人，那是热火朝天的生活啊，哪一家都有婚丧嫁娶，天性喜欢生活的人遇事都想有个热闹，有热闹就不愁赚不来钱，就不愁赚不来烟酒。

路过山神庙时，一干人进去拜山神。

庙门前石头上不知是谁又刻了一副对联：

上联写：红喜事，白喜事，红白喜事，

下联写：哭不得，笑不得，哭笑不得，

横批写：管地顶天。

申芒种走过去在山神爷牌位前点了三支纸烟插进香炉，然后号召所有人跪下重重地磕了仨头。

申芒种说："山神保佑，我们给山神老爷先来一场嘛！"

"哈呀，那就来一场！"

冷不丁山头上锣鼓家伙的脆响穿透了空寂，覆盖过来的音乐裹住了山神凹，如一场暴雨似的泼下来。他们几个身上涨满了力气，锣鼓敲得狠，左挥右舞，土尘飞扬。一堆轰然作响的响儿从山头上跌落到山神凹，山神凹人也开始兴奋了。

被古玩贩子卸掉的缺胳膊少腿的屋子上空，因为凹里没有风，一股一股的炊烟依旧升得很稳很慢，老高老高也不散开，像是坚守着山神凹最后的宁静。

锣鼓家伙砸下来时，升高的炊烟还是乱了，甚至四处乱撞，互相纠缠着，丝丝缕缕挂扯在树梢或半空的灰尘草屑上。锣鼓响儿惊扰得在家做晚饭、上了年纪的女人突然摔盆打碗儿。

盆盆碗碗总归是有边有沿的器物，砸了毁了伤不了生活的根本和元气，可碗破得没有声响，被山头上演奏的八音会淹没了。

这日子似乎有什么东西蜷伏着，人心开始慌慌的。

申芒种的摊场放在山神凹小学。申双鱼依旧是山神凹小队会计，其实这个职务已经有名无实了。

山神凹小学的钥匙他还拿着，打开学校门的刹那，申芒种回头看王怀让，从前他没有观察过王怀让长什么样子，此时，他看到了，四十多岁，干头狭脸，薄嘴无须，一顶前进帽压得很低，细眼隐藏在帽檐下，申芒种没有办法端详他的表情。

申芒种叫了一声："叔。"

王怀让说："叔啥哩，赶快拾掇出教室来。"

申芒种说："我咋觉得这事情没有谱呢？"

王怀让说："要啥谱，有你姐夫支持，咱身后就有了煤炭的依靠。"

申双鱼背转着手说："你们又不是山神凹的宣传队。"

王怀让说："肯定是嘛。我正准备和你商量一下写个条幅，咱这事身后不能没有组织。你闺女是后盾，组织落脚地就是山神凹嘛。"

申双鱼说："要不就写山神凹八音会？"

王怀让一拍手说："就按老泰山说的写，这学校以后就是我们的据点了，以后回山神凹乐队所有费用就叫小队管了。"

申双鱼搓着手笑："吃住算啥，你们弄大了能进县里演出，参加了三干会，我让闺女给你们弄成亚非拉八音会。"

王怀让的激将法挑逗起了申双鱼的热闹兴趣，见大伙笑，申芒种反倒没有笑，觉得事情在推着他走，和从前的日子不太一样，虽然天黑时黑了，明时明了，可现在怎么就觉得天黑等不到明呢？

仓库里居然还放着一些响器家伙，只是那些家伙已经被蛛网缠绕得很旧了。

蒙了灰的鼓皮发暗，铜锣长出几点绿毛，时间很无趣很寂寞地处置了这些具体实物。

申芒种认真看着屋子，这屋子里的一切唤醒了他，他觉得还有张老师的记忆在。

一群驴从门前走过，放驴人郭淮宁没有响鞭，看到热闹停下来打问了一下说："你们还回山神凹组织啥？有本事的人都出山耍本事去了。"吆喝了一下驴，走过去还扭头看。

申芒种探出头和外面的人打招呼，想起张老师的样子，村口前，秋阳下，张老师的笑脸是唯一的花朵，学生娃的笑声比鸟更动听，现在村口上什么都没有了，山神凹彻底没有学校了。

先是磨豆腐的申斗库迁往山外，接着申老七的孙子跟了申国祥去城里读书，听说申国祥又生了一个娃，还是男娃，现在人一听说又生了男娃反倒唉声叹气了，怎么往大养？男娃是来讨债来了。

外出打工的人没有见几个回来，申老七窑洞里现在就剩下了老两口，几年光景的事，山神凹人走得悄没声息，窑里都剩下了老人。掰起指头来算，走了二十多户，能吓人一跳。

申芒种抽回身从角落里捡起一只唢呐，吹落灰尘，鼓起腮帮，唢呐口咪的音儿软如弹簧却是一声也不出。

王怀让取过来，用舌头舔了几下口咪，冲着空寂的屋子鼓足了劲吹，那唢呐声直冲屋顶。

申芒种突然就哭了。谁也不知道他哭啥，他内心的痛只有天知道。

八音会的人在申双鱼的窑洞里吃饭，喊来了申秀芝擀面。

煤球火上烤着馍馍和黄梨，他们拿起来就吃，吃那焦皮，脆香无比，美不可言。一群人中间有男有女，都是年轻人。女人穿了碎花裙子，露出两条健壮的腿，来来回回在院子里走，有时神经似的蹦几下，做引体向上，仿佛和谁赌气，男娃过去搂她一下，好像不是一个人搂，轮流搂。

世道是大开放了。女儿送回来一台电视机，山神凹信号不好，窑垴上安装了锅盖，依然搜下下几个台。电视开着，雪花点舞扰扰闪动，就听那噪音，那噪音也很吸引人。

申双鱼一辈子没有出过几次山，山外人和山里人的聪明劲儿真是不一样。

见过李夏花穿裙子，也见过小满穿裙子，这是第三次见人穿裙子，看着她们就想起了翠红，翠红穿裙子或许更好看。

吃罢饭，山外来了管山神凹小队的大坪沟大队支书常宽让。

学校收拾干净了，王怀让叫人用长条桌子在讲台上做了主席台，这是叫大坪沟常支书讲话呢，支书一讲话"山神凹八音会"就正规了。

申双鱼也开始认真了，叫人通知晚饭毕都来学校开会。

多少年都不开会了，早些年柴青娥游街开会，山神凹是人山人海。现在不够二十个人，人都走了，山神凹真是藏不住人了。

常支书说："只要叫了'山神凹八音会'，山神凹人就要占多数比例，就要叫女人都来唱，唱啥都行，最好是有姿色有嗓子的女人。"

王怀让琢磨这事情也对。

等常支书讲完话，王怀让站在讲台上清清嗓子说："咱山神凹成立了八音会，是天大的好事。咱山神凹的八音会就应该和山外的不一样，山神凹的女人都参与进来，没有女人的八音会不叫八音会。"

听说八音会要女人说唱，山神凹原先跟着申丙校二胡唱过戏的人一时有说不出的好奇，同时也扭捏着交头接耳议论。

这事情不是说能张嘴就敢唱，最主要的是要有胆子站在人前。女人们把自己的羞涩捂在胸口前，不敢张嘴唱，这是最怕的。

王怀让说，这社会撑死胆大的，饿死胆小的，人家山外人都进城当小姐了，你们还不敢开口唱。

几天下来音乐声就把山神凹人的胆子弄大了，第一个敢站着比画唱的依然是翠红，毕竟是在炎帝庙的舞台上练过胆。

郭海亮干头狭脸，细眼薄嘴，跟着人在山外打工，秋天回来收秋，一年年赚下的钱不够养家，穷日子过得寒酸。翠红想着这日子是往前走呢，既然越走越没有盼头，与其如此自己就跟着学唱赚几个钱养家糊口也是正途呢。

翠红带头一唱，女人们的心就痒痒了，都来练习，一下子申芒种组织的八音会便有了老枝上暴出新梅的新奇劲儿。

八音乐看似民间吹打，可乐队中人员素质还是很讲究，需要有几个好"吹家"，好"吹家"是衡量一个八音乐队团体质量高低的主要标准。尤其是吹打武场，就算是文场也是吹打轮番、文武和唱、互为激励。

申芒种和王怀让商量了一下，知道团队的吹打力量不足，就多叫女人唱，最好唱民间小调，那里面有难以言传的挑逗，听的人喜欢听，愿意听，八音会才有销路。

排练得差不多时王怀让出山去写台口，几日后回来说山外高平村一家出殡老人，三天吹打家伙送葬，三天中夜里要音乐陪守灵人送三更纸火，最后出殡一场，统共两千元。

一凹人兴奋了，看着是瞎糊弄的一群人，说能赚钱就能赚钱了。

三十九

山神凹女人们各自的婆婆公公看着降不住这些媳妇们，犯愁得长吁短叹。准备出山演出的女人们凑在一起嗑瓜子，噗噗的，一会儿就满院子白白的瓜子皮，她们饭也不做，地也不下，闹闹腾腾喝着茶水嗑着瓜子唱着戏文。

一早到晚，漫天的星星出全了，一盘银月照下来，这些女人们的表演欲望不减，一个唱罢一个接着，该缓的缓，该急的急，该悲的悲，该烈的烈，尤其是李晚堂的悲腔，唱得山神凹年老人是一身寒凉。

这女人们一走出山，哈呀，山外最不缺少的暧昧风景一波一波地就要涌入她们的心间了。听说城市里金钱的杠杆正在撬动城里人螺丝松脱的婚姻，这些山神凹女人在八音会中添加了露骨挑逗的民间小调，谁又能管得住那些心要走野的人呢？

演出是夜场，出发时间定在午后。

一干人走到山头上，雨来了，突如其来的雨，把他们的视线扰乱了。躲在山神庙里避雨的一干人中，翠红踮起脚尖回了一下头说："看不见山神凹了。"

另一叫红丽的女人笑着说："看不见了好，没了山神凹，咱就都到山外落户。"

过云雨，雨走后风来了。

无数的云聚集在山神凹上空，像被什么神圣的号令驱使，正顾头不顾尾地向山头上涌来。

风带来了移动、漂泊和变迁，风裹挟着响打乱了山神凹人七十二行种庄稼为上的简单活着的梦想。

风把云带走了，雨水把天空洗得很蓝，因为没有风，叽叽喳喳的麻雀们，三五成群，东飞西蹿，不时响一下的锣鼓铙镲惊扰得它们扑棱棱乱飞一气。

一路奔走，使得一干人的脑门微微冒着热气，看上去人人都比往常生动鲜活。

傍晚时分，高平村恢复了一天之中消歇下来的情形。女人端着簸箕拿着笤帚领着娃娃走在村街上去加工粮食。这里已经遗弃了那些石磨石碾开始用钢磨了，山外的社会对山神凹人来说是新奇的。

水泥路上，分散在村外的人和畜生脚步匆匆地从四面八方奔向村庄来。有人问他们去谁家，他们才知道高平村有两家办事。进村了，村口上有人等着他们，要他们绕小路进村。

远远看见村上有一家娶媳妇，进村口搭了红事彩棚，看样子是有钱人家。

因为是办丧事，"山神凹八音会"要绕着小路进村，办白事不能和办红事的人碰头。

亡故人家的门外也搭了彩棚，搭的是白事的彩棚。进出院子里的人有穿孝衫有穿孝裤，腰间都系着麻绳子。

院子里支着大锅，就等音乐来，申芒种一干人到后立马下面。灶膛里的柴火噼噼啪啪燃爆了，见地上放着一摞一摞的碗，看着锅里的面滚了几滚，灶膛里的一疙瘩柴被拖出扔在了院边，烟气弥漫了整个院子的上空。

掌灶的人先给山神凹八音会的人盛饭，有专门端饭的人。哪里受到过这种待遇，他们都有点受宠若惊了。

申芒种爬到院墙上扯起"山神凹八音会"的横幅，和院子里的孝子孝女比，横幅是红布白字，月明下"山神凹八音会"醒目得很。

天黑时出了月亮，多亏一场雨，雨把云里的水下完了，云在天上就显得稀薄。

主家请了和尚做法事，和尚先是放"焰口"，焰口有不同，简单一点坐下来唱的叫"平台焰口"，摆上一个布满麻油灯的托盘在桌子上，和尚道士一起唱叫"花台焰口"。主家只是"平台焰口"，这种热闹还不叫热闹，只能说是超度亡灵。

放完焰口后八音会登场，女人们一扬手绢，音乐开始，热闹一下就扬起来了。

人生什么事最大？无非生死。亲戚朋友早早饭毕，提板凳坐在了办事家门前，就等那热乎乎的唱开始。

乡村人家对八音会的唱从来都不较真，任由她们满嘴胡说，也没有人计较，只要乐器聒噪响得脆又唱得像模像样，也没有人肯定当真计较红脸争执。

晚饭后冷不丁一两声炮响，响声穿透了空寂，是娶媳妇家点燃的两响炮。

这家院边上一棵桐树，去年墙外干朽的树杈承不住这两声巨响，突然折断了。断了的树枝连同干叶子落在地上"噗噗"作响，声音干枯而空阔。

八音会要开始了。

一阵子锣鼓家伙后，翠红第一个上场。

翠红唱的是地方秧歌《闹五更》。

一更天盼丈夫，丈夫不来，
小砂锅熬米粥，溢出来。

314

二更天盼丈夫，丈夫不来，

铁铛的烤锅盔，醋熘白菜。

三更天盼丈夫，丈夫不来，

大花被子小花褥子满炕铺开。

四更天盼丈夫，丈夫不来，

扒窗台扶窗棂，奴流下泪来。

五更天盼丈夫，丈夫不来，

骂一声你灰烧骨狼拖狗拽。

翠红的嗓子如砂轮上打磨出来似的，尖刺扎耳，尽管看的人嘈杂声一片，翠红的唱照样能飞上高处，树上夜宿的鸟儿被吓得箭一般飞往村外。

翠红边唱边扭，一双小眼，溜亮，遇到满腹怨恨时，眼睛就像玻璃弹子要弹出去。

观众是流动的，看的人越来越稀稀拉拉，问旁边的人才知道村里的人都去看办红事人家的八音会了，他们请了县里最好的八音会"乐意班"。

山神凹八音会的唱进行到一半时，一个人挤过人群走进来，暗夜中谁也没有看清楚是哪一个，只见来人径直走到申芒种身边要过二胡一口气拉了七个把位的琶音，来人运弓充满气韵，如初生赤子的啼哭，力道来自母体而非五谷杂粮。

来人摁着弦说："你看死了，唢呐的眼位全定在这儿，气息的轻重尚且能使声音变化万千，二胡靠了两根弦，手指的把位不定，越发要你气息的整理。弓就是气息，气顺、气旺、气沉，才不叫你心浮，玩那两下，就敢成立山神凹八音会在人前要饭吃。"

来人说完扔下二胡昂扬而去。

申芒种呼啦就站了起来，这个人不是别人，是申丙校。他现在是乐意班里的主要吹手。

申丙校听说高平村又来了一队八音会，叫"山神凹八音会"，他有些奇怪，当看到山神凹八音会把正经民间音乐弄成杂耍时，他心里难过得想骂，忍着不来看，可脚不由心。

申芒种面对高平村的观众，恨不得把脸也扔到申丙校的身上，红白事在一起吹打，白事不能冲撞红事，如果撞上了，白事要给红事一丈红布，也叫"一丈红"，一般谁都不愿意撞见，八音会也讲究风水，又是办红事的人来闹事，这就等于砸了摊场。

申芒种冲着申丙校的后脊背喊：

"申丙校，不怨我不叫你哥，你从此降格了，你就是山神凹一个穿开裆的屁娃！"

这话骂得也算是叫狠。

王怀让安抚申芒种不要生气，生气等于给我们自己的伤口上撒盐。

找了歇息空当，王怀让假装出去小便偷着去看乐意班的八音会。

乐意班的八音会，所有吹打人一律穿八套红褂子。正规的八音乐队，为红事吹打时，要穿一件红布小褂，所以也叫"红衣行"。其实按规矩说，穿红衣的只办红事，不办白事，办白事吹打的乐队就一律黑衣。但因为都是给贫苦人家吹打，哪里能有太多的讲究?

敢穿红衣办白事的那一定是官方民间都肯定了的正规乐队。

王怀让看到申丙校一人三样乐器,脚上是板子,嘴上有唢呐,胳膊腕上还吊着铜锣。他用齿音、喉音、舌音、吐音、气颤音吹出本地戏曲中的姑嫂对话,又用指滑音、气滑音、腮震音、腹震音、指颤音、臂颤音、气颤音,模拟出旦角的唱腔。

观众是里三层外三层,一脸兴奋。

王怀让想,这才是他想要的八音乐队。他没有难过也没有激昂,显得很平静,平静中萌生了自己的想法。"良禽相木而栖,良臣择主而仕",他已经明白了,讨便宜的人,总有一天要吃大亏,小眼睛在帽檐下飞快转着,他有了自己的想法。

八音会三天后出殡死人,王怀让自己去商店买了一丈红布,要申芒种去给申丙校送去并磕头谢罪。

申芒种说:"除非山神凹耐受河断流。"

王怀让想,既然这样了,只能我去。所有即将发生的事情在两个人的对话中看不出任何迹象。

整个出殡显得无趣而空落,四方乡邻开始骂,说这是日哄鬼呢,就这二把刀样子也敢拿人家的钱!

王怀让送葬罢了,最后结束时申芒种找不见他人了。

山神凹八音会的人不知道发生了什么事情,忍不住把不祥的事情从头到尾想了个遍,有人告诉他王怀让正在一丈红上磕头拜师呢。

申芒种多么希望王怀让能回来,可王怀让不会回来了。

四十

"山神凹八音会"的人不走大路走羊肠小道，就怕碰见熟人。一群人张扬而来时的生机和活力不见了，蔫头土脸各自拿着自己的乐器走得匆忙。

阳光刺破云层，照在辽阔的大地上，一行人心里如同搁了一个秤砣，坠得心口难受，多么希望能有人赞颂他们的力量和本事啊。女人们眼角有亮晶晶的东西，是泪水漫眼，老大不小的人丢人丢到了山外头。心里头那是真恨申丙校，外人面前要能人，让山神凹人给他垫背。

明明知道与命运抗争的人有多么幼稚与徒劳，一路上他们还是想找什么东西生一场气。三天的演出成了他们人生的分水岭，没有这场演出，对山神凹的女人来说日子如同枯井，经历了被人嘲笑，心里虽然怨恨，可也知道接下来不能在山神凹住了。

看山外人的日子。山里当柴烧的树木，人家山外都做料打家具了；山里满山满梁没有人采的香甜干果，山外都往城里贩卖赚钱，商店里都开始搞批发了；山里人整日浴天风吸地气，肚子饿了就知道吃黄玉米面疙瘩、杂面干饼饼，人家山外都开始吃香脆的"干吃面"了。山外人家的电视看得清清楚楚，明明白白，山神凹的电视都是雪花点子，急死人了，整天整天就看雪花点点舍不得离开，一辈子啊，人生能有几个？

山外人胆大，有的田里不种地就敢叫它荒着，蒿草没径，说是进城了，一旦进了城就没有人稀罕农村的田地了。山外的女人

318

说，一旦进了城，一年产下的粮食不够人家半年工资，城里一年等于乡下两年光景，只要人胆子大，进出就是活路。

缓不过劲来的山神凹女人们，愣神望着想着，一早一晚的风照旧，人家也是一辈子，咱也是一辈子，还以为一年四季只要老天爷照顾山神凹人，好年成里就该比山外人幸福，出了山才知道人家谁还在乎风调雨顺，也就是山神凹人在乎。虽然落了一个笑料，可也长了见识呢。

日头丝丝缕缕，金粉万千，行走的人喘气粗重就想把心口上的秤砣呼吐出来，走着走着就都各怀心事了。

又是傍晚时分，晚夕像流过暖阳的溪水，从容而充实。

走到岭头上山神庙前，申芒种突然心血来潮冲着黑黝黝的大山想骂人，一直以来他都想管住自己的嘴，有一种看不见的相生相连的神秘气势阻挡了他，说一句是一句，现在，他把自己扩展到了成人面对的世界，想说的话就多了，掺杂了水分，那些话和那些水分搅拌着堵住了他的心口口，一个人活着，心口口怎么敢叫气堵住？要骂。

偏僻的山路上，他放开了他的嘴，他的嘴里长满了仇恨，对世界的又一次发现和认知完成了他局部的成长。他实在是需要骂来填充此刻脆弱的心智。

申芒种发现周围所有的人都在说脏话，他们说脏话的样子实在是有趣，那些脏字儿从嘴里蹦出来时没有任何障碍。他傻笑着，看他们骂，这一刻，他也愿意用嘴来帮助他们骂，从前的申芒种居然没有学会骂？那从前的申芒种还是申芒种吗？

申芒种对着黄昏开始骂：

"你个心怀鬼胎，虚头巴脑，吃里爬外的王怀让啊！"

"你个口若枯井，声若豺狼，腿若蟑螂的王怀让啊！"

"你这个连唾沫星子都溅着晦气邪气阴气毒气的王怀让啊！"

骂着骂着就觉得没意思了，造成这样后果的不是王怀让，王怀让还帮助咱定了生意呢，是申丙校。

相随着的同伙一致认为就是申丙校，申丙校是坏我们名声的罪魁祸首，王怀让只能算是一个吃里爬外的小人。

申芒种指着李晚堂说："你骂他，他欺负你还不够。他说你天生是个哭妇，长了一副寡妇脸，好日子都叫你哭败了。"

李晚堂还没有听申丙校如此骂过她，想来是背着人这样骂她了，这话听起来很毒。气在心口上顶着，走路就带着气，走了几步停下，骂了句："狗日的畜生申丙校，坡上坡下抬头不见低头见，他也敢背后骂我！"

申芒种突然觉得和人打交道这种手段很毒很管用，就继续说："她骂你是三月清明花不开，十月初一花开败。"

李晚堂控制不住自己了，冲着天地扯开嗓子踮起脚尖呵着哭腔骂上了：

"申丙校啊，狗不吃狼不拽的东西，月明黑天这是谁寻死呀，寻死不要死在我跟前呀，长江没封顶儿，黄河没盖盖儿，你个申丙校，去呗，去呗！"

申芒种和几个一起跟着喊："申丙校，去死呗！"

"申丙校哎，你是癞蛤蟆插毛，你算飞禽还算走兽？"

骂着骂着天就黑了，一伙人被山风吹得激灵得很，有人提议唱黑戏，唱就唱，把心里的怨气唱出来。

刚才的骂已经把夜搅得很乱了，有些小动静，是夜宿的山鸡、野兔、黄鼠狼，在暗处竖耳倾听，一有动静它们就很慌忙很疲乱地在草丛中逃窜。

第一声响是唢呐，紧接着二胡、鼓、锣、钹、笙、箫、笛一起跟上。

夜憋不住了，风飕飕地贴着草尖刮过，穿过山巅走掉的那条路似乎也被月明揪得立了起来，孤魂野鬼始终在游荡，也是他们唯一的观众。申芒种被申丙校伤害了，申丙校是他们精神深处的痛苦。夜，幽黑无底，在土尘中，树丛乱掀，月明悠悠垂地，最后的一声唱放出去拽不回来，每个人胸腔里的火苗都被点燃了，那一疙瘩铁秤砣就要化了。

山神凹人望着岭头上，想着赚钱的人回来了，这是赚下钱了感谢山神爷呀。

蚊子一团一蛋在四周嗡嗡，看谁胖就在谁的脸和脚脖子上叮一口，被叮了的人用手打自己的脸一下。突然地谁泄气了，"咣当"一声锣掉在了地上，蹲在地上捡锣的人哭了，眼泪是很容易传染的，女人们的哭叫申芒种心烦意乱。

命运，到底对山神凹人刻薄了点。出师不利，等于是种下了仇恨。

因为王怀让的背叛，他们回来就散伙了，相约等待蓄势东山再起，这样，申芒种就在山神凹等待机缘。

申双鱼要他出山去找申飞燕找个活计，申芒种不去，他的态度就是，哪里跌倒哪里爬起。

在酷秋的尾声里，韩谷雨买下了宋栓好的窑，只花了十元。

山神凹的窑真是不值钱了，从前打一眼窑用几代人的努力，现在贱卖到这个价位。

买了新窑就需要拾掇一下，旧的炕墙画有的已经剥落了。韩谷雨找了后山十里岭的根宝来画炕围。看着自己的新窑，韩谷雨如同深夜里反复梦见一个人，那滋味儿有些无法说出。

戏曲最坏的地方就是娱乐了民间。知识分子说"学成文武艺，货与帝王家"，自古到今都是有本事的人怀了雄心为国服务，常常不得不背负着"家国""民族"的包袱，永远都忘不掉种种社会身份的重担。这也许就是活成一个有本事人的累。普通人一辈子没有进入到那个世界，几代人努力都是朝着那个方向走，炕墙画里的那个世界对山神凹人是一个巨大的诱惑。

根宝在墙上画了《苏武牧羊》，因为韩谷雨放羊，在炕墙上看苏武，最真实的身躯立在寒风冷雪中，陪伴他的是一团一团的黑羊，后来怎么样不重要，斗争到后来的苏武画在了韩谷雨的炕墙上最重要。

根宝画一组《杨家将》，画一组《西游记》，画一组《麻姑献寿》。小小的一方炕上有着历史的血缘，根宝用自己的方法描绘出来，一笔一画，画到激动处就和韩谷雨说历史。说韩谷雨从此就有福气了，把理想的生活都画在墙上，不用奋斗，白天黑夜都能看得见。

韩谷雨说，我看到你画的画中人，永远没有笑容，看不到他们的内心，但能感觉到他们的忧伤。国恨家仇，传达着一份无可言说的神秘力量，可这是睡人的炕呀，你是想叫我焦心，我一个孤寡汉子，你可怜我就多画些美人涂些花鸟吧。

根宝打趣他几句，抽一袋烟，等韩谷雨放羊走了，他便随了韩谷雨的心念，用朱红和黄蓝绿画了牡丹富贵、孔雀开屏、荷花娇艳、鸳鸯比翼、蝶戏秋菊、鹊闹冬梅，还写了两句古诗："两个黄鹂鸣翠柳，一枝红杏出墙来。"

两盘炕上真是花团锦簇。然而"重头戏"还属锅台画和看墙画。地锅靠墙上方的称为锅台画，无锅台处则为看墙画。由于面积大，位置显，画炕墙画的匠人总是把最拿手的本事，用在此处显露。

山神凹人来看根宝的手艺，喧闹的春色填满了韩谷雨的窑，和翠红一窑裸体女人比，山神凹人都想重新画画炕墙。等根宝认真说要给他们画时，他们想到年轻人走出去不回来了，现在的人谁还住窑，看着心动的事就又稀松了。

不管说啥，韩谷雨总算是有了自己的窑，有了窑往窑里添人进口也敢和人家开口。

坐在石凳上和根宝说话，说着说着就说到了炕上，"一生二，二生三，三生万物，万物负阴而抱阳"，炕上的岁月是一个家族的红火，老婆孩子热炕头的故事，这个世界的奇妙之处就在于炕，看似一副落魄遗老的架势，可对于它的欢喜，人们永远都有旺盛的精力。

根宝说他有一个堂妹死了丈夫，一个人带一个女娃，想介绍给韩谷雨。

也该是韩谷雨婚姻运开了，经根宝说合，见了他的堂妹一次。根宝堂妹叫韩巧玲，丈夫死在秋天，收秋后进山采药材，不小心踏空把命丢了。

人死如灯灭，死人死了，活人要活。一来二往走动了几回，这件事情居然真成了。

韩巧玲个子不高，眉眼俊俏，性格绵，说话快，行事也利落，走起路来后脚跟吃劲，扭来扭去。说下一个日子把自己的土坯房卖了，又说下一个日子大大方方跟着韩谷雨回山神凹过日子。

见了山神凹人，韩巧玲嘴甜，叫得腻腻的，还长时间盯着人家的脸，很知冷知热的样子，停下来说话陶醉得深。

韩谷雨站在一边笑，夸张、空洞，跟牙放风似的。太阳也温暖，韩谷雨看着自己的女人巧玲，深情得欢。

路遇了申秀芝，秀芝说了几句风凉话，韩谷雨说："咱俩的从前到此结束了。从前我不知道什么是爱情，还想着一辈子找不下了，这回我知道了。"

申秀芝说："你告诉我什么是爱情？"

韩谷雨说："都是写书人说下的淡话，爱情就是把一个人放在心尖尖上疼。"

申秀芝说："你死呀谷雨，跟你好了这么多年，最后就落了一个心尖尖上疼的不是我。"

韩谷雨说："你也没有把我放在你的心尖尖上呀，现在该好过了，过日子就好好过日子吧。"

申秀芝回到窑里难过得还哭了一会儿，想到了别的什么事儿就又忘了，起身去忙事儿去了，又想起来，又开始难过，也不能把着人家不让人家找媳妇呀。

韩巧玲下地见了申秀芝眼里被风吹得进了尘，很热情也很轻巧地扳过申秀芝的头，将舌头伸进申秀芝的眼睛里，来回舔舔，说："好了，秀芝姐。"

申秀芝就哭了，很伤心，弄得韩巧玲很是不知所措。

韩谷雨躺在炕上，脸朝炕墙，看那月光下的美好，觉得苏武也不那么寒酸了，常常会觉得自己要融化进去了，整个夜晚的世界会在入睡前忘记贫穷。幸福来得迟了，但是迟饭也是好饭呀。

那一个月里，申秀芝几乎没有多出门，她管不住自己难过，人不能不藏喜悦和悲凉，不克制自己的结果就是招人笑话。

四十一

小满在秋天回到山神凹，小满回来是解除婚约的，早时定下的亲，现在作废了。对方不依不饶，列出了欠下的债，小满笑话对方为了几个钱算账，要对方说个数，小满扔过去钱。小满解除婚约是为了嫁一个比她大二十岁的老头，老头有钱，起步是古玩贩子，小满一点也不后悔。和奋斗的申小暑比较，申小暑还在饭店端盘子呢，自己都住上了单元楼。

申秀芝不愿意申小满嫁给一个比自己还大的男人，在小满面前泼妇似的闹了一场。

好多年都不见有人来找申秀芝迷信了，山神凹人的眼界、对世界的认知逐渐开阔，偶尔有人来找她除除疑心，也是路上碰见了申秀芝喊人家来，人家不好意思拒绝就当了串门。在巨大的空洞和等待中她显得对一切都无能为力。在小满的事情上她把所有的办法都想过了，小满不理不睬主意很正，这让她实在是绝望得很。该说的都说过了，甚至用了丢祖宗的脸来羞辱她。哪知任何数落对她都是耳旁风。

申秀芝就想用迷信的手段拦下小满的决定。

向晚时分，小满坐在炕上把玩一副银镯子，申秀芝突然在地上腾腾腾跺着脚，地板砖上的灰尘扬起来。她闭上眼睛盘腿坐在了小满对面。

申秀芝闭着眼睛说："那不是人呀，是千年修来的野牲口，沾不得身。"

她用了整整半个小时的时间诅咒那个老男人，小满听泼烦了站起来走出窑，想往耐受河畔去透透气。

申秀芝拍着炕沿号啕大哭，她知道自己不灵验了。她激灵地打了一个哈欠，清醒过来后走出窑坐在院子里的小板凳上，没有一个人能够帮助她。正是正午时分，没有风，秋天要开镰了。心里的不快无处发泄，她拽不回小满，难过像蛇一样缠着她。

小满看见母亲跟着出了院子，头也不回躲避什么似的要往门外走。

申秀芝看着小满扑通一声跪下了，她说："小满，妈的好闺女，妈求求你离开他。丢人败兴啊闺女，他能做你的爸爸了。"

小满说："妈，我怎么能够离开，我们是绑在槽头上的一对蚂蚱。古玩这个行业全要了演双簧，你要一起演双簧的人分开，怎么赚钱？还记得小叔家的那个笔筒不，我们卖了五万，黄花梨笔筒啊妈，你哪里知道啥是黄花梨，你就听我说钱数吧。还有老槐树下那尊石头菩萨，那也卖了两万呢。我们分开了，钱怎么算？我得把他银行里的钱全部拿回来，结婚也就是一个幌子，那么老丑的一个人，怎么可能叫他捆绑了我的青春？"

申秀芝吓得跳起来捂住小满的嘴不让她再说下去，怎么会卖那么多钱？吓死她了，那要买多少匹马？十元一眼窑洞，要买多少个山神凹呀？

小满丢下申秀芝走往耐受河边，一路上碰见下地人，有人和她打招呼，她爱搭不理的样子，眼光快速扫射一遍，很傲慢地把头偏过另一边去，哼一声便加快了脚步。

几个青布灰衣的老人在街道旁坐着晒太阳，看见小满了就大着胆子问：

"小满，上次可是你们的人顺走了老槐树洞里的石菩萨？"

小满很不屑地说："好好听你们的评书吧，菩萨也没有见保佑你们啥。"

申芒种挑着两桶水走过街道和小满走了个顶对，他穿着的黑布裤脚上各夹了一只铁夹子，套鞋把青石板踩得噼啪响，看见小满了一阵兴奋，放下水桶要和小满说话。

申芒种说："小满姐，你真好看。"

小满看着申芒种笑了一下说："挑回水你出来跟我去一个地方。"

申芒种挑水走过，路面上溅出许多水，有人把秋粮晒在街道上，除了听评书的老人们，偶尔有狗跑过去，回头愣头愣脑叫一声，小满摆了一下手说："去。"

高跟鞋钉了铁掌子走在路面上，更显山神凹街道孤单，小满的影子拖在身后，长长的一摇一摆，像电视剧里的一个镜头，听评书的老人们看着小满走过的影子吐了一口唾沫。

"城里的女人满嘴跑舌头没有一句真话。"

"这哪里是从前的小满。"

申芒种从窑里出来找见小满，问小满做啥。

小满说："你回去拿篮子去，我想吃几个国光苹果。"

申芒种屁颠儿屁颠儿跑回去提了篮子出来，找见有国光苹果的树上摘了一篮苹果，青涩的苹果还不太熟，小满等不得，她就想吃那口酸。小满不知肚子里已经怀上了那人的孩子，小满的设计就要被肚子里的孩子打乱了。

小满要申芒种领她去炎帝庙，原本说大队要修庙，就等县上文物部门来普查结果后定级别，炎帝庙一直荒芜着。

小满盯着炎帝庙看了半天，她发现舞台上老件儿很有味道，那些木雕人物、垂花和石头柱础在日光的照射下变换着深浅，即使近在眼前也显得悠远。舞台两边写着一副对子：

真真假假疯疯傻傻处处寻寻觅觅，

莺莺燕燕咿咿呀呀卿卿暮暮朝朝。

这舞台和对面的大雄宝殿，真是一个深藏着的精彩天地。

小满和申芒种说："你敢不敢拆了这座庙？"

申芒种说："凭啥拆了这座庙？"

小满说："破庙呗，早下手比晚下手讨便宜。"

申芒种看着炎帝庙四下里的那些有看头的东西，日头有些晃，他举着胳膊挡着光，那张胖脸在阳光下，泛着黄，嘴唇却显得出奇的红。

小满发现申芒种脸上布满了雀斑，密密麻麻，以至于在光线直射下都可以看见浅棕色的小点点，厚厚的枣肠嘴，居然有一丝笑挂在他嘴边。

申芒种爬上舞台看那些镶嵌在舞台上的木雕构件，由搁置在舞台上的一截断木踩着攀越上去，一股灰跌落下来，他发现梁柱上没有一颗钉子，晃动起来却纹丝不动。

跳下舞台，申芒种说："小满姐，我现在回家拿工具帮你拆了它。"

小满说："一个人哪里拆得下，想拆你就先把那一块木头雕花拆下来。不过，那也得等天黑，总得挡住人眼。芒种，等卖了钱，姐是不会亏待你的。"

申芒种说："姐，你给我买条红河烟就行。"

小满安顿他要小心撬那些木雕，这事情还不能和外人说，宁让人猜到也不能让人看到。

旧的庙院，模模糊糊的翘檐，灰黄的灯光，而月亮就在庙院的上空悬挂着。夜风收容了所有白日的喧嚣，申芒种坐到舞台上时，仿佛坐在了生活之外。院子里长满了荒蒿，出门时小满在黑暗中塞给他一包纸烟，他点燃使劲抽了一口，心开始慌乱跳动，一股莫名的焦虑涌流全身。

抽完烟准备攀越上去干活时，他脑海中突然想到了张老师。俊俏的脸上挂满自豪满足的笑容。申芒种喊了一声，只是一个惶惑，四下里依旧是黑黝黝的。找见灯绳拽亮灯，发现灯泡度数很低，大约有十五瓦。他打着手电筒照着犄角旮旯里的黑，发现有蜘蛛在那里结网。

一粒黄豆大的蜘蛛,自有风的一端垂下细丝,任其飘荡,另一端一旦挂上算是开始了第一步。再拉上三四根主丝,形成一个平面,围绕着平面开始逆时针行进,每吐一次都用后脚丈量一下,以决定粘丝的部位。申芒种有些看痴迷了,一时间忘记了自己是来做啥。

想到小满要这些东西是用来卖钱,申芒种心里一时又开始不爽快。小时候常常来庙院子里玩耍,还记得毛主席去世那年小队在这里搭灵棚。记事起就没有再唱过戏,小小少年一团一蛋在这里捉迷藏,现在要拆了这些东西,他开始打着手电照着,夜蝙蝠呼啦飞过眼前,他突然觉得和炎帝庙的亲密关系要比小满近。

心里如轮鼓一样,炎帝庙唤起了他内心深处的某种感情,能让他回忆起从前,能看见张老师,能把内心的怕拽出来。

断垣残壁间透出自己根本承受不住的害怕,他居然看见了一寸光阴,一种算术的程序,黑色的屋顶上开满了白色的花,屋顶上根本没有花呀。张老师突然坐在了他的对面,从她的肩膀上望出去,黑,而月亮却在她的身后。那些雕花中的人物突然显出了真身,他忍住不看张老师,就只想着一寸光阴下的黑。白天和白天是不一样的,黑都一样。黑是一寸光阴呀,人不过是世上的一寸光阴中黑。只见张老师起身,回头看了一眼,那眼波流转的风情总令他怦然心动,觉得懂风情的人才是世上杀伤力最大的武器。

他想拽住张老师,起身往前迈了一大步,原本叮当作响的风铃居然奏出了一段曼妙的音乐,申芒种呆鸡似的站在舞台上,他看见张老师又回头看了他一眼，他的手在空中绕了一个不大的弧形，喊了声"哎"，申芒种在黑中一下跌落在了戏台下。醒来时，人就疯傻了。

山神凹人不知道申芒种去炎帝庙做啥，申双鱼觉得他这个儿是一个扶不起的阿斗，迟早要出事。对一个从寺庙里出来疯傻的人是要放生来去除身上的灾祸。

小满走时没有来看申芒种，她认为简单的事都做不好的人还能有啥出息，疯傻是他在世上的命。

申飞燕从山外用桶提回来一条黄色的大鲤鱼，足有三斤重。来时坐小叔子的摩托车，鱼在桶里翻滚挣扎，坐在后面的申飞燕不时叮嘱骑车人慢点，小心鱼摔出水桶。

见了弟弟申芒种，流不尽的眼泪哗哗往下滴，拉住弟弟的手说："芒种，可知道是姐回来了？"

樊迪说："是你飞燕姐回来了。"

申芒种傻笑。

申飞燕拉着申芒种的手走到院子里让他看桶里游动的鱼，见芒种傻笑，又拉着他走往耐受河滩，脱了芒种的鞋让他踩在松软的沙地上，每一步都会印下芒种的大脚印。

河滩石头缝隙开着蒲公英花，金灿灿的，那上面嗡嗡嗡飞着蜜蜂。上学期间申芒种喜欢一个人在河边走，书包和鞋放在河边的柳树下，一个人逗弄那些花朵和飞来飞去的蜜蜂。此时的申飞燕想让申芒种回到小时候，那些生动而清晰的记忆也许会唤醒他。

申飞燕喊："芒种你看黄花，姐给你念：罗罗山上花儿开，芒种山下哭上来，哭甚了？哭钱了！钱哪了？割肉了！肉哪了？猫吃了！猫哪了？上树了！树哪了？河刮了！河哪了？牛喝了！牛哪了？上山了！山哪了？山塌了！山神凹芒种聪明了。"

芒种傻笑，跑到河边上冲着河撒尿，尿罢转过身，裆里坠着一坨肉，申飞燕哭着喊：

"芒种呀，你咋活得不知道提裤了呢？"

放生吧，放生后芒种不好就得进城市里的医院里。

秋天的早晨刮了一阵风，风把枣树上的枣子吹落了一地，麻雀蹦来蹦去啄食着。申秀芝一身红衣走来，麻雀轰一声飞到了树上。女人们听见动静知道是要替申芒种放生了，来不及解下围裙全都走到了耐受河边。

申双鱼端着一只大塑料红盆，盆里游着一条活鲤鱼，一家人拉着芒种护送着鲤鱼往河边走。申秀芝在河边祭起了三个沙堆，插了三炷香，嘴里念念有词，念一些祈祷平安的话。看着的人一个个神态万般严肃，脸上没有一丝轻浮。申秀芝要申芒种对天地行大礼，申芒种不跪，申飞燕替他跪下行礼，大礼毕，申秀芝要申双鱼把活着的鲤鱼倾倒进河里。

河水里金黄色的鲤鱼先是左摇右摆了几下，一个浪过来把它打入河心，再跃起来，一线黄光，鲤鱼就不见了。

耐受河流着往夕，默默走往田间的男人们开始了一天的劳作。女人们的心间不得平静。河两岸一片青葱的碧色，风刮来草尖整齐弯向一边，草丛发出轻轻的呼哨声。水下的草里藏着多少鱼，它们自由自在游，那条黄色的金鲤鱼能和这些黑干细瘦的鱼成为朋友吗？生活给山神凹人的不都是美好的日头与歌声，有时苦涩也会和山神凹人相伴，大多数都是自己给自己使了绊子，人却不知。

小队的马躺在山神凹街道上，女人们看见它的腹部还在一缩一胀地喘着粗气。树旺蹲在地上抚摸着它光滑的脊背，它的眼角流出了一滴泪。树旺牵着它努力让它站起来，摇晃着它那粗重的尾巴，它挣脱树旺牵着的缰绳，溜溜达达往耐受河走。山神凹人觉得就让它在河边走走吧。

然而，马走后再没有回来。它死在什么地方没有人知道，它的死亡很寂寞，不愿意让人分担它的悲伤。

山神凹的冬天里，申芒种到底还是进城治病去了。接着山神凹老人里申广建和妻子前后去世了，隔一日申老七也去世了。

冬天的山神凹因为丧葬事喧闹了几日，之后，山神凹人就琢磨着离开山神凹了。

尾　声

一

　　日头将火焰传递给月亮时，也洒落了许多晚霞，晚霞又涂抹
了大地上的一切。

　　九月十三的荫城镇庙会延续到现在，八音会盖过了梆子戏。
山神凹的八音会响亮了满县城，鼓佬不是其他人是申丙校，队伍
里有申寒露和李夏花两口子，有翠红、红艳和李晚堂。

　　山神凹人不断修正自己的脚步，由山凹里小路走往了大
路上。

　　那些半山坡断垣残壁的窑洞，先前那些用土坯夯起来的院墙
长满了青草，院墙失去了它原有的光芒，院子里的果木树长了老
高，遮挡了窑洞应有的柴烟气，果木树后的窑像一幅幅油画，惶
惑着旧时风采。

　　那些年纪大的，不在山神凹生活的老人们已在渐渐靠近死
亡，他们的记忆中还能想起窑洞里那些人的名字，那些名字里都

含有时令的节气，节气没有走失，倒是他们走失了。

没有多余的办法能拯救山神凹了，坚持到最后的几户最终离开时回头看凹里的窑洞，那是老泪纵横呀。

韩谷雨送走一户又一户，韩巧玲在惊慌失措中居然很争气，怀了韩谷雨的血脉，由县医院接生出来时，是个男娃，韩谷雨人生算是凑了个好。

韩谷雨赶羊上山前亲一下母子俩，回家时唱着民间小调儿凉腔走调下了山，圈了羊，站在窑院边吆喝着山神凹曾经一起耍大的人的名字，寒露哎——国祥哎——宝山哎——金鑫哎——你们在山外可好？过不下去就回山神凹来，山神凹可是一个养人的宝地哎——

韩巧玲抱着娃站在他身后，踮着脚尖尖嘎嘎嘎笑，怀里的娃也咯咯咯笑，狗冲着对面的山坡也汪汪汪叫，安静下来后听见羊圈里的羊叫声此起彼伏应答着他。

风来吧，雨来吧，除了时间、风、雨，没有人能收拾了凹里的一切，他吆喝着天地之间的四季，不离开山神凹，离开山神凹去城市里做啥？一年里养羊的收入可抵两个城里人的工资，他在山神凹活得很是得劲呢。

山神凹最后一个人物出场了，她就是我们的申小暑。

申白露回山神凹给申广建上坟背回来一蛇皮袋鸡粪，走进城市里的屋子时，臭也挤了进来。

申白露进门第一句话说：山神凹的土地荒芜得可惜了。

申小暑用那些鸡粪来种菜，她的院子里有巴掌大一块地。城市里许多蔬菜吃起来都没有味道了。爷爷奶奶去世后，爸爸和妈妈跟着她住在城里，很少回山神凹，念叨山神凹的好，山里的好只有在那里生活过的人才知道。

一句"荒芜得可惜了"，搅动起申小暑的往事。

申小暑和小满跟着宋栓好在城里饭店打工，很快小满就由山神凹常客申丙礼带着认识了一些不三不四的人，小饭店就装不下小满的心了。

小满一直想离开饭店另起炉灶，始终没有找到理由，结果有一天一桌子喝酒人争着叫小满敬酒，其中两个人为争小满打了起来。

两个人互相捏紧对方的手腕走出大街上，突然地一个顺势仰面后跌，弯腰缩腿，双脚发力猛蹬对方的小腹，同时突然撒手，那个人腾身飞起时又重重落下，这一落伤着了胳膊，骨折了。

酒后弄事说不好谁对谁错，起因是小满，小满的名声便坏了。

宋栓好老婆从内心妒忌小满的模样，有事没有事就找小满的碴儿，发生了这样的事情，常常用讲故事的方式不分场合讲那些争抢小满的人。

她声情并茂讲："你们可没有见哇，一个兔子蹬鹰把另一个放展了。小满自从来了饭店，那是野鸡飞上梧桐树总算是被插上了凤凰毛。"

一些熟客看着远处的小满笑，眼睛里装着下流，一波一波在人群里荡漾。

那些话随人嘴送进小满的耳朵里，小满的脸就阴了，见了客人指鼻子瞪眼，一时不高兴了就对客人撒野。每一次都是申小暑出面道歉，其结果是小满认为申小暑装礼貌，故意讨好客人给老板娘看。

私下里申小暑和小满说："小满，你不想接待的客人我来接待，没有必要和人家过不去，叫人家笑话咱是山神凹人。"

小满很不屑地说："有话就说，有屁好放，用不着绕圈圈套我话，总有一天我要离开这破地方。"

在申小暑面前小满一直保持着强势。

申小暑因为多嘴，和小满说话经常使自己陷入不自在，越来越觉得是真心讲的话，讲出来反倒虚假了。

小满手里提着一嘟噜蒜，边说话边掰蒜，掰得指甲疼了，看四下没有人扔地上用鞋后跟跺了一下，惊讶得小暑张大了嘴。

小满说："看啥呢？伺候一群猪，我的鞋跟都高待他们了。"

申小暑说："小满，不可以这样，咱山神凹出来的人得有一副好心肠，得让世人看得起。"

小满说："谁都可以指责我，谁都可以冲我撒野，就你申小暑，你还不够资格，你爸爸卖了你奶奶，知道不？"

申小暑便不搭话了。

几日后小满果然离开了宋栓好饭店，栓好希望小满能留下来，小满挑起眉毛斜睨着栓好伶牙俐齿地说："想留下来给我发高工资呀？"

小满的离去对申小暑是一个打击，也许不是那种太明显的打击，但是，很让小暑心重。无论从哪方面讲，一起长大，一起读书，一起出山，一起工作，在这座生机盎然的城市，总是有快乐的事情想起。看着窗户上的三道屏障，玻璃、窗纱和窗格子，是三个有力的证据，靠脸蛋吃饭的当下，小满在心里从来就没有看起过她。

被自己故乡的人看不起，犹如面对一间黑屋里的孤独。

玻璃将脆弱提示给了你，也将温度挡在了外面，窗纱过滤着飞虫，窗格子将可能存在的交流，无论追求，还是对未来的理解，全部矫枉过正了。似乎从来就没有平等对待，没有平等谈得上什么友谊？

申小暑兢兢业业点菜端盘子，面对所有顾客她永远都是很谦卑的样子。出落成大姑娘的申小暑落落大方。这时间无意间她听宋栓好讲起一件事，说是一个孤独的老人因为腰椎间盘突出在她住的小区单元楼里几天不出门了，天天用电话叫餐。小暑听说了就自告奋勇在用餐时间去老人家里照顾她。

申小暑力劝老人去医院检查一下，老人却说她再不想活了，要小暑帮助她准备后事，她之所以舍不得走是因为要等国外的儿子回来。老人叫连喜凤，是一家企业的业务部主任，退休两年了，患的是肩椎结合。两年前就隐隐觉得腰疼，一直以为是腰肌劳损，只请人按摩，做了一些针灸，吃了些中草药，稍有缓解，就认为没有事情了。连喜凤丈夫早逝，一个儿子，跟着舅舅出国两年了。对一个普通家庭来说，儿子能出国就是未来。

在沙发上，任小暑如何做工作让她住院，她都不同意。连喜凤用双手撑着腰说："不能麻烦你了小暑，你不能天天来照顾

341

我，饭店生意那么忙，我实在难受得过不去了会给栓好电话叫你来。"

小暑抚摸着连喜凤的脊背，看着她发颤的双腿和弓着的腰身，明白疾病是会把一个人彻底打倒的。有几次小暑去厕所听见她呻吟了几声，等小暑出了厕所门她迎着小暑一脸笑盈盈。一个人在病痛中不求人怜悯还很钢骨，小暑虽然没有嘴上多说什么心里暗暗下决心，无论如何都要照顾好老人。

申家祖先背着"卖了亲妈"的罪名，从前的事情虽然有许多虚幻感很强的地方，比如那时的实际情况，但是，也正因为虚幻，而使其产生了无限的空间和无限的可能性，空间不断在扩大，扩大成一截生铁，让申小暑的成长总能感觉到空气中有一股微不足道的异质气味。小暑不能够原谅自己的祖先，不能够原谅的方式是小暑一再寻找对祖先赎罪的方式。

没有任何方式可供小暑参照。

终于有一天连喜凤支撑不住被送往了医院。进行了一系列检查和CT切片鉴定，结果让小暑大吃一惊：病变使腰椎二、三、四椎体变形，变形椎体使椎管狭窄，已严重压迫神经，并导致下肢部分失去知觉，怀疑是结核病变骨瘤。

说不出是一种什么感觉，拿了一沓光片和鉴定报告，听医生说："你母亲必须立即实施手术。"

母亲？小暑不想辩解什么。

既然需要经历刮骨疗毒，小暑不知道该怎么和连喜凤讲，想着是人生大事，自己又不能代替亲属签字，也不能和医生解释自己不是亲属，只能和连喜凤如实讲了，并恳请老人同意手术。

手术前连喜凤和医生说，我的命我做主，不连累子女，这个手术我不做。

对于自己的身体连喜凤完全心灰意冷，任小暑如何规劝，仍拒不治疗，甚至用伤人心的语言羞辱小暑说："你一个外乡人有什么理由决定我的命运！"

连喜凤让小暑出去："这里不是你的家，不容你指手画脚。"小暑一气之下走出门，合上门的瞬间听得里面反锁住了。

门外的小暑想着连喜凤是爬着走过来反锁门的，她如果真的恨我那一定又很决绝地爬了回去。但是，很快小暑听见门打开了锁的声音，又悄悄打开了一道小缝。小暑推开门进去抱起地上的连喜凤，抱到沙发上。

小暑往床前一坐，她又孩子似的说："想和我拉家常了你就坐下，想劝我进医院你就出去，与其让我在医院过那种无地自容没有尊严的日子，还不如就让我安静忍受几个月离开。我的身体和游丝没有两样，稍动一下刀子可能就断了。"

小暑离开沙发跪到连喜凤面前仔细端详着她，她真的是被病痛折磨得命如游丝了。小暑拉过她的手，几乎已经很难感觉到生命的蓬勃向上。

连喜凤想用劲握住小暑的手，那力量却只能让小暑感到如微风拂过，如棉絮缠绕般。她的脸颊如此消瘦，颧骨突出，嘴角塌陷，无神的眼眸没有光亮，花白的头发令她的容貌憔悴。一个孤独的老人的最后日子，岂止是憔悴啊。申小暑的泪啪嗒啪嗒流了下来。

小暑说："姨，我和你非亲非故，更没有义务照顾你，可是遇见了，人这一辈子什么最大？生死最大。我还年轻，但是我也有老去的那天，我从你身上想到了我的曾祖母柴青娥，她一辈子没有丈夫陪伴，最后孤独而去。我又从你的身上看到了我的祖母，还有那些孤独的老年寂寞、无奈。一辈子劳作，到老了，脊梁垮塌了，身边无亲无故，我照顾你是因为我看见了。即使有百分之一的希望，我们也必须义无反顾地争取生命的延续，姨，我们加油一次好吗？"

连喜凤说："我现在还能爬着扶着墙去厕所，做了手术我就只能瘫在床上了，你得伺候我，给我端屎端尿，我何德何能叫一个不相干的人给我做这些事？何况假如手术不成功，儿子又不在，下不了手术台，那时你是百口莫辩，没有理由昭告世人你善良，人嘴里有毒，你还是一个闺女啊。"

一个追求自食其力而不愿意给任何人添麻烦的人，她不让小暑扶她，她上厕所，来回用了半个小时。

小暑想，既然不想做手术，那就再找大医院会诊一次，也许会有转机。

二

时令已经进入夏天，小暑忙着饭店的事，得空就往连喜凤家跑，偶尔还要穿梭于一些医疗机构的楼上楼下，双腿如灌铅一般沉重。当听到专家冷酷的判决，心情更是重如坠石。小暑盼望有所转机，交往以来突然觉得对连喜凤的感情已经超越了一般关系，如同对母亲的牵挂，甚至咬着牙骨发誓要治好她的病。

当小暑再一次被领进专家办公室时，首先，小暑被年轻的专家张宏明吸引了。这是一个完全出乎小暑意料的医学权威形象，不仅年轻，身材高大挺拔，而且充满了似乎是医学以外的睿智与激情。他一边调着电脑里的资料，一边对着连喜凤的腰椎CT片说：

"老人的腰椎确实破坏得厉害，二椎已完全消蚀得不留痕迹；三椎也基本破坏，存在部分全是病灶和死骨；四椎也不同程度损伤；腰段脊椎呈位突畸形；结核组织已使侵犯椎管深度压迫脊髓。这么严重的腰椎结核病变，我见到的还是第一例。现在必须进行腰椎置换术，就是把死骨全部清除。换上人工整体。不然老太太可能从此就彻底瘫痪了。"

申小暑问："换了人工椎体，能让她站起来吗？"

小暑因为迫于给连喜凤看病，当时竟然没有多句话问一声手术价钱是多少，心想，只要能让老太太站起来，即使把自己所有的存款放进去，也在所不惜。

因为要做手术，她不得不和宋栓好请假。她把请假理由说给宋栓好时，栓好认为，尽一个服务员的责任就可以了，没有必要送餐接手了一个大麻烦，别人遇见这事唯恐躲避不及，你倒好，还要尽儿女孝道，还是不要轻易搭进自己吧。

申小暑告诉宋栓好连喜凤的目前情况，在她儿子没有从国外回来之前，多等一天，连喜凤的脊椎坏死面积就会扩大。

宋栓好说："连喜凤有儿子，如果没有儿子，还有她的亲属。没有近邻也有远亲，我还是建议你少管闲事。"

申小暑不这样认为，人与人彼此之间要互相善待对方，知道对方需要帮助不能借口走开。宋栓好见她如此固执，只好说："既然你愿意给自己揽事，我希望你知道是给谁打工，饭店每一个环节都不能断了链条，你也是知道的，所有员工的饭碗如同押宝都押在饭店的食客嘴上，你又是饭店的大堂，丑话说前头，你揽下的事我肯定不会帮忙。"

申小暑说："我们可都是山神凹人呀？"

宋栓好斜睨着眼看小暑，半天后坏坏笑了一下说："砍头之外最疼的事就是花钱。"

宋栓好身后是透明的落地窗，外面城市的车流穿梭，行人填补了空白之处，小暑突然觉得自己悬浮于世界，而始终凝视着窗户外面，便有一种逐渐融入其中，受到莫名奇妙的推动从而滑行的感觉。她也笑了一下，城市的喧嚣浮起，在窗户与窗户之间挂钟嘀嗒，走过栓好身边，她甚至感觉到了栓好急促的热气，走出酒店门口，听见栓好在身后小声说："这年月哪有你这样的傻瓜。"

小暑找到张宏明问他手术成功率有多大。

张宏明告诉小暑："如果手术不出意外，你母亲以后的生活是可以自理，就是手术材料相当昂贵，有点耽搁了，恐怕得用进口材料，不然将来再造成内固定断裂，人工椎体脱落，麻烦就更大了。"

申小暑试探地问："张医生，费用下来会花多少？"

张宏明说："估摸需要一个工薪人员六年不吃不喝的全部工资。"

申小暑呆了似的望着张宏明。

张宏明说："吃不消是不是？你母亲应该有医保吧？你兄弟姐妹几个？"

申小暑说："啊，没有，我先交了住院费。不存在吃不消。"

这个消息无论如何不能让连喜凤知道，一旦知道后，手术那是绝对无法实施，假如知道会花这么多钱，她有可能做出极端的事来。

不知道该怎么和连喜凤讲钱的问题，小暑肯定拿不出这么多钱，山神凹人没有一个是有钱大户，小满有钱，可小满的钱来路不正，不能借，何况小满和她现在关系紧张也不可能借。

黄昏，小暑安排好饭店主要事情疾步走往连喜凤家，因为照顾老人小暑也拿了钥匙。开门，合上门的瞬间，她看见老人躺在沙发上，半开着的窗户，一缕风吹过来，风吹着老人稀稀落落的头发，红花被子耷拉在沙发上给孤独一丝生气。

小暑轻手轻脚走近蹲下看老人睡着，不忍心打搅，静静看着她等她醒来。

也许从童年开始，山神凹构筑了申小暑内心的荒凉孤独气质，当她看见了一个人衰老的样子时，总会想到山神凹的黄昏和窑洞里的人事。窑洞抱紧破旧的身子在安睡，小暑的内心却不断想起祖母传出来的咳嗽声，空洞乏力，有着对生活的怨愤和无望，一个重病缠身的人，看见小暑时拉住她的手说：

"山神凹人小瞧你爷爷，说你爷爷当年卖了他的亲妈，咳咳——咳咳——那是很无奈的事情呀，人嘴里有毒。咳咳——咳咳——你要记得，活在世人面前一定不要叫人小瞧了，被小瞧了，那是几代人都翻不转身，小暑，你要记得呀。"

盛热的黄昏，有虫草嘶鸣，晚夕斑驳迷幻，瓦蓝的天空上升到仰望的高度，远山肃穆，它凝聚着的光与色，在释放与渲染中，使晚夕呈现得那么壮观和崇高。小暑有过那样的经历，祖母的话像一道初使愈合的伤口，在小暑的身体里汹涌，淹没了她的胸脯，她的喉管，直到两眼发黑，她感到了天空厚重地向下倾斜，令她十二分难过。

小暑走到窗户前关上窗户，她怕黄昏的风吹重了连喜凤。

身后的连喜凤说："你来了？"

申小暑说："姨。"

连喜凤说："你不害怕我没有钱住院做手术，大笔的费用需要你来借？"

申小暑停顿了一下，说："姨，人是往明天活，万事都有明天，我先交钱住进去，会有的，姨，不怕。"

连喜凤说："你不怕就好。"

申小暑收拾房间，做晚饭，然后扶着连喜凤上厕所，饭毕端了洗脚水给连喜凤洗身子，洗脚，剪指甲。

"姨，明天就要住院了，我已经交了入院费，你千万别担心，凡事都是开头难，住进去就好了。"

连喜凤说："我有一份遗嘱，万一我有什么事情下不来手术台，不能叫世人猜疑你，何况我儿子范小晨有一天回来也好有个交代。这遗嘱一式两份，一份给我的儿子，希望做手术的费用无论花多少钱都要他还你，一份给单位。你替我转交我单位负责人，这里有他的电话和家庭住址。"

小暑说："姨，放心，我今晚就送去。"

连喜凤说："你早点回去睡觉吧，我也想早睡。"

从连喜凤屋子里出来，小暑找见连喜凤单位领导，把手里的信封交给对方，没有等对方问话，她转身就走了。

夜里，宋栓好走进小暑宿舍，看小暑坐在床铺上发呆，知道她一定是后悔了，就想再劝说她几句。

宋栓好坐下说："你就是不为你想，也该为你的父母着想，你还有哥哥，有一天你哥哥当兵复员回来不可能回山神凹，留在市里那是需要花钱的，你为一个不相干的人欠下一屁股两肋条债，实在是不值当。你是不是想明白了？"

申小暑说："看见了不可能不帮助，我担心钱不够，我不知道该去哪里借。"

宋栓好见她依旧是一意孤行，转身走到门口撂下一句话："不要想从我这里拿一分多余的钱，我不是怕你，我是怕事，小本生意就怕无底洞。"

小暑没有搭话，车到山前必有路，这句话只能算是一句话，车到山前了，路在哪里？

夜里时小暑做了一个梦，梦见自己在耐受河岸上和几个童年的小伙伴玩耍，一个小脚女人从对岸走来，是柴青娥，她走路的姿态如风吹杨柳，小暑用目光和身体迎接她，小暑似乎知道梦里她们就是阴阳两界，四周有知了叫，走过去的柴青娥无比妖娆，小暑叫了一声："你是柴青娥？"除了五官白净和身体妖娆，她看不见任何表情。小暑又叫一声："你是柴青娥？"

女人回过头，像一个充气娃娃一下飘落在了耐受河上，起伏之间有一股源头活水涌来，水面上的柴青娥慢慢被耐受河水淹没了，一条鱼，或者说是一群鱼泛着银光游过。

小暑睁开眼睛时想着刚才的梦境，她不知道柴青娥的长相，一辈子的等待到末了连自己的坟茔都守不住，她的灵魂往返在耐受河上，山神凹已经没有她落脚的地方了。由水面而沉没河底，活水的源头，命运没有害人的本意，但火要走，水要流，一个家族的恶念必须由一个人来赎罪，小暑就该是那个赎罪人。

看了看手机，离天亮还早，她开始收拾和洗漱，既然背负了先祖的使命，遇见的一定是她命中必须手搭手的人，这一定有比死亡更顽强的东西，在连喜凤身上，她体会了柴青娥的意愿。

第二天一早，小暑早早起床叫了车，背着连喜凤下楼上了车，走时连喜凤要小暑提着她的背包，小暑说，病房什么都有，还拿提包做啥。连喜凤一定要小暑拿，说是提包里装着换洗的衣裤。

上了车，连喜凤破例笑着和小暑说："小暑，是你逼我上手术台要人动刀子杀我，既然决定下了，那就高高兴兴上断头台吧。"

住了院，手术安排第二天做，主刀是张宏明。

上手术台前，张宏明入病房看连喜凤，看着小暑不在病房，笑着安慰病人说："手术一般都会成功，您不要往心里装这件事，一旦成功，您就可以站起来了，您女儿对这次手术可是用了劲了，我还没有见过这样对长辈舍得花钱又孝顺的女儿呢。"

连喜凤说："张医生，小暑不是我女儿。"

张宏明奇怪了："那小暑是你什么人？"

连喜凤说："是一家饭店帮助我送饭的服务员。"

张宏明说："那就是说，她只是因为同情您？"

连喜凤说："不全是。同情只能是感情。她心地善良，帮助人没有度，一个山里女娃，那么多走出山的人都学坏了，她没有，我就担心有一天她会被世人欺负。"

张宏明说："这样啊？"

连喜凤取过提包来打开，问张宏明手术费用得多少。

张宏明说："很贵，小暑就想按照我说的意见来做，现在怕是去借钱了。"

连喜凤说："让她去借借吧，这社会终究需要历练她。我这里有钱，张医生帮我去交了手术费，不要和小暑说，山里娃，太干净了。她受的委屈越多，越知道努力，也越能够认得清人心。"

小暑果然去借钱了，先是找初中同学借，又和市里熟悉的人借，总算借了一万，匆匆忙忙安排了饭店的事跑往医院看连喜凤各项检查结果。在医院走廊里碰见了张宏明，张宏明看她的眼神很奇怪，小暑说不清楚是因为什么。想说什么，见张宏明先开了口说："医院的费用刚才有人来交了，你不用太操心。"

小暑纳闷了，连喜凤可是从来没有说过她在市里还有别的亲戚，她和丈夫都是知青，来青州响应当年知识青年上山下乡，后来没有离开，他们的老家远在江西，唯一的儿子跟着舅舅出国留学，会是谁替她交了住院和手术费呢？

想到是单位来人，事情也不便多问，想着先把连喜凤的病看好，一切等以后清楚了慢慢还人家吧。

进手术室时，连喜凤精神状态显得很平静，单位也安排了人来。签完"手术可能导致病人死亡"等各项后遗症的"生死契约"后，小暑俯身拥抱了她。

连喜凤微笑着说："我有你这样一个女儿就好了。"

小暑轻声喊了一句："姨，你病好了不嫌弃我，我就做你女儿。"

随后几位穿白大褂的护士推着连喜凤入了病房。小暑在走廊上等，不时有人出来告诉她，麻醉已经结束。一会儿又告诉她，切口基本拉开，是从腹部动刀，直接拉到背部，拉口有一尺长。小暑不敢想象那种现场，手心捏得出汗了，想着好在病人是全麻。

手术前张宏明和小暑说，这个手术最大危险在于害怕撞破脊椎动脉血管，一旦撞破，病人很可能下不了手术台。此时，每个护士出来要血时，申小暑便会冒一身冷汗。

连喜凤单位人问小暑是连的儿媳妇吗，小暑摇摇头表示不是。哪里经历过这么大事啊，真是要下不了手术台，小暑就是罪人了，谁借她这么大胆说服连喜凤做手术，她甚时候拿过这么大的主意？

手术从早上做到下午两点多，当张宏明走出手术室时，他看着小暑惊慌失措的样子摘下口罩说："很顺利。需要重症病房监护，这几天你可以不用来医院。"

小暑说："那些坏死的骨头都拿掉了吗？"

张宏明说："是。坏死的骨头和脓肿全部清除了。你妈妈是一个非常顽强的人，骨头已经被结核侵蚀成蜂窝状了，用一个形象比喻，就像冬天的冻豆腐一样，能经历到今天是一个医学奇迹。这下你放心好了，手术用进口钛金椎体连接住完全去掉的二、三腰椎，她会和正常人一样站起来。"

小暑一边听一边哭一边站起来鞠躬，然后哽咽着说："谢谢张医生，谢谢张医生！"

张宏明说："这是我的工作，谢我就请我吃饭吧。"

小暑使劲点头，破涕为笑。

三

连喜凤儿子是手术后半个月回来的。

范小晨长得瘦小，一口生硬的普通话，个子大约165公分，一头栗色卷发，脸却是中国人长相。牙齿细而白，咧嘴一笑，放在文学作品里可写成英气逼人，如今，因为表情复杂，看起来是被国外的优越掩盖的漠然。

申小暑觉得从国外回来的人和国内的人不一样，说话绕口，在人潮鼎沸的医院大厅里，如果哪个角落爆出大叫，便多半是范小晨挥动着手里的湿巾纸吆喝着找厕所。他叫厕所很奇怪的名字，叽咕不清便没有人理他，他一点都不藏他的锋芒喊叫："这个破城市，没有一点人性。"

范小晨十九岁出国，今年二十九岁，这中间回来过两次，总是很短暂。这次回来，对母亲的病似乎也不太上心，双手交叉在胸前，从他嘴角扯起的纹路读到这样的潜台词：你不是很好吗？对进出病房的医护人员回以轻蔑的目光，大家心里都骂他，不就是一个国外，也还是在地球上嘛。

不知道的人还以为他在国外干啥呢，也就是在咖啡馆当一个小厮，混迹加拿大的安大略大街小巷，活得也很虚弱，回到国内来耍牛逼。

申小暑希望他多陪伴几天连喜凤再走，他觉得陪伴是没有用的，既然已经做了手术，伤口是慢慢长，身体是慢慢恢复，陪伴有什么用？甚至奇怪小暑的话，更有一层歧视挑在眼角。

张宏明有点看不惯他嘴角那一挑，私下里和小暑说："你觉得那是歧视？我觉得那是无耻。歧视，即使和饭碗有关，也要花心思去编排他人，他根本就没有心思和任何人说话，包括他的母亲，只有一个心眼：离开。"

连喜凤刚做完大手术，元气恢复得慢，几乎每天都在昏睡，醒时看见了儿子伸手叫他过来，范小晨不动，佯装看不见。细瘦的胳膊慢慢放下合上了眼睛，眉头皱一下脸扭向了一边。

范小晨回来五天，换了五套西装，酒红色的换成了深蓝色，又换了咖啡色、深黄色、乳白色。尤其那套乳白色西装很让申小暑看不惯，病重在床的老人，没有一点喜气，出去进来吊孝似的。

连喜凤醒来时把范小晨叫到身边说："你走吧。就当我养了一头白眼狼放到了人家的地盘上。"

范小晨似乎也不恼，伸手说："妈，你总得给我路费吧，早知你这样，我就不回来也省下了路费。"

连喜凤从枕头下取出一个信封递给范小晨，他接过掂了掂说："妈，你是打发叫花子？"

申小暑看连喜凤想喊叫，却是说话的力气都没有，赶紧从自己提包里取出借来的一万元给了范小晨。范小晨犹豫了一下，还是接住了。

撂下一句话："毛主席说，世界上没有无缘无故的爱，你给钱自然有你的理由，没有二心不起五更。"

这几句话说得崩瓜流脆。病房里的人是哭笑不得。

范小晨走后，连喜凤慢慢露出了笑意。她看着申小暑说："老废物又活了。"

张宏明站在旁边说："从理论上讲，这次给您换的人工钛金椎体，在体内至少能使用一百二十年。"

连喜凤笑了，说："那我还不活成精了？"

出院的那一天，连喜凤自己下地，原本弯曲的腰椎试着往起直了直，很想硬气地走几步。张宏明安顿她还在恢复期，约莫要半年时间就可以行动自如了。

又是黄昏，申小暑请张宏明吃饭，饭店没有选在宋栓好饭店，选择了一家装修独特的小店。申小暑很精致地点了几个菜，不多，看上去很可口。申小暑还带了一瓶红酒，两只高脚酒杯里的红酒照着对方的影子。

申小暑举着红酒杯说："感谢张医生，我答应过请您吃饭，一餐饭不能表达我对您的感激，也只能说是形而上的感谢！"

张宏明端酒杯碰了一下说："从工作上讲这是我应该做的，但是，当我知道你不是老人的女儿时，我的心里就在想，到底为什么你要这么做？犹如范小晨所说，没有二心不起五更，你所做的一切都不符合生活规律，社会是一个现实的社会，知道社会中还有这样的人在默默帮助别人，我从心里觉得你不是一个普通女子。"

申小暑说："张医生，我请您吃饭，咱们互夸对方，这饭就没有意思了。不过我还是很感激，我从山神凹走出来，一辈子就想保持山神凹人的本色。"

在杯盘羹勺碰击的声响中，周围就餐的人谈着各自的事情，服务员是清一色二十不到的年龄，他们快乐而急速地奔忙着。临窗户的女孩餐后付完账，掏出口红，对着小镜子细细地补妆，窗外成排的自行车在阳光下闪着鱼鳞般的光色。他们俩谈着各自的童年、学校、成长，谈着未来，还有当下。

当小暑谈到自己故乡的时候，她告诉张宏明，最贫瘠的地方最生动。

这件事之后申小暑就恋爱了。

恋爱的对象是张宏明。

或者说，更多的爱来自张宏明，当小暑认为自己和张宏明之间隔着高不可攀的距离时，张宏明的爱，可说是用情之深、之热烈，是没有疑问的。

张宏明拉着小暑的手走在大街上，不时地他揸开手，往上梳理头发，头一昂一昂的，也是青春到了极点，有时候他轻轻抚摸小暑的头一下。小暑说："你爱我什么？"

张宏明说："爱你淳朴可爱的样子，爱你少鬼点子和没有坏心眼的心肠。"

小暑说："这些都不是恋爱的理由。"

张宏明想：人的命运据说是早就定好了的。没有理由，对，爱怎么可以找出理由呢？

申小暑决定离开宋栓好的饭店，她想自己开一家类似第一次吃饭时那样的快餐店。张宏明帮助她一起开，店名叫"神申阳光"。

殿堂布置颇具前卫感，是面对年轻人的，是明亮的，音乐也是欢快的，餐厅一角摆放着连喜凤买来的曾经工厂旧物，打字机、收音机、风扇，墙上挂着厂矿逝去的旧照片，真是一种小城不可或缺的时髦。

饭店一开业就火了，如果是正午时分，青年人排着长队一边等着一边拿着饭店门口放着的杂志翻阅，真是一道很不错的风景。

小暑的快餐店连喜凤也入了股份，算是一个不小的帮助，连喜凤本来想全部投资，但是，小暑不要。这时候小暑才知道，原来给厂矿当销售期间连喜凤赚了不少钱，丈夫是车祸去世，又有一大笔赔偿，除了供养国外的范小晨祖宗，她的钱基本没有用处。做手术前她写下的遗嘱里，把房子和钱都留给申小暑，当知道了这些时，小暑从心里是拒绝的。

钱这东西谁都爱，但是活在世上钱还不是主要的。

张宏明爱小暑，正是喜欢小暑从里到外的那种平实，与奢华欲望无关，与贫穷也不相关，小暑身上有一种颜色，是美丽女人身上没有的。虽然城市的喧嚣模糊了她，让她淹没在含混着暮霭的人群中，看见她，张宏明就萌动出小暑是一个属于黑白电影的时代，并且今天仍然停留在那个时代。是一个社会无法返回的时代，在苍茫的一瞬，张宏明有幸瞥见了她的珍贵。

小满未婚先孕，孩子未出生前小满举行了婚礼。

婚礼没有通知小暑。

孩子出生了，是个女娃。孩子不到一岁小满离婚了。

离婚后一年，小满算是喘过气来，重起炉灶，四处找对象，喜欢小满的人不少，结婚选择对象的人不多。申秀芝帮小满带娃，韩新民帮小满开古玩店，小满的对象还在路上。忽一日王学军给小满介绍了一个男朋友，是一家企业的总经理，人年岁大，妻子过世，对方想找一个年轻一点的，漂亮一点的，对方说：女人嘛。

第一次见面，两个人就像红头火柴似的一擦就着。

接下来，那男人嗓门发颤开始对小满抒情诗般追求。小满第一次走进了总经理家，琳琅满目的明代仿红木家具和一些奢侈品虽然没有吸引小满，但是，这东西背后的钱吸引了小满。

经历过卿卿我我的浓情蜜意，激情很快就退潮了。小满需要的，总经理很吝啬，他的身边日常生活包围着这样一群女人，他的聪明就在于从这群女人中学得了本领，守护住钱和她们周旋。小满常常带着他逛街买这买那，买多了小满就要对方买房，总经理的房虽然好，毕竟他的房间里住着儿子儿媳。这时候矛盾出来了。

该怎么描述小满第二次老少恋呢？婚姻只要沾染上了贪得无厌，必得报销。

夜晚，小满从古玩店出来，两人去饭店用餐，用餐完毕去宾馆开房。这不是第一次了。总经理去冲浴，小满坐在沙发上，想自己付出的多，得到的少，心里就气鼓鼓不想动，也不准备迎合对方。总经理洗了淋浴出来，一副色相走近小满，小满掉扭了一下身子。

总经理抚摸着小满的头发，哄她去淋浴，或者他帮助她去淋浴。小满却要性子不动。总经理探过去亲小满，小满呼一下起身站到了一边。

总经理问："小满，亲爱的，怎么啦？"

小满说："你可是早答应的，说要给我买房。"

总经理说："那也是白天的事呀，这夜里咱说夜里的事嘛，来，亲爱的小满。"

"那你现在就写下保证书，你写呀！"小满扔过来一张白纸一支笔。

总经理突然很生气了，他认为在小满身上花钱和流水似的，她现在还耍脾气。站起身拽过小满，用一种暴力的手段扒光小满的衣裤，一边撕扯一边骂："你这个乡下充满欲望的女人，你不配我给你买房！"

两个人厮打中间，小满号叫着，赤条条冲到大堂喊救命。酒店保安报警，很快来了警察。警察让小满和总经理在房间做笔录，记录案情中间两个人一句话不对又开始大闹。一晚上，警察目睹了欲望搅和在一起的感情杂烩。

小满一个人走在大街上，走过申小暑的"神申阳光"快餐店，她想到了被时间掳走的年华。如今申小暑已经是这座城市里的"十佳青年"了，自己呢？重复着自己的故事。

说不定在哪个微妙的瞬间，出现一点微小的变化。小满蓦然一惊。她想起了从前的山神凹，想起了情感没有那么多要求的日子，那些窑洞里的事情总是规矩着自己，为什么自己变得探头探脑？明目张胆的欲望发展到现在的肆无忌惮，她都无法面对申小暑了。

山里走出来的人该有羞耻感。

泪水啪嗒啪嗒滚落在马路上，在这座陌生的城市里落脚，美好的人生应该发自最真诚的心灵，也许是从小建立起来的信念和理想的无足轻重，直至现在的全面崩溃。再看自己裙边上飘荡着招摇的流苏，散发着诱人的气息和香水味儿，自己的灵魂却干着漆黑一团的勾当，心就开始惶恐难安。

"妈——妈——"

申秀芝抱着小满刚一岁的女儿在单元楼前等着小满回家。

小满露出笑脸看着女儿问妈妈："这么晚还不睡？"

申秀芝说："睡醒来找妈妈，怎么都哄不住，小手指着门口，站这里不哭了，小人儿一个，知道在这里等你。"

小满接过女儿抱回房间，脸贴在女儿的脸颊上，俯身嗅着她身体上的奶香味儿，轻声说：

"宝贝，你哭着来到世上，你一定要含笑离开这个世界。"

四

常来小暑快餐店吃饭的人里有彩虹，她大学毕业考上了村官，因为干娘李夏花，她特意选择了荫城镇。这家快餐店叫"神申阳光"，让她不自觉想到了山神凹申姓家族。果然她认识了申

360

小暑。

两人交往时间长了，彩虹告诉小暑，县里对乡村有扶贫项目，你愿意不愿意回山神凹做事？

小暑在心里已经有所酝酿，就想回山里种旱地西红柿。

两人一拍即合，决定回山神凹实施行动。

申小暑、彩虹、张宏明、申白露一起开车回了一趟山神凹。车在山神庙前停下，他们端详着凹里，耐受河流着来自山里的溪流，石头露在水面上，河水的流动显示了河流的深浅。寂静的雾气和阳光，野花满山，五颜六色的花朵上有蜜蜂、蝴蝶纷飞，大朵大朵的云絮走过，窑洞安静在向阳坡上，一切比古朴还要古朴。

许多夜晚，小暑反复梦见耐受河，清澈的水有微风的残痕，云丝游弋，柳树倾慕晃动的倒影，山神凹成长中的男孩子们在河水中拍打水花，女孩子躲在石头后撩水洗脸，在河岸上的花影中顾盼，被岩石和苇草掩映着的耐受桥上有羊群走过，向阳坡上缭绕着窑洞里的炊烟，那些吆喝声此起彼伏。

昨日，一场雨过后，他们看到院子里镉过的水缸，聚集了雨水，风起时，还能泛起一轮一轮的涟漪。

小暑在自家的窑洞前停下来，黑窑窟窿里沉着密密往事，有鸟雀飞来飞去急切切点头觅食，有风时地上飞起一些尘土，打着小转转，它给山神凹涂上了忧伤。

芦苇夹岸，在阳光里，宛如白蝴蝶起舞。惶惑着柴青娥从河道走来，月白布褂，骨骼间飘逸如秋水，她走到街心停留在老槐树下站定。老槐树遮天蔽日，宛如一座槐花阁，柴青娥徘徊着，她找不到自己的家了。山神凹所有的黑窑窟窿里没有人声，找不到惦记她后人的眼睛，她温媚地浅浅地笑了一下，她的身后铺着绵绵的青山，她则是青山前缓缓移动的一片浮云。

申白露说："小暑，你癔症半天了。"

小暑说："我看见柴青娥了。梦里也有看见，她找不到她的亲人，她进出在山神凹每一眼窑洞里，她身后拽着一行清凉的泪，她的寂寞悠长悠长跟随着她。"

彩虹拍了一下申小暑的肩膀说："一个没有完成了自己心愿的人。柴青娥是你什么人？"

小暑说："山神凹一个最凄凉的女人，一生没有获得过尊重。"

在和煦的阳光里，他们一窑一窑走进去，门上是红彤彤的对联。

每户的对联都不一样：

五更分两年年年称心
一夜连两岁岁岁如意

一年四季春常在
万紫千红永开花

迎喜迎春迎富贵
接财接福接平安

党有良策，人欢马跃新崛起

国当盛世，海啸山呼大腾飞

申白露说："韩谷雨放羊发了，这些对联都是韩谷雨贴上的。"

远处，韩谷雨和他的妻儿在山坡上放羊，小儿的笑声，韩谷雨的歌声，羊叫声，弦响般的风声和鸟叫声。

韩谷雨喊："可是山神凹人回来了？"

彩虹仰起脖子学山神凹土语搭话："是哩嘛，回来了。"

韩谷雨说："回来不走了，城里人稀罕山神凹，驴友遍山跑，扔下塑料袋，羊吃了都绞肠子疼死两只了。"

申小暑说："谷雨哥，我是小暑，你下山来，我想把山神凹的荒芜了的地都种旱地西红柿，你说长哩不？"

韩谷雨搭话："长，我让羊给你卧地，你等下，小暑，我赶羊下山。"

小暑喊："谷雨哥，我还想把山神凹的窑洞全收拾出来，让那些驴友住，让城里人来度周末。"

韩谷雨听不清楚，挥舞着鞭子赶羊下山，韩巧玲抱着娃喊着：

"谷雨哎，谷雨哎，你消停走呀，你把我娘俩闪下啦。"

山上的笑和山下的笑合作了，很快笑声就断了，没有了从前长流水般的衔接。

韩谷雨赶着羊群挤进山神凹街道。

羊叫声此起彼伏，羊活泛了山神凹放羊人韩谷雨，他吆喝羊

363

的声调如他举起的鞭梢，冷不丁把落在后面的羊骂上几句，羊被惊得快跑起来。他回头吆喝韩巧玲，要她快快下山来给客人热汤热面做饭。

圈了羊，韩谷雨坐在窑院里和来人讲羊缠绵多年的友爱，一直都怀念陪伴和羊一起成长的岁月，似乎在成长的过程中吃透了羊的性格，可最近遇见了两件奇怪的事情，他觉得挺难过的，一个人站在山坡上还哭了两回。

韩谷雨讲，前年的母羊去年春天时被山外的羊倌买走了。十月，他出山去找人说个事情，在村庄的街道上和人一起在饭馆吃面。乡下人见面说话，粗喉咙大嗓门，边吃面，边意味深长地说丰年。一个说，一年时间短得比小孩子尿还短，觉得人一辈子都在折腾福分。

一个又说，背阴坡上的寺庙今年秋口上塌了，是有人偷走了庙柱下的柱础。

说这些话的意思中两个人心里都没有多少悲伤，供奉寺庙里菩萨的习惯已渐渐疏懒，村庄里走远的人到底是走了，在一个地方去寻找更安乐更舒适的生存状态，也是人一辈子的梦想呢。

寺庙塌落了也好，自身不保又保护得了哪方生灵。

门外的街道上有一群羊走过，一只羊停在了饭店门口望着门里叫，一声紧一声，赶羊人返回来时，看见门上伸出一个脑袋，是韩谷雨。倚门叫着的羊是他去年转手卖出去的羊，他龇着豁牙笑，抚摸着羊脑袋说："你还没有叫人吃了，还听得出我的声音。"

羊只会叫。

返回门里时和另一个人说，比菩萨强，小心翼翼伺候着菩萨就是不给人好命。

彩虹笑得更厉害，对山里的稀奇事儿她知道得很少，要韩谷雨继续讲。

韩谷雨摆正架势讲另一个羊故事。

养羊人有自己的地界，山下沟为界，羊群在自己的地界上吃草，突然地从对面的山头上跌跌撞撞走下来一只羊，走到山神凹地界的山坡上，没入草丛不见了。谷雨从山头上走下来找羊，看见那只羊卧在草丛中生育，母羊舔着湿漉漉的小羊羔，看见谷雨走来，母羊"蛮蛮蛮"叫着，站起来舔了舔谷雨的手丢下小羊走了。谷雨知道母羊也是自己卖出去的羊，可一时间不知道羊的行为，傻看着母羊走往它自己的青草地。

母羊给从前养它的主人丢下了一只小羊羔子走了。难道就因为看见了从前的放羊人？

畜生也能把从前的事记牢？

彩虹说："羊不是宠物。宠物与人物相似，争宠，属于人和动物的公共本能。"

张宏明说："你的嘴捎带了一大片人物。不过这事儿听起来都神了，我突然理解了小暑心里的那份情怀，也只有山里人懂得。"

彩虹"呀呀呀"叫着说："还没有成为媳妇就被降服了。"

坐着聊天的人一起看对面山坡上，土地接纳了母亲般的太阳送来的阳光，一年四季，土地的呼吸，宛如母亲的呼吸，比山头更为辽阔，尽管土地似无声无息，然却恩泽生灵，给生灵爱。山间的空气会喂养灵魂，启发灵性。

谷雨说，为了这事，我在山坡上哭了两回，不是因为羊，是因为山神凹。谷雨的泪又来了，抬手抹一把泪蛋子狠命甩在地上。进进出出张罗饭的韩巧玲笑着说："不怕丢人，为羊哭，多少羊都叫你卖往人嘴里了，羊要知道，在山坡撕吃了你都不解恨。"

申白露说："你现在是山神凹一跺脚四面掉土的人物了，走往山外的人哪个有你富。"

谷雨说："过去山神凹人哪个不是凹里横，一个比一个能蹦，到城里一个比一个脖子短，我告诉你们吧，我有预感，山里人永远斗不过水过鸭背毛不湿的城里人，借山居住，赚城里人钱，是庄稼人活着的正理。"

小暑用新奇的眼睛看着韩谷雨，这句话似乎对未来有别无选择的解释。

一声从天而降的哭喊声惊得坐着的人抬起头，只顾讲故事没有想到韩谷雨小儿一人跌跌撞撞走往了窑垴上，站在窑边上望着下面害怕了大声哭叫妈。

嗓门也忒大了，似乎可以让铁锁落地，木门四开。

韩巧玲的好颜容一下惊得脱落了，急吼吼跑往窑垴上抱回娃。一边走一边拍着娃的屁股说："你可是韩谷雨的命根子哎。"

曾经每听见哭声，总有一团一蛋娃娃跑过去看发生什么情况的日子，真就走远了吗？

寂寞拿不走活水长流。

窑洞里蓄满了风，风起时花木的每一枝条都在摇撼。那些毛发般生长的草，随时能把山神凹覆盖。

少人的山神凹，天高，地也厚。

图书在版编目 (CIP) 数据

活水 / 葛水平著. — 北京：北京十月文艺出版社，
2018.12

ISBN 978-7-5302-1884-6

Ⅰ.①活… Ⅱ.①葛… Ⅲ.①长篇小说—中国—当代

Ⅳ.①I247.5

中国版本图书馆 CIP 数据核字 (2018) 第 228212 号

活水

HUOSHUI

葛水平　著

出　　版　北京出版集团公司
　　　　　　北京十月文艺出版社
地　　址　北京北三环中路 6 号
邮　　编　100120
网　　址　www.bph.com.cn
发　　行　新经典发行有限公司
　　　　　　电话（010）68423599
经　　销　新华书店
印　　刷　三河市宏图印务有限公司
版　　次　2018 年 12 月第 1 版
　　　　　　2018 年 12 月第 1 次印刷
开　　本　880 毫米 × 1230 毫米　1/32
印　　张　11.75
字　　数　270 千字
书　　号　ISBN 978-7-5302-1884-6
定　　价　45.00 元
质量监督电话　010-58572393
如有印装质量问题，由本社负责调换。